KB248337

아Q정전

노 신 지음 / 조성하 옮김

소담출판사

조성하

서울 출생.
한양대학교 중어중문학과 졸업.
번역가로 활동 중.

BESTSELLER WORLDBOOK 67

아Q정전

펴낸날 ㅣ 2000년 8월 20일 초판 1쇄
            2012년 12월 20일 초판 18쇄

지은이 ㅣ 노신
옮긴이 ㅣ 조성하
펴낸이 ㅣ 이태권
펴낸곳 ㅣ (주)태일소담
            서울시 성북구 성북동 178-2 (우)136-020
            전화 ㅣ 745-8566~7 팩스 ㅣ 747-3238
            e-mail ㅣ sodam@dreamsodam.co.kr
            등록번호 ㅣ 제2-42호(1979년 11월 14일)
            홈페이지 ㅣ www.dreamsodam.co.kr

ISBN 978-89-7381-390-2 03820

阿Q正傳

魯迅

내가 아Q를 위하여 정전(正傳)을 써야겠다고 마음먹은 것은 벌써 한두 해 전의 일이 아니다. 그러나 어쩐 일인지 써야겠다, 써야겠다 생각은 하면서도 막상 쓰려고 하면 그만 망설여지고 마는 것이다. 모르긴 해도 그것은 아Q가 후세에 전할 만한 인물이 못 되기 때문인 것 같다…….

| 차 례 |

아Q정전

제1장 서(序)

내가 아Q를 위하여 정전(正傳)을 써야겠다고 마음먹은 것은 벌써 한두 해 전의 일이 아니다. 그러나 어쩐 일인지 써야겠다, 써야겠다 생각은 하면서도 막상 쓰려고 하면 그만 망설여지고 마는 것이다. 모르긴 해도 그것은 아Q가 후세에 전할 만한 인물이 못 되기 때문인 것 같다. 옛부터 불후(不朽)의 글만이 불후의 인물을 전한다는 말이 있다. 사람은 글에 의해서 전해지고, 글은 사람에 의해 전해진다는 것이다. 그러므로 글에 의해 전해질 만한 인물은 그만한 가치를 지닌 인물이어야 한다는 말도 될 것이다. 그렇지만 그 가치라는 것은 상대적인 개념이 아닌가 한다. 따라서 내가 아Q에 관한 정전을 쓰겠다고 결심한 것은 그래도 내 나름대로 그만한 가치가 있다고 판단되었기 때문이 아닐까?

비록 불후의 문장가는 아니지만 이 한 편의 글을 쓰기로 작정한 나는 어쨌든 붓을 들었다. 그런데 붓을 들자마자 나는 곧 많은 어려움에 부딪히게 되었다.

첫 번째 난관은 바로 이 글의 명목(名目)이다. 공자가 '이름이 좋지 못하면 말이 순조롭지 못하다(名不正 則言不順)' 라고 말하였으니 이 부분은 매우 신중을 기할 필요가 있다. 생각컨대 전기(傳記)의 명목은 많다. 열전(列傳)·자전(自轉)·내전(內傳)·외전(外傳)·별전(別傳)·가전(家傳)·소전(小傳)……. 그러나 애석하게도 이들 가운데 내가 쓰고자 하는 것과 꼭 들어맞는 것은 없다. 내가 쓰려는 이 한 편은 결코 다수의 훌륭한 사람들과 함께 정사(正史) 속에 배열되어 있지 않을 테니 열전이라 할 수 없고, 또 내가 아Q가 아니니 자전이라 할 수도 없다. 외전이라 한다면 내전은 어디에 있느냐 하는 것이 문제가 되며, 혹 내전이라 한다 해도 아Q는 결코 신선이 아니므로 그럴 수도 없다. 또 대총통(大總統)으로부터 국사관(國史館)에 아Q의 본전을 세우라는 명령이 내려오지 않았으니 별전이라고 할 수도 없는 노릇이다. 혹자는 나에게 『박도열전(博徒列傳)』도 있지 않느냐고 반문할지도 모른다. 물론 영국의 정사에는 『박도열전(博徒列傳)』이 없음에도 문호 디킨스가 『박도열전(博徒列傳)』이란 책을 저술한 적이 있기는 하다. 그렇지만 그것은 디킨스가 대 문호이기에 가능했던 것이지 나 따위로서는 어림도 없는 일이다. 다음은 가전인데, 나는 내가 아Q와 동족인지 아닌지조차 모르며, 또한 그의 자손으로부터 의뢰를 받은 적도 없다. 혹, 소전이라 한다 해도 아Q에게는 따로 대전이라는 것이 없다. 이런 저런 이유로 이 한 편은 역시 본전이라고 할 수밖에 없는

데, 그것 역시 문제가 없는 건 아니다. 이 한 편에 쓰인 문장은 그 문체에 품위가 없어' 리어카꾼이나 행상인의 문장' 정도이기 때문에 감히 본전이란 제명을 붙일 엄두를 못 낸다.

그러므로 나는 이 한 편의 명목을 '정전(正傳)' 으로 삼기로 한다. 이 말은 삼교(三敎) 구류(九流) 축에도 못 끼는 소설가들이 흔히 말하는 '여담은 그만두고 정전(正傳)으로 돌아가서' 라는 문구 속에서 따온 것이다. 비록 옛사람이 편찬한 『서법정전(書法正傳)』의 정전과 글자의 의미가 매우 혼동되기는 하나 그런 데에까지 마음을 쓸 여유가 없다.

두 번 째 난관은 이 전기 주인공의 이름이다. 전기를 쓰는 통례로서 첫머리에는 대게 '누구이며, 자(字)는 무엇이고, 어느 곳 출신이다' 라고 쓰는 것이 보통이지만 불행히도 나는 아Q의 성이 무엇인지 전혀 모른다. 언젠가 한 번은 그의 성이 조(趙)씨라고 소문 난 일이 있었다. 그러나 물론 그 다음날로 사실이 아님이 밝혀졌다. 그것은 조영감의 아들이 수재(秀才)에 급제했을 때의 일이었다. 그 소식이 쟁쟁 울리는 징 소리와 함께 온 마을에 전해졌을 때, 마침 황주 두어 잔을 들이켜고 있던 아Q는 몹시 좋아 날뛰면서 이것은 그 자신에게도 퍽 영광이라고 했다. 그 이유인즉 자신은 원래 조영감과 한집안 사람으로서 자세히 계보를 따져 보면 자신이 수재보다 삼대나 웃항렬이라는 것이었다. 이 말이 끝나자 그곳에서 이 이야기를 듣고 있던 사람들은 옷깃을 여미면서 아Q에 대해 예를 표하기까지 했었다. 그런데 이튿날 지보가 오더니 다짜고짜 아Q를 조영감 댁으로 끌고 가는 것이었다. 아Q를 본 조영감은 울그락불그락 하며 호통을 치기 시작했다.

"아Q 이 발칙한 놈아! 너, 내가 너와 한집안이라고 말하고 다녔다지?"

아Q는 입을 열지 않았다.

그가 대답이 없자 조영감은 점점 화가 치미는지 몇 발짝 걸어 나가 말했다. 금방이라도 후려칠 기세였다.

"괘씸한 놈 같으니라구, 터무니없는 소릴 지껄이다니! 나에게 어떻게 네놈 같은 친척이 있을 수 있단 말이냐! 그래, 네 성이 정말 조가더냐?"

아Q는 입을 열지 않고 주춤주춤 뒤로 물러서려 했다. 그러자 조영감은 때를 기다렸다는 듯 달려들어 그의 뺨을 한 대 후려갈겼다.

"네놈이 어떻게 해서 조가란 말이냐? 네놈이 조가라니 당치도 않다!"

아Q는 한 마디도 항변하지 않았다. 그저 왼쪽 뺨을 문지르면서 지보와 함께 물러 나올 뿐이었다. 그리고 밖에 나와서 다시 지보에게 한바탕 훈계를 듣고 두 냥의 술값을 사례로 주고 나서야 문제는 해결됐다. 이것을 안 사람들은 모두, 아Q가 너무 엉뚱한 소리를 지껄여 매를 자초한 것이며, 모르긴 해도 그가 조가일리는 없다고 생각했다. 뿐만 아니라 설사 정말 조가라 해도 조영감이 여기 있는 한 그런 허튼 소리는 하지 말았어야 했을 것이라고 수군거리는 것이었다. 그 후부터는 아무도 그의 성씨에 대하여 떠들어대지 않았으므로 나도 아Q의 성이 무엇인지 결국 알아낼 길이 없었다.

세 번 째 난관은 내가 아Q의 이름을 어떻게 쓰는지 조차 모른다는 것이다. 그가 살아 있을 당시에는 사람들 모두가 그를 아퀘이[Quei]라고 불렀지만, 죽은 뒤로는 누구 하나 아퀘이[Quei]라는 말을 입에 올리는 사람이 없었다. 그러니 하물며 죽백에 기록하는 일이야 어디 가당키나 한 일인가? 설령 '죽백의 기록'을 거론한다고 하더라도 아마 이 글이 제일 처음일 것이므로 먼저 이 난관에 부딪히게 된 것이다.

나는 일찍이 퀘이[Quei]를 아계(阿桂)라 쓰는지 아귀(阿貴)라 쓰는지 곰곰이 생각해 본 적이 있다. 만약 그의 호가 월정(月定)이거나 혹은 8월에 태어났다고 한다면 아계가 틀림없을 것이다. 그러나 그에게는 호가 없었고—설령 호가 있었을지도 모르지만 아무도 그걸 아는 사람이 없었다—또 생일 잔치에 초대한다는 초대장을 돌린 적도 없으므로 생일이 언제인지는 아무도 모른다. 따라서 아계라고 쓰는 것은 나만의 독단일 확률이 크다. 한편 만약 그에게 아부(阿富)라는 이름의 형이나 아우가 있었다면 그 자신은 틀림없이 아귀일 것이다. 그러나 그에겐 형제가 없으므로 아귀라고 부를만한 근거도 없다. 그밖에 [Quei]라는 발음의 낯선 서양 글자도 있지만, 이건 더욱 들어맞지 않는다. 나는 전에 조영감의 아들인 무재(茂才) 선생에게 물어본 적이 있으나, 그렇듯 박학다식한 사람도 결국 딱 부러지게 '뭐다'라고 대답해 주지는 못했다. 다만 그는 진독수(陳獨秀)가 잡지 『신청년(新靑年)』을 발행하고 서양 문자를 제창했던 까닭에 민족 고유의 정신이 파괴되었으므로 조사할 수가 없다고 결론 내릴 뿐이었다.

그리하여 내가 할 수 있는 최후의 방법은 단지 고향의 아는 친구에게 부탁하여 아Q의 범죄 조서를 조사해 달라는 것이 고작이었다. 8개월이 지나서야 겨우 회신이 오긴 했으나 조서 중에는 아Quei와 비슷한 음을 가진 사람은 찾을 수 없다는 것이 회신의 전부였다. 정말로 없었는지 아니면 조사해 보지도 않고 없다고 했는지는 알 수 없으나, 이제는 더 이상 방법이 없었다. 주음자모(注音子母)는 아직 일반적으로 통용되지 않는 것 같으니 부득이 서양 문자를 써서 영국식 철자법으로 아Quei라 쓰고, 이것을 생략해서 아Q로 하는 수밖에 없었다. 이것은 『신청년』을 추종하는 것 같아 나로서도 매우 유감이기는 하나, 무재 선생도 모르는 것을 나라고 해서 별 수 있겠는가?

네 번 째 난관은 아Q의 본적이다. 만일 그가 조가라면, 지방의 명문이라고 들먹이기 좋아하는 위인들을 흉내 내어 『군명백가성(郡名百家姓)』의 주해대로 '농서 천수 사람(西天水人)' 이라고 해도 나쁘지는 않을 것이다. 그러나 유감스럽게도 그의 성을 정확히 알 길이 없으므로 본적 또한 결정하기가 쉽지 않다. 그가 미장(未莊)에서 오래 살았다지만 이따금 다른 곳에서 살기도 했으므로 완전한 미장 사람이라고 말할 수도 없다. 그러므로 미장 사람이라 한다 해도 사법(史法)에 맞지 않기는 마찬가지다.

그나마 내가 위안을 삼을 수 있는 것은 '아(阿)' 라는 글자 하나이다. 누가 뭐래도 이 글자 하나만은 매우 정확하여 억지로 갖다 붙였거나 남의 것을 빌려왔다거나 하지 않았으므로 어떤 학자에게라도 떳떳하게 보여줄 수 있다는 것이다. 그 밖의 사항에 있어서는 천학비재(淺學非才)한 나로서는 도저히 알 수 없는 일뿐이다. 다만 역사벽과 그 고증벽이 있는 호적(胡適) 선생의 문인들이 새로운 단서를 찾아내지 않을까 하고 바랄 따름이지만, 나의 이 『아Q정전』따위는 그 무렵에는 이미 소멸되어 없을지도 모를 일이다.

이상으로써 서문을 대신한다.

제2장 우승의 기록

아Q는 성명과 본적이 분명하지 않을 뿐 아니라, 그가 이전에는 어디서 어떻게 살아왔는지마저도 확실치 않다. 왜냐하면 아Q에 대한 미장사람들의 관심은 다만 무슨 일을 부탁할 때나 혹은 그를 두고 농담할 때뿐이었지 지금껏 한 번도 그의 근원에 대해서는 관심을 두지 않았기 때문이다. 더구나 아Q 자신도 말하려 하지 않았고, 그저 다른 사람과 말다툼할 때만 간혹 눈을 부릅뜨고 이렇게 떠들어대곤 했다.

"우리 집도 옛날에는 말야…… 네놈보다 훨씬 더 잘살았어! 네 따위가 도대체 뭐야!"

아Q는 집도 없이 미장의 사당 안에 살고 있었으며 일정한 직업도 없었다. 단지 보리를 베라면 보리를 베고 방아를 찧으라면 방아를 찧고 배를 저으라면 배를 젓는 날품팔이 일뿐이었다. 일이 좀 오래 걸릴 때는 임시로 주인집에서 묵었으나 일이 끝나면 곧 사당으로 돌아갔다. 그러므로 사람들은 일손이 필요할 때만 아Q를 떠올렸다. 그러다가 한가해지면 아Q 따위는 까맣게 잊어버릴 뿐이었다. 언젠가 한 번 어느 노인이, 아Q는 정말 일을 잘한다고 칭찬한 적이 있었다. 이 때 아Q는 웃통을 벗은 채 초라하게 말라빠진 풍채로 그 노인 앞에 서 있었다. 다른 사람들은 이 말이 진심인지 비꼬는 것인지 애매해 했지만 아Q는 대단히 기뻐했다. 그는 의심할 줄 모르는 사람이었다.

아Q는 또한 자존심이 무척 강한 편이었다. 그래서 미장 사람들 뿐 아니라, 이 미장에 단 둘 뿐인 문동(文童)에 대해서까지도 무시하기 일쑤였다. 무릇 문동이란 장차 수재로 변할 수도 있다. 조영감과 전영감이 미장 사람들의 존경을 받고 있는 것도 부자이기 때문만이 아니라, 문동의 부친이기 때문이었다. 그러나 아Q는 문동에 대해 마음속으로조차 터럭만큼의 경의를 표하지 않았다. 만약 자신의 자식이었더라면 훨씬 더 훌륭해질 수 있다고 생각했던 것이다.

또한 그가 몇 차례 성안에 들어갔던 일은 더욱 그를 오만하게 만들었다. 그러나 한편으로 그는 성안에 사는 사람들까지도 몹시 경멸했다. 예를 들어 길이 석 자, 폭 세 치의 널빤지로 만든 걸상을 미장에서는 '장등' 이라고 부르며 아Q 역시 '장등' 이라 불렀는데, 성안 사람들은 그것을 '조등' 이라고 부른다. 그는 이를 두고 이것은 분명 틀린 것이며 가소로운 일이라고 생각하는 것이었다. 또 한 가지는 음식에 대한 일이다. 미장에선 도미 튀김에반 치 길이의 파를 얹는데, 성안에서는 채로 썬 파를 얹는다. 그러나 아Q에 따르면 이것 역시 틀린 것이며 우스꽝스러운 일이라는 것이다. 하지만 미장 사람들은 세상 물정 모르는 시골뜨기들이었으므로 성안의 도미 튀김은 구경조차 해 본 적이 없었다.

아Q는 옛날에 잘살았고, 견식도 높고 게다가 일도 잘하므로 나무랄 데 없는 인물이라고 할 수도 있겠지만, 그러나 안타깝게도 그에게는 약간의 체질상 결함이 있었다. 이는 사람들이 제일 싫어하는 것으로서 그의 머리에 언제 생겼는지도 모르는 부스럼 흔적이다. 이것은 꽤 넓게 벗겨져서 거의 대머리처럼 되었다. 이것도 그의 몸의 일부임에는 틀림없으나 아Q 스스로 생각하기에도 이것만은 자랑스러운 것이 못 되는 모양이었다. 왜냐하면 그는 '독' 뿐 아니라 '독' 에 가까운 발음을 싫어했고, 나중에는 점점 범위를 넓혀 '빛난다' 라든가 '밝다' 는

말조차도 듣기를 꺼렸으며, 급기야는 '램프' 나 '촛불' 이라는 말까지
도 진절머리 냈기 때문이다. 어쩌다가 그 금기(禁忌)를 범하는 자가
있으면 그것이 일부러 한 짓이건 무심결에 한 짓이건 간에 아Q는 대
머리 전체가 빨개지도록 화를 냈다. 그리고 상대가 어수룩해 보이면
몰아세워 가며 욕을 퍼붓고, 힘이 없어 보이면 덤벼들어 때리기도 했
다. 그러나 물론 아Q가 질 때가 더 많았다. 그래서 그는 점차 방법을
바꾸어 대개는 눈을 부릅뜨고 흘겨보는 정도로 위협을 했다.

그렇지만 아Q가 눈 흘겨보는 방식으로 위협을 대신하기 시작한 후
미장의 건달패들은 더욱 재미있어 하며 그를 놀렸다. 아Q를 만나기
만 하면 그들은 일부러 놀란 시늉을 하면서 말한다.

"야아, 밝아졌다."

그러면 아Q는 으레 성을 내면서 눈을 흘겨본다.

"아아, 등불이 여기 있었군!"

아Q가 아무리 성을 내도 그들은 전혀 두려워하는 법이 없다.

그러면, 아Q는 할 수 없이 달리 보복할 말을 생각해 내지 않으면 안
된다.

"네까짓 놈들에게는……."

그는 이 때 자기 머리는 일종의 고상하고 영광된 대머리이며 결코
보통 대머리와는 틀리다는 생각이 들었다. 그러나 위에서도 말한 것
처럼 아Q는 견식이 있기 때문에 금기에 저촉된다는 것을 곧 알고는
더 이상 말하려 하지 않았다. 건달패들은 여기서 그치지 않고 그를 계
속 놀리다가 마침내는 그를 구타하기까지 이른다. 그리고 아Q의 불
그스름해진 변발을 움켜잡아 가지고 네댓 번이나 쿵쿵 소리를 내며

벽에 부딪히게 되면 그제서야 건달패들은 겨우 만족해하면서 승리를 자랑하며 가버린다. 아Q는 한참 동안 서서 마음속으로 생각한다.

'나는 자식놈에게 맞은 셈이다. 요즘 애들은 정말 돼먹지 않았어!'

그리고는 스스로도 만족해서 의기 양양하게 가 버린다. 아Q는 속으로 생각했던 것을 나중에는 곧잘 입 밖에 내어 말해 버리게 되었다. 그래서 아Q를 놀리는 사람들은 거의 전부가 아Q에게는 일종의 정신적 승리법이 있다는 걸 알게 되었다. 그 후로는 그의 불그스름해진 변발을 움켜잡고는 언제나 먼저 그에게 이렇게 말하곤 했다.

"아Q, 이번에는 자식이 애비를 때리는 게 아니라 사람이 짐승을 때리는 거야. 네 입으로 말해 봐! 사람이 짐승을 때리는 거라고."

그러면 아Q는 양손으로 변발의 밑동을 꽉 잡고 머리를 기울이며 말했다.

"그래, 너는 벌레를 때리는 거야, 됐지? 나는 벌레야. 이제 놓아 줘!"

하지만 벌레라고까지 말해도 건달패들은 놓아주지 않고 여전히 그를 가까운 데로 끌고 가 머리통을 대여섯 번 쾅쾅 부딪쳐 주고 나서야 비로소 만족한 듯 의기 양양하게 가버린다. 그리고 나서야 아Q란 놈 이번에는 혼났겠지 하고 생각한다. 그러나 아Q 본인은 정작 10초도 못 돼서 의기양양하여 돌아가 버린다. 그는 자기야말로 스스로를 가장 잘 경멸할 수 있는 제1인자라고 생각했다. '자신을 경멸한다' 는 말을 뺀다면 남는 것은 '제1인자' 뿐이다. 장원(狀元)도 '제1인자' 가 아닌가? 그렇다면 네 따위가 도대체 뭐란 말이냐?

이런 식으로 적을 이긴 후 아Q는 기분 좋게 술집으로 달려가 몇 잔

들이키는 것이다. 그리고 나서는 다른 사람들과 한바탕 시시덕거리며 말다툼을 하고는, 유쾌히 사당으로 돌아와 벌렁 드러누워 잠들어 버린다. 만약 돈이 약간이라도 남아 있었다면 그는 도박을 하러 갔을 것이다. 한 무리의 사람들이 땅 위에 주저앉아 있고 아Q도 얼굴이 온통 땀에 흠뻑 젖은 채로 그 속에 끼어 있다. 그의 목소리는 그 가운데 가장 높다.

"청룡(靑龍)에 4백!"

"자…… 연다!"

노름판 주인이 상자 뚜껑을 연다. 그도 역시 얼굴에 땀을 뻘뻘 흘리며 노래한다.

"천문(天門)이다……. 각(角)은 되돌아섰고 인(人)과 천당(穿堂)은 죽었어! 아Q의 돈은 내가 다 먹었어……."

"천당에…… 150이다!"

아Q의 돈은 이와 같은 노랫가락과 함께 점점 얼굴이 온통 땀으로 뒤범벅된 다른 사람의 허리춤으로 흘러 들어간다. 마침내 돈이 다 털린 그는 어쩔 수 없이 사람들 틈을 비집고 나온다. 그리고는 사람들의 뒷전에 서서 남의 승부에 열을 올리다가 판이 끝날 때까지 구경한 뒤, 아쉬워하며 사당으로 돌아온다. 그리고 이튿날은 흐릿한 눈을 하고 또다시 일하러 가는 것이다.

그러나 참으로 '인간만사 새옹지마(人間萬事塞翁之馬)' 인 것일까. 아Q가 딱 한 번 노름에서 이긴 적이 있었는데, 그러나 그것은 거의 실패나 다름없었다.

그것은 미장에서 신에게 제사를 지내던 밤의 일이었다. 그날 밤에는 관습에 따라 연극 공연이 있었는데 무대 부근에서는 언제나 처럼 여기저기 노름판이 벌어졌다. 연극 무대에서 울려 퍼지는 징소리, 북소리가 아Q의 귀에는 10리 밖에서 들리는 것처럼 희미했고, 그에게는 단지 노름판 주인의 노랫소리만이 들렸을 뿐이다. 그는 이기고 또 이겼다. 동전은 소은화(10전짜리)로 바뀌고 소은화는 대은화로 바뀌어 대은화가 산더미처럼 쌓였다. 그는 신바람이 났다.

"천문에 두 냥!"

누가 누구하고 무엇 때문에 싸우기 시작했는지 그는 알지 못했다. 욕하는 소리, 때리는 소리, 어지러운 발자국 소리, 무엇이 무엇인지 분간할 수 없는 혼란이 한참 계속되었다. 그가 간신히 기어서 일어났을 때는 노름판도 없어지고 사람들도 보이지 않았다. 몸의 여기저기가 조금씩 아파 오는 것 같았다. 얻어맞고 발에 걸어 채이기도 한 모양이다. 몇몇 사람이 서서 이상하다는 듯이 그를 쳐다보고 있었다. 그는 넋을 잃은 사람처럼 사당으로 돌아와 마음을 가라앉힌 후에야 비로소 자신의 은화 더미가 없어졌음을 알았다. 도대체 어디 가서 범인을 찾는단 말인가? 게다가 제삿날 벌어지는 노름판의 노름꾼은 대부분 그 고장 사람이 아니지 않는가? 새하얗게 번쩍거리던 은화 더미! 더욱이 그건 그의 것이었는데……. 지금은 없다. 자식놈이 가져 간 셈 쳐보아도 역시 석연치 않다. '나는 벌레다.'라고 말해 보아도 역시 신통치 않다. 이번만은 그도 어쩔 수 없이 패배의 고통을 맛보았다.

그러나 그는 곧 패배를 승리로 돌려버렸다. 그는 오른손을 들어 힘껏 자기 뺨을 두세 차례 연거푸 때렸다. 얼얼하게 아파왔지만 기분은 조금 나아졌다. 때린 것은 자신이요, 맞은 것 역시 자신이었지만 그는 마치 또 다른 자신의 모습을 본 것만 같았다. 이윽고 자신이 남을 때린 것 같아―물론 아직도 얼얼하기는 했으나―저으기 만족해서 의기 양양하게 누울 수 있었다.

그리고 그는 이내 잠들어 버렸다.

제3장 속(續) 우승의 기록

비록 아Q가 항상 승리하고는 있었다지만 그래도 조영감에게 따귀를 맞기 전까지 그는 그다지 유명한 인물은 못되었다.

그날 그는 지보에게 두 냥의 술값을 치르고 투덜거리면서 누웠으나 다시 이런 생각이 들었다.

'요즘 세상은 너무 돼먹지 않았어. 자식이 애비를 치다니……'

그러자 갑자기 위풍당당한 조영감도 지금으로선 자신의 자식이라고 생각되자 갑자기 기분이 나아졌다. 그래서 그는 벌떡 일어나 '청상과부의 성묘' 라는 노래를 부르며 술집으로 향했다.

기묘하게도 그후부터는 과연 사람들이 뭔가 특별히 존경하는 눈으로 자신을 대하는 것만 같이 느껴졌다. 아Q로서는 그 모든 이유가 자신이 조영감의 부친이기 때문이라고 생각했을지도 모르나, 실은 그렇지가 않았다. 미장의 관례상, 아칠(阿七)이 아팔(阿八)을 때렸다든가 이사(李四)가 장삼(張三)을 때렸다든가 하는 것은 본래 별문제가 되지 않았다. 반드시 조영감 같은 유명한 사람과 관계되는 일일 경우에만 비로소 사람들의 입에 오르내리게 되는 것이다. 그리고 한 번 입에 오르내리면 때린 사람이 유명한 사람인 만큼 맞은 사람도 그 덕분에 유명해진다. 조영감과 아Q사건의 경우, 잘못이 아Q에게 있음은 말할 것도 없다. 왜냐하면 조영감과 같은 사람이 잘못을 저지를 리 없기 때문이다. 그런데 분명 아Q가 잘못했음에도 불구하고 어째서 사람들은 그를 특별히 존경하게 되었을까? 이것은 정말 대답하기 어려운 문제다. 그러나 곰곰이 생각해 보면 어느 정도는 가닥이 잡혔다. 아Q가 비록 조영감의 친척이라 하여 매를 맞기는 했지만, 그래도 아Q의 말에 약간의 진실성이 있을지도 모르므로 조금쯤은 경의를 표해 두는 편이 무난하리라는 생각에서였는지도 모른다. 이것은 공자의 묘에 바친 소나 돼지, 양 같은 짐승을 성인의 젓가락이 닿은 것이라 하여 선유(先儒)님들도 감히 건드리지 못하는 것과 같은 이치였다.

그 뒤 여러 해 동안 아Q는 우쭐한 나날을 보낼 수 있었다.

어느 해 봄이었다. 아Q는 술이 얼큰히 취한 채 거리를 걷고 있었다. 그 때 문득 담장 밑 양지 쪽에서 왕털보가 웃통을 벗어 젖히고 이를 잡고 있는 것이 눈에 띄었다. 그것을 보자 아Q도 갑자기 몸이 간지러워졌다. 이 왕털보는 대머리에다 털보였기 때문에 사람들은 그를 '왕대머리 털보' 라고 부르곤 했다. 그러나 아Q만은 거기에서 '대머리' 를 빼고 불렀다. 그리고 그는 특히 그 대머리 털보를 경멸하고 있었다. 아Q의 생각에 대머리는 전혀 이상할 것이 없으나 구레나룻만은 아주 기묘해서 볼품이 없었던 것이다.

아Q는 그와 나란히 앉았다. 만약 다른 건달이었다면 아Q도 감히 마음놓고 앉을 수 없었겠지만 이 왕털보 옆이라면 뭐가 두려우랴?

아Q도 다 해진 겹옷을 벗고 뒤집어 보았으나 세탁한 지가 얼마 안 된 탓인지, 그렇지 않으면 건성건성 훑어 봤기 때문인지 한참 뒤에야 겨우 서너 마리를 잡았을 뿐이었다. 그런데 왕털보를 돌아보니 한 마리 또 한 마리, 두 마리, 세 마리… 계속 입 속에 넣고는 톡! 톡! 소리 내며 깨물고 있는 게 아닌가. 처음에 조금 실망감을 느꼈던 아Q는, 그러나 시간이 지나면서 점점 속이 뒤틀려 왔다. '저렇게 보잘 것 없는 왕털보도 저 많은 이를 잡았는데 나는 이렇게 적다니, 이건 완전히 체면 손상이다!'

그는 한 두 마리라도 더 큰놈을 발견하려고 기를 썼으나 아무리 뒤져봐도 소용 없는 일이었다. 간신히 중간 크기의 것을 한 마리 잡아 밉살스러운 듯 두툼한 입술 속에 집어넣고 깨물었지만, 톡! 하는 소리는 왕털보 소리의 절반에도 미치지도 못할 만큼 작을 뿐이었다. 그의 대머리는 수치심으로 조금씩 붉어졌다. 참을 수 없게 되자 아Q는 옷을 땅 위에 내동댕이치고 침을 퉤 뱉으며 말했다.

"이 털북숭이 멍청아!"

"대머리 개새끼야! 너, 지금 누구보고 욕하는 거냐!"

왕털보는 경멸하듯 눈을 치켜 뜨며 말했다.

아Q는 요즘 비교적 존경을 받고 있는 터라 제법 뻐기고 다녔으나 그래도 싸움에 익숙한 건달들을 만나면 역시 겁을 집어먹기는 마찬가지였다. 그런데 어찌 된 일인지 이날만큼은 조금도 겁이 나지 않았다.

'이 털북숭이, 머저리 같은 놈이 감히 겁도 없이 함부로 잘도 지껄여 대는구나!'

그는 일어서서 양손을 허리에 대며 말했다.

"누구냐고? 몰라서 물어?"

"너 맞고 싶어 그러냐?"

왕털보도 일어나 옷을 걸치면서 말했다.

아Q는 그가 도망치려는 줄로 생각하고 달려가 주먹을 휘둘렀다. 그러나 그 주먹은 채 상대의 몸에 닿기도 전에 상대의 손에 잡히고 말았다. 그리고 그가 우악스럽게 잡아끄는 바람에 아Q는 비틀거리며 왕털보에게 변발을 움켜잡힌 채 담으로 끌려갔다. 그리고 언제나처럼 벽에 머리를 부딪히게 되었다.

"군자는 말로 하지, 손을 대는 법이 아니야!"

하고 아Q는 고개를 비틀며 말했다.

그러나 왕털보는 자신은 군자가 아니라는 듯 들은 채도 하지 않고 계속해서 다섯 번이나 부딪치는 것이었다. 마침내 그는 아Q를 힘껏 떠밀어 여섯 자나 멀리 나가떨어지는 것을 보고서야 겨우 만족해하며 가버렸다.

이 일은 아마도 아Q가 기억하는 평생의 가장 굴욕적인 사건일 것이리라. 왕털보는 텁석부리라는 결점 때문에 지금까지 아Q에게 놀림을 받았으면 받았지 아Q를 놀려본 적은 없으며, 더욱이 손찌검 따위는 있을 수도 없는 일이었다. 그런데 지금 그가 아Q에게 손찌검을 한 것이다. 정말 놀라지 않을 수 없는 일이다. 혹시 세간의 소문처럼 황제가 이미 과거를 폐지해서 수재도 거인(擧人)도 쓸데없게 돼 그 때문에 조씨의 위풍이 땅에 떨어지고, 따라서 그들도 아Q를 얕보게 된 것일까?

아Q는 어찌할 바를 모르고 우두커니 서 있었다. 그 때 저쪽에서 누군가 걸어오고 있었다. 그의 적이 또 나타난 것이다. 바로 아Q가 가장 미워하는 사람, 즉 전(錢)영감의 장남이다. 그는 얼마 전 성안에 있는 서양식 학교에 들어갔으나 무슨 까닭인지 그 뒤 일본으로 건너갔다. 그리고 반년 후 집에 돌아왔을 때는 걸음걸이도 변하고 변발마저 없어졌다. 그 후 그의 모친은 열 번 이상이나 대성통곡을 하며 야단법석을 떨었고, 그의 아내는 세 차례나 우물에 뛰어들었다. 그 후 그의 모친은 어디를 가나 이렇게 말하고 다녔다.

"그 변발은 술에 취했을 때 나쁜 놈들에게 잘리고 말았대요. 본래 훌륭한 관리가 될 수 있었는데……. 이젠 머리가 자랄 때까지 기다리는 수밖에 없어요."

그러나 아Q는 그 말을 믿지 않았다. 그리하여 그를 두고 악착같이 '가짜 양놈' 이라 부르고 또는 '양놈의 앞잡이' 라고도 불렀으며, 그를 만나면 반드시 속으로 욕을 해대야 시원해졌다. 특히 아Q가 더욱 극단적으로 증오하는 것은 가발로 된 그의 가짜 변발이었다. 그 변발이 가짜라는 것은 사람으로서의 자격을 잃은 것이나 마찬가지다. 그의 아내 또한 이를 이유로 우물에 네 번째로 뛰어들지 않는 것으로 보아 훌륭한 여인이라고는 할 수 없다는 것이 아Q의 생각이었다.

이 가짜 양놈이 가까이 다가왔다.

"중대가리, 당나귀……."

이전 같으면 아Q는 속으로만 욕을 하고 입 밖으로는 내지도 않았을 테지만, 이번에는 때마침 화가 나 앙갚음할 상대를 찾던 참이었으므로 무의식중에 낮은 소리로 말하고 말았다.

그런데 뜻밖에도 이 가짜 양놈은 니스를 칠한 단장—아Q가 말하는 상장 막대—을 들고 성큼성큼 다가왔다. 순간 아Q는 맞을 것을 각오하고 전신의 근육을 긴장시킨 채 어깨를 움츠리고 있었는데 잠시 후 과연 딱 하는 소리가 났다. 확실히 자기 머리에 맞은 것 같았다.

"나는 저 아이를 보고 말한 거란 말야!"

아Q는 곁에 있던 아이를 가리키며 변명했다.

딱! 딱! 딱!

아Q의 기억으로는 이것이 아마 평생 두 번째의 굴욕적인 사건이리라. 다행히도 딱딱 하고 얻어맞는 소리가 나고 그것으로써 사건이 일단락 된 듯싶었다. 아Q는 이로 인해 도리어 마음이 홀가분해짐을 느꼈다. 게다가 때맞춰 망각이라는 조상 전래의 보물이 진가를 발휘해 주었다. 불과 조금 전에 어떤 일들이 있었는지 까마득하게 잊어버리게 된 것이다. 그가 천천히 걸어 술집 문간까지 왔을 때는 벌써 감정은 어느 정도 진정되어 있었다.

그런데 마침 저쪽에서 정수암(靜修庵)의 젊은 여승이 걸어오고 있는 것이 보였다. 아Q는 평소에도 그 여인을 보면 반드시 침을 뱉고 욕지거리를 퍼부었는데 하물며 지금은 굴욕을 당한 뒤가 아니던가? 그 치욕스런 기억이 되살아나자 그에게는 다시 적개심이 불타올랐다.

'오늘 어째서 재수가 없나 했더니 역시 너를 만날 일진이었기 때문이었구나!'

아Q는 이렇게 생각하고는 성큼성큼 걸어가 큰소리를 내면서 침을 뱉었다.

"칵-, 퉤!"

젊은 여승은 거들떠보지도 않고 머리를 숙인 채 걸어갔다. 아Q는 그 여인 곁으로 가까이 다가서더니 별안간 손을 들어 그녀의 밋밋한 머리를 쓰다듬고는 낄낄 웃으면서 말했다.

"중대가리야! 어서 가 봐. 중이 기다릴 테니……."

"아니, 이런 무례한 일이……."

여승은 얼굴을 붉히며 이렇게 말하고는 걸음을 재촉했다.

술집 안에 있던 패들이 요란하게 웃어댔다. 아Q는 자기의 공로가 인정된 줄로만 알고 있었기 때문에 더욱 흥이 나서 의기 양양해졌다.

"중은 집적거려도 괜찮고 나는 안 된단 말이냐?"

그는 그 여승의 뺨을 꼬집었다.

술집 안에 있던 패거리들은 또 웃었다. 아Q는 더욱 신이 나서 그 구경꾼들을 만족시키기 위하여 다시 한 번 힘껏 꼬집고 나서야 겨우 손을 놓았다. 그는 이 여승과의 일전 덕분에 어느새 왕털보의 일뿐 아니라 가짜 양놈 일도 잊어버렸다. 오늘의 모든 악운에 대해서 완전히 앙갚음을 한 것 같았다. 게다가 이상하게도, 전신을 얻어맞은 뒤보다도 훨씬 기분이 좋아져 둥실둥실 날아갈 것만 같았다.

"이 자손의 씨도 못 받을 아Q놈!"

멀리서 젊은 여승의 울음 섞인 목소리가 들려왔다.

"하하하!"

아Q는 아주 만족스럽게 웃었다.

"하하하!"

술집 안에 있던 패거리들도 꽤 신이 나서 웃었다.

제4장 연애의 비극

누군가가 말했다.

'어떤 승리자는 적이 호랑이 같고 매 같기를 바라며, 반드시 그래야만 비로소 승리의 환희를 느낀다. 만약 적이 양이나 병아리 같다면 그는 승리에 대한 만족감보다는 싱겁다는 느낌을 받을 것이다.' 라고. 또 어떤 승리자는 일체를 극복한 연후에 죽을 사람은 죽고 항복하는 사람은 항복하는 것을 보게되면, 자신에게는 이미 적도, 경쟁 상대도, 친구도 없고 단지 자기만이 홀로 빼어나 외롭고 처량하고 적막하게 되어 오히려 승리의 비애를 뼈저리게 느낀다고 한다.

하지만 우리들의 아Q에게는 그런 나약함은 결코 찾을 수 없다. 그는 영원히 의기 양양하다. 이건 어쩌면 중국의 정신 문명이 세계에서 가장 뛰어나다는 증거의 하나일지도 모른다.

보라! 그는 하늘을 훨훨 날 것 같아 보이지 않는가?

그러나 이번의 승리는 그에게 좀 이상한 변화를 남겼다. 반나절 동안이나 정처 없이 돌아다니던 그는 어슬렁어슬렁 사당으로 돌아왔다. 전 같으면 드러눕자마자 금방 코를 골았을 텐데 어찌 된 일인지 이날 밤만은 쉽게 잠을 이룰 수가 없었다. 그리고 그는 자기의 엄지손가락과 집게손가락이 보통 때보다 이상하게 매끄럽다는 것을 느꼈다. 젊은 여승의 얼굴에 무엇인가 매끄러운 것이 있어 그것이 그의 손가락에 묻은 건 아닐까? 아니면 그의 손가락이 매끈매끈할 정도로 여승의 얼굴을 쓰다듬어서 그런 것일까……?

아Q의 귀에는 또 이 말이 들어온다.

'이 자손의 씨도 못 받을 아Q놈!'

그는 생각했다.

'그렇다, 여자가 있어야만 한다. 자손이 없으면 죽어도 밥 한 그릇 바쳐 줄 사람 하나 없을 테니……. 여자가 있어야 한다. 무릇 불효에는 세 가지가 있으니 그 중 자손이 없는 것이 가장 크며, 죽은 후의 영혼은 굶고는 견디지 못한다고 하니 이렇게 된다면 또한 인생의 크나큰 비애가 아닌가.'

그러므로 그의 이 생각은 기실 모두가 성현의 가르침에 부합되는 셈이다. 다만 유감스러운 일은 그 후에도 그 방심한 마음을 거둘 수 없었던 것이다.

'여자, 여자!…….' 하고 그는 생각했다.

'…… 중이면 건드릴 수가 있다.…… 여자, 여자!…… 여자!'

그는 또 생각했다.

그날 밤 아Q가 언제쯤 코를 골기 시작했는지는 알 수 없다. 그러나 어찌됐건 아마도 이 때부터 어쩐지 손가락이 매끈거림을 느꼈고, 그래서 마음이 들떠 여자를 생각하게 된 것 같다.

이것으로 미루어 볼 때 여자란 것은 분명 사람을 해치는 존재임이 분명하다. 중국의 남성은 본래 대부분이 성현이 될 소질을 갖고 있었으나 아깝게도 모두 여자로 인해서 몸을 망쳐 버렸던 것이다. 상(商)은 달기(妲己)때문에 망했고, 주(周)는 포사(褒姒)로 인하여 파괴되었으며, 진(秦)은……. 역사엔 명백히 기록되어 있지 않으나 그것도 여자 때문이라고 해도 거의 틀림없을 것 같다. 그리고 한(漢)의 동탁(童卓)은 확실히 초선(貂蟬)으로 인해 살해된 것이다.

아Q도 원래는 바른 사람이었다. 그가 과연 어느 훌륭한 스승의 가르침을 받았는지는 모르지만, 적어도 그는 '남녀 유별'에 대해서 지금까지 몹시 엄격했고, 또 이단(異端)—예컨대 젊은 여승이라든가 가짜 양놈 같은 따위—을 배척할 만한 기개도 충분히 가지고 있었다. 그의 학설에 의하면 대저 여승이란 반드시 중과 사통(私通)하는 것이며, 여자가 혼자 밖을 쏘다니는 것은 반드시 남자를 유인하기 위해서이고, 단 둘이 이야기하고 있는 남녀 사이에는 반드시 수상한 관계가 있다는 것이다. 그래서 그는 그런 사람을 만날 때면 종종 눈을 흘겨보기도 하고, 혹은 큰소리로 아픈 곳을 찌르는 것 같은 말을 퍼붓기도 하며, 만약 후미진 곳이라면 뒤에서 돌을 던지기도 했다.

그러던 그가 바야흐로 서른 살이 가까워 드디어 젊은 여승으로 인해 마음이 들뜬 것이다. 그런데 이 들뜬 마음이야말로 예교(禮敎)에서는 허용할 수 없는 것이다. 그러므로 여자란 참으로 가증스러운 존재가 아닐 수 없다. 만약 젊은 여승의 얼굴이 매끈매끈하지 않았다거나, 또는 그녀의 얼굴이 헝겊으로라도 가려져 있었다면 이처럼 아Q가 매혹되진 않았을 것이다. 실은 5, 6년 전에 그는 연극 무대 밑 관중 속에서 여인의 허벅지를 꼬집은 적이 있긴 했다. 하지만 그 때는 바지 위로 꼬집었으므로 나중에 결코 마음이 들뜨거나 하는 일 따위는 없었다. 그러나 젊은 여승은 그렇지 않았다. 이것만 봐도 여자라는 이단이 얼마나 나쁜 것인지 알 수 있다.

'여자…….'

하고 아Q는 생각했다.

그는 남성을 유혹하는 것이라고 생각되는 여자에 대해서는 언제나 주의를 게을리하지 않았으나, 여자들은 그에게 전혀 웃음을 주지 않았다. 또한 그는 자기와 이야기를 나누고 있는 여자의 말에도 늘 유심히 귀를 기울였으나 조금이라도 수상쩍은 말은 건네 오는 여자는 없었다. 아아! 이것 역시 여자의 가증스러운 일면이로군! 여자들이란 모두 가면을 뒤집어쓰고 얌전한 체 내숭을 떨고 있는 것이다.

그날 하루 아Q는 조영감 집에서 방아를 찧었다. 저녁밥을 먹은 후 아Q는 부엌에 앉아 담배를 한 대 피워 물고 있었다. 다른 집 같으면 저녁을 먹은 뒤 돌아갈 수 있었겠지만 조씨네 집에서는 저녁이 너무 일러 그럴 수도 없었다. 평소에는 호롱불을 켜는 것이 금지되어 있어 저녁을 먹고 나면 곧 잠자리에 드는 것이 예사였으나 몇 가지 예외도 있었다. 그 하나는 조영감의 아들이 아직 수재에 합격하지 않았을 무렵 호롱불을 켜고 글을 읽는 것이 허용되었고, 그 다음은 아Q가 날품으로 일할 때 호롱불을 켜고 방아를 찧는 것이 허용되어 있었다. 이런 예외 때문에 아Q는 방아 찧기를 시작하기 전에 부엌에 앉아 담배를 피우고 있었던 것이다.

오씨 아줌마는 조영감 댁에 단 하나뿐인 여자 하녀였다. 설거지를 마치고 난 그녀는 길다란 의자에 걸터앉아 아Q와 잡담을 하고 있었다.

"마님은 이틀 동안이나 통 진지를 안 잡수셨어, 나리가 작은댁 마님을 들인다고 해서 말야……."

'여자…… 오씨 아줌마…… 이 청상 과부…….' 하고 아Q는 계속 망상에 잠겼다.

"우리 작은댁 마님은 8월에 아기를 낳으신대……."

‘여자…….’ 아Q는 생각했다.

드디어 아Q가 담뱃대를 놓고 일어섰다.

“우리 작은댁 마님이…….”

오씨 아줌마는 아Q의 행동은 눈치채지 못할 채 계속 지껄여댔다.

“너, 나하고 자자, 응? 나하고 같이 자!”

아Q는 별안간 달려들어 그녀의 앞에서 무릎을 꿇었다.

그러자 한순간 찬물을 끼얹은 듯 조용해졌다.

“아이구머니나!”

별안간 오씨 아줌마는 질겁을 하고 덜덜 떨기 시작하더니 큰소리를 지르며 밖으로 뛰어나갔다. 달아나면서도 계속해서 소리를 질렀다. 급기야는 울먹이는 것 같았다.

아Q는 벽을 향해 꿇어앉은 채 멍하니 있다가 두 손으로 빈 의자를 짚고는 천천히 일어났다. 심장이 아직 두근거렸고 좀 서툴렀다는 느낌이 머리를 스쳐 지나갔다. 그러자 그는 덜컥 겁이 났다. 그리고는 당황해서 담뱃대를 허리띠에 찌르고는 곧 방아를 찧으러 가려고 했다. 순간 탁! 하는 소리와 함께 무언가 굵직한 것이 머리 위로 떨어졌다. 급히 돌아다보니 수재가 굵은 대나무 몽둥이를 가지고 그의 앞에 서 있었다.

“이 고얀놈 같으니…… 네 이놈!”

굵은 대나무 몽둥이가 다시 그의 머리를 내리쳤다. 아Q는 두 손으로 머리를 감쌌다. 그러자 딱 하면서 몽둥이를 손가락에 정통으로 맞게 되었다. 이번에는 정말 참을 수 없을 정도로 아팠다. 그래서 그는 부엌에서 뛰어나왔다. 등을 또 한 대 얻어맞은 것 같았다.

"이 개 같은 놈!"

수재는 등뒤에서 마구 욕을 퍼부었다.

아Q는 방앗간으로 뛰어들어가 혼자 멍하니 서 있었다. 손가락이 아직도 욱신거렸다. '개 같은 놈' 이란 말이 아직도 귀에 쟁쟁했다. 이런 말은 본래 미장의 시골뜨기들은 쓰지 않는 말로 오로지 관청의 훌륭한 분들만이 쓰기 때문에, 더욱 겁이 났고 머리 속에서 쉽게 지워지지 않았다. 그 통에 그의 '여자……' 하는 생각은 일순 사라져버렸다. 더구나 매를 맞고 욕을 먹고 나니 사건이 그것으로 끝장이 난 것 같아 도리어 마음이 후련하여 곧 자연스럽게 방아를 찧기 시작했다. 한참 찧자니까 몸에 점점 열이 차 올랐다. 너무 더워진 그는 일손을 잠깐 멈추고 웃옷을 벗었다.

아Q가 막 웃옷을 벗어 던졌을 때였다. 밖에서 와자지껄하는 소리가 들려왔다. 천성적으로 구경을 좋아하는 아Q는 곧 소리 나는 곳으로 뛰어나갔다. 소리 나는 곳을 찾아서 가다 보니 어느덧 조영감댁 안마당까지 오고 말았다. 해가 져서 어둑어둑해질 무렵이기는 했으나 그래도 많은 사람들을 분간할 수는 있었다. 조씨 댁 사람이 모두 모여 있었는데, 그 중에는 이틀 동안 밥을 먹지 않았다는 마님도 끼어 있었다. 그밖에 이웃의 추칠(鄒七) 아줌마와 진짜 친척인 조백안(趙白眼), 조사신(趙司晨)도 있었다.

마침 마님이 오씨 아줌마의 손을 끌고 하녀 방에서 밖으로 나오면서 말했다.

"너, 밖으로 나와라……. 네 방에 틀어박혀 있지만 말고……."

"네 행실이 바르다는 건 누구나 다 알고 있다……. 절대로 경솔한 짓을 해서는 안돼!"

추칠 아줌마도 옆에서 말참견을 했다.

오씨 아줌마는 그저 훌쩍거리기만 하면서 뭐라고 지껄였지만 알아들을 수가 없었다.

아Q는 생각했다.

'흥, 재미있다. 이 청상 과부가 대체 무슨 장난을 친 걸까?

궁금증을 참을 수 없어진 아Q는 물어보기 위해 조사신 곁으로 가까이 갔다. 그 때였다. 그는 별안간 조영감이 자기 쪽으로 달려오는 것을 보았다. 더구나 손에는 굵은 대나무 몽둥이가 들려 있었다. 그는 이 굵은 대나무 몽둥이를 보자 돌연 조금 전에 자기가 맞은 게 지금의 소란과 관련되어 있음을 직감적으로 깨달았다. 이런 생각이 드는 순간, 그는 몸을 홱 돌려 달아났다. 방아 찧던 곳으로 도망쳐 돌아가려고 했으나 대나무 몽둥이가 그가 가는 길을 가로막았다. 그래서 그는 다시 몸을 돌려 뒷문으로 빠져 나와 달아났다. 그리고 한참 달려와 보니 어느새 사당 안에 와 있었다.

잠시 멍하니 앉아 있으려니까 아Q는 피부에 소름이 끼치면서 한기를 느끼게 되었다. 봄이라고는 하나 밤이 되면 아직도 쌀쌀했다. 아무래도 벌거벗고 있기에는 무리였다. 문득 웃옷을 조씨 댁에 두고 왔다는 생각이 났으나, 그것을 가지러 가려니 수재의 대나무 몽둥이가 무서웠다. 어떻게 할까 망설이던 중에 지보가 들이닥쳤다.

"아Q, 이 바보 녀석! 너 조씨 댁 하인에게까지 손을 댔다지? 이 역적 같은 놈아! 덕분에 나까지 밤잠을 못 자고 돌아다니게 됐잖아. 이, 천하에 머저리 같은 놈아!"

이러쿵저러쿵 한바탕 설교를 늘어놓았지만 아Q는 물론 한마디도 대꾸할 수 없었다. 일장 연설 끝에 아Q는 밤에 폐를 끼쳤다고 해서 지보에게 평소 술값의 두 배에 달하는 넉 냥을 지불해야 했다. 그러나 아Q는 마침 현금이 없어 털모자를 잡히고, 게다가 다섯 조항에 서약까지 했다.

　1. 내일 붉은 초—무게 한 근짜리—한 쌍과 향 한 봉을 가지고 조씨 댁에 가서 사과할 것.
　2. 조씨 댁에서 도사를 불러 목매달아 죽은 원혼을 쫓아 버리는 굿을 하는데, 그 비용은 전부 아Q가 부담할 것.
　3. 아Q는 앞으로 조씨 댁 출입을 금할 것.
　4. 오씨 아줌마에게 앞으로 만일 이변이 생기면 그 책임은 모두 아Q가 질 것.
　5. 아Q는 품삯과 웃옷을 달라는 요구를 하지 말 것.

아Q는 물론 전부 승낙했으나 유감스럽게도 가진 돈이라곤 한 푼도 없었다. 그러나 다행스럽게도 이제는 봄이므로 솜이불은 없어도 된다. 그래서 그것을 20냥에 잡혀 가지고는 조약을 이행했다. 반나체로 머리를 땅에 대고 사죄한 뒤 몇 푼인가 남은 돈으로는 전부 술을 마셔 버렸다. 그런데 조씨 댁에서는 향을 피우지도 초를 켜지도 않았다. 마님이 불공드릴 때 쓸 요량으로 간직해 두었다는 것이다. 누더기 조각은 오씨 아줌마의 신발 밑창이 되어 버렸다고 한다.

제 5 장 생계 문제

사죄식(謝罪式)이 끝나자 아Q는 전처럼 사당으로 돌아왔다. 그런데 해가 산너머로 기울어짐에 따라 아Q는 점점 이상한 기분에 사로잡히는 것이었다. 곰곰이 생각해 본 결과 그것은 전적으로 자기가 웃옷을 벗고 있기 때문임을 깨닫게 되었다. 그래서 그는 아직 남아있는 누더기 겹옷을 걸쳐 입고는 다시 드러누웠다. 다시 눈을 떴을 때는 해가 벌써 서쪽 담 위에서 빛나고 있었다. 그는 몸을 일으키면서 중얼거렸다.

"제기랄!"

그는 다시 평소처럼 거리를 쏘다녔다. 벗고 있을 때처럼 살을 찌르는 듯한 추위가 느껴지지는 않았으나 또다시 어쩐지 세상이 좀 이상스러워진 듯한 기분이 들었다. 어쩐 일인지 미장의 여자들이 갑자기 부끄럼을 타게 된 모양이었다. 아Q를 보면 저마다 대문 안으로 몸을 숨기는 것이었다. 심지어 50살이 가까운 추칠 아줌마마저도 다른 이들의 꽁무니를 따라 숨어 버리고, 또한 열한 살 난 계집애까지 불러들이는 것이었다. 아Q에게는 퍽 이상스러운 일이 아닐 수 없었다. 그래서 이렇게 생각했다.

'아니, 이것들이 갑자기 얌전한 처녀 흉내를 내기 시작했나? 화냥년들 같으니……'

그러나 그가 세상이 괴상해졌음을 더욱 절감한 것은 그로부터 여러 날이 지난 뒤였다. 첫째, 술집에서 외상을 거절했다. 둘째, 사당을 관리하는 늙은이가 이러쿵저러쿵 쓸데없는 트집을 잡는 폼이 아무래도 그를 내쫓으려는 것 같다. 셋째, 며칠이나 되었는지를 기억할 수 없으나 하여튼 꽤 여러 날 아무도 날품을 얻으러 오지 않았다.

술집에서 외상을 안 주는 거야 참으면 그만이고 늙은이가 내쫓으려는 것은 못들은 채 하면 그만이지만, 아무도 날품을 얻으러 오지 않는 것은 아Q의 배를 곯게 하는 일이었다. 이것만은 정말 일생일대의 사건이 아닐 수 없다.

아Q는 더 이상 참을 수 없어서 단골집들을 찾아다니며 물어 보았다. 아직까지 조씨 댁의 출입은 금지되어 있었지만 말이다. 그런데 사태는 분명 달라져 있었다. 어느 집이건 반드시 남자가 나와서 달갑지 않은 얼굴로, 마치 거지라도 쫓아 버리듯이 손을 내저으며 말하는 것이었다.

"없어, 없어! 나가!"

아Q는 더욱 이상한 생각이 들었다. 이런 집들은 일이 많아 언제나 남이 일을 거들어 주지 않으면 안 되었는데 지금에 와서 갑자기 아무 데도 일이 없다니 이상한 일이 아닌가! 여기에는 반드시 무엇인가 이유가 있다고 그는 생각했다. 그래서 주의해서 살펴본 결과 그들은 일이 있으면 모두 소D에게 시킨다는 것을 알게 되었다. 이 소D는 몸도 작고 힘도 없는 말라깽이이므로, 아Q의 편에서 보면 왕털보 보다도 한층 낮은 위치에 있었다. 그런데 뜻밖에도 이 애송이에게 그의 밥줄을 뺏긴 것이다. 그래서 아Q의 이번 분노는 여느 때와는 사뭇 달랐다. 화가 머리끝까지 난 아Q는 길을 걸어가다가 별안간 손을 들고 노래를 부르기도 했다.

"고들개 철편으로 네놈을 치리……."

며칠 뒤 그는 전씨 댁 담 앞에서 우연히 소D와 마주쳤다.

"원수는 외나무다리에서 만난다더니……."

아Q가 성큼성큼 다가서자 소D도 멈춰 섰다.

"개새끼!"

아Q는 눈을 흘기며 말했다. 입에서는 침이 튀어나왔다.

"그래, 난 벌레야, 이젠 됐지?"

소D가 말했다.

이 겸손이 오히려 아Q의 비위를 건드렸다. 그러나 그의 손에는 철편이 없었으므로, 그냥 맨손으로 덤벼들어 소D의 변발을 움켜잡았다. 소D 역시 한 손으로 자기 머리채 밑을 누르면서 다른 한 손으로는 아Q의 머리채를 움켜잡았다. 그러자 아Q는 남은 한 쪽 손으로 자기의 머리채 밑을 눌렀다. 예전의 아Q 같았으면 소D쯤은 상대도 안 되는 것이지만 그는 요사이 배를 주려 소D 못지 않게 말라 있었기 때문에 소D보다 나을 게 하나도 없었다. 네 개의 손이 두 개의 머리를 서로 움켜쥐고 허리를 구부린 두 사람 모두 푸른 옷을 입고 있어서 그 풍경이란 마치 전씨 집의 흰 벽에 푸른 무지개를 그려 놓은 것만 같았다. 그렇게 싸움은 반시간 남짓 계속되었다.

"이젠 됐다, 됐어!"

구경꾼들이 외쳤다. 아마 중재할 셈이었을 것이다.

"됐어, 됐어!"

구경꾼들이 다시 말했다. 중재하는 건지 칭찬하는 건지, 그렇지 않으면 부추키는 건지 알 수가 없었다.

하지만 그들은 둘 중 누구도 들은 척하는 사람은 없었다. 아Q가 서너 걸음 나서면 소D는 서너 걸음 물러나서 멈춘다. 이번에는 소D가 서너 발짝 나서면 아Q가 서너 발짝 물러나 멈춰 섰다. 이렇게 반시간 정도 지났을까. 미장에는 시계가 흔하지 않았으므로 정확히는 모르고 아마 20분쯤이었는지도 모른다. 그들의 머리에서는 모락모락 김이 나고, 이마에서는 땀이 흘러내렸다. 아Q의 손이 느슨해져 떨어져 나가자 동시에 소D의 손도 떨어졌다. 떨어진 두 사람은 동시에 허리를 펴고 물러나 군중 속을 헤쳐 나갔다.

"두고 보자, 이 염병할 놈!"

아Q가 돌아보며 말했다.

"개새끼, 두고 보자……."

소D도 돌아보며 말했다.

이 '용호(龍虎)의 싸움' 은 결국 무승부로 끝났다. 구경꾼들이 만족했는지 어떤지는 모르나 아무도 더 이상 그 싸움에 대해 말하는 사람은 없었다. 그러나 그럼에도 불구하고 아Q에게는 여전히 날품팔이 일이 들어오지 않았다.

어느 따뜻한 날이었다. 산들바람이 불어 제법 여름다운 날씨였으나 아Q만은 아직도 추위를 느꼈다. 솜이불, 털모자, 홑옷은 벌써 없어진 지 오래고 마지막으로 솜옷도 팔아먹은 상태였다. 지금 입고있는 바지가 있기는 하지만 이것만은 벗을 수가 없었다. 누더기 겹옷도 있기는 하나 남에게 주어 신발 밑창이나 하라고 하면 모를까 팔아서 돈이될 물건은 아니다. 그는 길바닥에서 돈이라도 주웠으면 하고 은근히 바라고 있었으나 돈은 눈을 씻고 봐도 없었다. 그는 쓰러져 가는 자기의 집안에 혹시 동전이라도 떨어져 있지 않을까 하고 황급히 사방을 두리번거려 보았으나 실내는 휑하니 비어 있다. 참다 못한 그는 밖으로 나가 먹을 것을 찾아보기로 결심했다.

그는 길을 걸으면서 먹을 걸 찾아볼 작정이었다. 제일 먼저 단골 술집이 눈에 띄었다. 낯익은 만두집도 눈에 띄었다. 그러나 그는 모두 지나쳐 버릴 수밖에 없었다. 발걸음도 멈추지 않았을 뿐 아니라 먹을 걸 달라고도 하지 않았다. 그가 구하려는 것은 이런 것이 아니었다. 그렇다면 그가 구하려는 것은 무엇인가? 그것은 그 자신도 잘 알지 못했다.

미장은 본래 큰 마을이 아니므로 얼마 걷지 않아 동구 밖까지 나오게 되었다. 마을을 빠져 나오면 온통 논뿐이다. 눈에 들어오는 것은 모두가 새로 모를 내놓아 파릇파릇한 빛깔뿐, 그 사이에 끼여 가끔씩 움직이고 있는 검은 점은 논을 갈고 있는 농부였다. 아Q는 이런 전원 풍경을 감상할 여유도 없이 그저 걷기만 했다. 왜냐하면 그것들은 그가 음식을 구걸하는 길과는 퍽 멀리 떨어진 것임을 알고 있었기 때문이다. 이렇게 걷던 그는 마침내 정수암의 담 밖에까지 오고 말았다.

암자의 주위도 거의가 논이었다. 신록 사이로 흰 벽이 우뚝 솟아 있고, 뒤쪽의 얕은 토담 안은 채소밭이었다. 아Q는 한참 망설였다. 그리고 사방을 둘러보았으나 아무도 없었다. 그는 이 얕은 담으로 기어올라 하수오 덩굴을 붙잡았다. 토담의 흙이 부석부석 떨어지자 아Q의 발도 후들후들 떨렸다. 겨우 뽕나무 가지를 휘어 잡아 안으로 뛰어내렸다. 안은 푸릇한 뽕나무가 참으로 무성해 있었으나 술이나 만두나 그밖에 먹을 만한 것은 아무 것도 없는 것 같았다.

서쪽 담을 따라가면 대나무 숲이 있는데 그 땅 위에는 많은 죽순이

옹기종기 나 있었다. 그러나 유감스럽게도 모두가 삶아 익힌 것이 아니어서 먹을 수가 없었다. 그리고 유채도 있으나 벌써 씨가 들었고, 갓은 이미 꽃이 피어 있었으며, 봄배추도 장다리가 돋아 있었다.

기대가 어긋난 아Q는 마치 시험에 낙방한 문동처럼 풀이 죽었다. 그래서 그는 채소밭 입구를 향해 천천히 걸어갔다. 그 때 갑자기 놀라움과 기쁨으로 가슴이 뛰었다. 이것은 무밭이 분명했다. 그는 망설임 없이 주저앉아 무를 뽑기 시작했다. 그 때 돌연 문안에서 동그란 머리가 힐끔 내다보더니 바로 들어가 버렸다. 틀림없이 젊은 여승이다. 그러나 젊은 여승 따위는 아Q의 눈에는 티끌이나 먼지와 다름없는 존재였다. 그가 정신없이 무 네 개를 뽑아 푸른 잎사귀를 뜯어버리고 옷섶 안에 쑤셔 넣었을 때였다. 그의 앞에는 이미 늙은 여승이 서있었다.

"나무아미타불, 아Q! 어째서 남의 채소밭에 몰래 들어와 무를 훔치는 거지? 아아, 이런 나쁜 짓을. 나무아미타불……!"

"내가 언제 당신 밭에 들어가 무를 훔쳤어?"

아Q는 걸어 나가면서도 그 늙은 여승을 돌아보며 말했다.

"그럼…… 그런 뭐냐?"

늙은 여승은 그의 품속을 가리켰다.

"이게 당신 거라고? 그렇다면 무에게 물어 봐? 당신……."

아Q는 미처 말을 끝내지도 못하고 별안간 달리기 시작했다. 커다란 검둥개가 쫓아왔기 때문이었다. 개는 본래 정문에 있었는데 어찌 된 일인지 뒤쪽 밭으로 옮겨 와 있었다. 검둥개가 컹컹 짖으며 쫓아왔다. 검둥개가 아Q의 발을 막 물려는 참이었는데 다행히 품속에서 무 한 개가 떨어졌다. 그 바람에 개는 깜짝 놀라 주춤 멈춰 섰다. 그 틈에 아

Q는 벌써 뽕나무로 기어올라 토담을 넘어 담 밑으로 굴러 떨어졌다. 뒤에선 아직도 검둥개가 뽕나무를 향해 짖어 대고 늙은 여승은 염불을 여전히 외우고 있었다.

아Q는 늙은 여승이 또 검둥개를 풀어놓지나 않을까 두려워하여 무를 주워 가지고 이내 달리기 시작했다. 뛰면서 돌을 몇 개 주웠으나 검둥개는 다시 나타나지 않았다. 그래서 아Q는 돌을 버리고 걸어가며 무를 먹기 시작했다. 그러면서 생각했다.

'여기는 구할 것이라고는 아무 것도 없어. 차라리 성안으로 들어가자……'

무 세 개를 다 먹었을 때, 그는 이미 성안으로 들어갈 결심을 굳히고 있었다.

제 6 장 중흥(中興)에서 말로(末路)까지

미장에 아Q가 다시 모습을 드러낸 것은 그 해 중추절이 막 지난 무렵이었다. 아Q가 돌아온 것을 안 사람들은 모두 의아함을 감추지 않았다. 그리고는 새삼스럽게 그가 어디에 가 있었을까 하고 쑤군대는 것이었다.

아Q는 전에도 몇 번 성안에 들어갔던 적이 있었는데, 그 때마다 돌아와서는 신이 나서 사람들에게 자랑을 늘어놓곤 했다. 그런데 이번만은 그렇게 하지 않았으므로 아무도 그가 어디에 가 있었는지 아는 사람은 없었다. 어쩌면 사당을 관리하는 노인에게만은 말했을지도 모른다. 그러나 미장의 관례로 조영감과 전영감 혹은 수재 영감이 성안에 들어갔다면 화제가 되겠지만 '가짜 양놈' 조차도 아직 그 축에 끼지 못할 정도였으므로 아Q쯤은 더 이상 말할 나위도 없는 일이었다. 그러므로 노인이 그를 위해 선전을 했을 리도 없겠고 때문에 미장의 사회에서도 알 도리가 없었던 것이다. 하지만 아Q가 이번에 돌아온 것은 종전과는 확실히 달랐다.

날이 저물 무렵 그는 몽롱한 눈을 해 가지고 술집 문앞에 나타났다. 그는 계산대 앞으로 걸어가 허리춤에서 손을 뺐다. 그리고는 한 움큼의 은전과 동전을 계산대 위로 내던지며 말했다.

"자, 현금이오! 술 좀 주시오!"

그리고 보니 그는 새 겹옷을 입소 있었다. 자세히 보니 허리에는 커다란 주머니를 차고 있는데 묵직해서인지 주머니 찬 자리의 허리띠가 축 늘어져 있었다. 좀 주목할 만한 인물이라 여겨지면 소홀히 여기지 않고 오히려 존경하는 것이 지금까지의 미장의 관례였다. 지금 술집에 나타난 사람이 아Q라는 사실은 의심의 여지가 없었으나, 분명 예전의 아Q와는 좀 다른 것 같았다. 옛사람들이 말하기를 "선비란 사흘만 떨어져 있어도 다시 크게 눈을 뜨고 보아야 한다"라고 했기 때문에 점원도 주인도 손님도 통행인도 의아해 하면서도 존경의 태도를 표시했다. 주인은 우선 머리를 꾸벅이며 인사를 하고는 이어서 말을 걸었다.

"오, 아Q! 돌아왔군!"

"돌아왔지!"

"돈을 많이 벌었나 본데, 어디서……?"

"성안에 가 있었지!"

이 소식은 그 이튿날 벌써 온 마을에 파다하게 퍼졌다. 사람들은 모두 현금을 갖고 새 겹옷을 입은 아Q의 성공담을 궁금해했다. 그래서 술집이라든가 음식점, 사당의 처마 밑에서 차차 소문을 염탐해 냈다. 그 결과 아Q는 다시 새로운 존경을 받게 되었다.

아Q의 말에 의하면 그는 거인(舉人) 영감 댁에서 일을 거들어 주고 있었다는 것이었다. 이 한 마디에 듣는 사람은 모두 숙연해졌다. 이 영감은 본래 백(白)씨지만 온 현(縣) 안에 오직 하나뿐인 거인이므로 성을 붙이지 않아도 그저 거인이라 하면 으레 그를 가리키는 것으로 알게 되었다. 이것은 비단 미장에서뿐만 아니라 5, 60킬로미터 부근의 마을 안이라면 어디나 마찬가지였다. 이 거인 댁의 일을 거들어 주고 있었다면 당연히 존경을 받고도 남는다. 그러나 아Q는 이제 다시 그의 일을 거들어 줄 마음이 없다고 했다. 그 이유인 즉 거인 영감이 너무 멍청하기 때문이라는 것이다. 이 한마디에 듣는 사람들은 모두 탄식하면서 동시에 통쾌해 했다. 왜냐하면 아Q 따위는 거인 영감 댁에서 일을 거들 만한 위인이 못 되지만, 그래도 막상 일을 거들러 가지 않는다는 것은 아까운 일이었기 때문이다.

아Q의 말을 가만히 들어보면 그가 돌아온 이유 가운데는 성안 사람들에 대한 불만도 한몫 하는 것 같았다. 그 불만이란 성안 사람들이 '장등'을 '조등'이라고 부르고 생선 튀김에 채로 썬 파를 얹는 것 따위이다. 게다가 최근에는 성안의 여자들이 걸음을 걸을 때 엉덩이를 실룩거려 꼴불견이라는 불만이 추가되었다. 그러나 더러는 감복할 만한 점도 있었다. 즉 미장에 사는 시골뜨기는 32장의 죽패밖에 할 줄 모르고 오직 '가짜 양놈'만이 마작을 할 줄 아는데, 성안에서는 어린 아이들까지는 모두 이것에 익숙하다. 그러니 저 '가짜 양놈' 따위는 성안의 여남은 살짜리 조무래기 속에 놓아두면 금방 '염라대왕 앞에 나간 귀신' 처럼 되어 버린다는 것이다. 이 한마디에, 듣는 이들은 모두 얼굴이 붉어졌다.

"너희들, 사람 목 자르는 것 본 일 있어?"

아Q가 말했다.

"홍, 볼 만하지. 혁명당을 죽이는 거였는데 정말 볼 만하지. 암, 볼 만하구 말구……."

이렇게 말하며 너무 고개를 흔드는 바람에 그의 바로 앞에 앉아 있는 조사신의 얼굴에 침이 튀었다. 이 말에 듣는 사람들은 모두 긴장하지 않을 수 없었다. 그러나 아Q는 사방을 한 바퀴 둘러보더니 별안간 오른손을 들어 목을 길게 빼고 정신없이 듣고 있는 왕털보의 뒷덜미를 향해 곧장 내리쳤다.

"싹둑!"

순간 왕털보는 깜짝 놀라 벌떡 일어섬과 동시에 재빨리 목을 움츠렸다. 듣고 있던 사람들은 모두 깜짝 놀랐으나 더러는 재미있어 하는 사람들도 있었다. 그 후 왕털보는 여러 날 동안 머리가 멍해져서 그 뒤로는 두 번 다시 아Q 곁에 가까이 가려 하지 않았고, 이것은 다른 사람도 마찬가지였다. 이 무렵 미장 사람들의 눈으로 본 아Q의 지위는 조영감 이상이라고는 감히 말할 수 없었겠지만, 거의 동등하다고 해도 과언이 아닐 정도였다. 머지않아 이 아Q의 명성은 갑자기 온 미장의 규중(閨中)에까지 퍼졌다. 미장에서는 전씨와 조씨의 일족만이 심규(深閨)가 있는 대저택에 살고 있었고, 그밖엔 대부분이 보잘 것 없는 집들이지만 아무튼 규중은 규중이었다.

여인들은 만나기만 하면 꼭 이런 이야기들을 했다.

'추칠 아줌마가 아Q에게서 남색 비단 치마를 샀대. 조금 낡긴 했지만 단돈 90전이래. 그리고 조백안의 모친도 아이들에게 입힐 빨간 모슬린 홑옷을 샀대. 거의 신품인데 단돈 30전도 안 된다나 봐.'

그래서 여인들은 눈이 휘둥그래 가지고 서로 아Q를 만나고 싶어했다. 비단 치마가 없는 사람은 그에게 물어 비단 치마를 사고 싶어했고, 모슬린 홑옷이 필요한 사람은 그에게서 모슬린 홑옷을 사고 싶어했다. 그리하여 이제는 아Q의 얼굴을 보아도 달아나지 않을 뿐 아니라 때로는 아Q가 지나간 뒤를 쫓아가 그를 불러 세우고 묻기도 했다.

"아Q, 비단 치마는 아직도 있어? 없다고 모슬린 홑옷도 필요한데, 있겠지?"

마침내 이것은 천규(淺閨)에서 심규(深閨)에까지 퍼져 갔다. 그도 그럴 것이 추칠 아줌마가 너무 싸게 사 기쁜 나머지 그의 비단 치마를 조씨 부인에게 보여 주러 갔고, 조씨 부인은 또 그것을 조영감에게 말하여 대단한 것이라고 칭찬했기 때문이었다. 조영감은 저녁을 먹는 자리에서 수재 영감과 토론한 끝에, 아Q에게는 수상한 데가 있으니 문단속을 잘해야겠지만, 그러나 그의 물건 중엔 아직 살 만한 값진 물건이 있을지도 모른다는 결론을 내리게 되었다. 어느 정도는 좋은 물건이 있을 법도·하다고 생각했던 것이다. 게다가 조씨 부인은 마침 값도 싸고 품질도 좋은 모피 배자를 사고 싶어하던 참이었다. 그래서 가

족의 결의로 추칠 아줌마에게 부탁하여 즉시 아Q를 찾으러 보냈다.
그리고 이 때문에 제 3의 특례를 내려 이날 밤은 특별히 등불을 켤 것
을 허락했다.

등잔 기름이 제법 말라 가는 데도 아Q는 좀처럼 나타나지 않았다.
조씨 댁의 전 가족은 모두 지쳐서 하품을 해댔다. 그리고 아Q가 너무
뽐낸다고 원망하고, 추칠 아줌마가 약삭빠르지 못하다고 불평을 늘어
놓기도 했다. 조씨 부인은 또 지난 봄의 사건(출입 금지) 때문에 오지
못하는 것이 아닌가 하고 은근히 걱정했지만 조영감은 그렇지 않다고
했다.

"내가 부르러 보낸 거니까 그런 걱정은 할 필요 없어!"

하고 조영감이 말했다.

과연 조영감의 예상이 맞았다. 아Q는 드디어 추칠 아줌마의 뒤를
따라 들어왔다.

"이 사람이 그저 없다, 없다고만 말하라는 군요. 그러면 네가 직접
가서 말하라고 해도 자꾸만 그러기에, 저는……."

추칠 아줌마가 헐레벌떡 들어오며 말했다.

"나리!"

아Q는 웃는 듯 마는 듯한 표정으로 한 마디하고는 처마 밑에 멈춰
섰다.

"아Q, 성안에 가서 돈 좀 벌었다구?"

조영감은 천천히 걸어가더니 그를 아래위로 훑어보며 말했다.

"잘됐어, 그거 참 잘됐어. 그런데…… 뭐 헌 물건이 좀 있다구……?
전부 가져와서 보여주지 않으려나……? 다름이 아니라 나도 좀 필요

해서 말야……."

"추칠 아줌마에게도 말했습니다만, 이제 다 없어졌습니다."

"없어졌어?" 조영감은 미심쩍다는 듯 되물었다.

"설마, 그렇게 빨리 없어질 리가 없을 텐데?"

"그것들은 친구의 물건으로 본래 많지도 않았을 뿐더러, 사람들이 다 사갔으니까요……."

"그래도 아직 조금은 남아 있겠지."

"지금은 문발 한 장이 있을 뿐입니다."

"그럼 그걸 내일 가져오게."

조영감은 마음이 썩 내키지 언짢아졌다.

"아Q, 이제부터는 무슨 물건이 생기는 대로 제일 먼저 우리에게 갖다 보여주게나……. 값은 결코 딴 집들보다 헐하게 주지는 않을 테니까."

수재가 말했다.

수재의 아내는 아Q의 얼굴을 한 번 흘끔 쳐다보고 그의 반응을 살폈다.

"나는 모피 배자가 꼭 필요한데……."

조씨 부인이 다시 입을 열었다.

아Q가 승낙을 하기는 했으나 꺼림칙한 모습으로 나가 버렸으므로 그가 정말 마음에 새겨두었는지 그렇지 않은지는 알 수가 없었다. 이 일은 조영감을 매우 실망시켜 화를 돋우고 근심하게 해 심지어 하품하는 것까지도 잊어버리게 했다. 수재도 아Q의 태도에 대해서는 대단히 불만이었다. 그래서 "이런 은혜도 모르는 놈은 조심하지 않으면 안

된다. 할 수만 있다면 지보에게 일러서 그를 미장에서 쫓아내는 편이 나을지도 모른다!" 하고 말했으나 조영감은 점잖게 훈계했다.

"그렇지 않다. 그런 짓을 하면 원한을, 또 이런 장사를 하는 놈이란 대개 '매는 제 둥지 밑의 먹이는 먹지 않는다' 하니, 이 마을에선 걱정할 필요가 없다. 다만 각자가 밤중에 경계만 하면 되는 거야!"

수재는 이 훈계를 그럴듯하게 여겨 아Q 추방 제의를 즉각 철회했다. 그리고선 추칠 아줌마에게 이 이야기만은 절대로 남에게 지껄이지 말라고 간곡히 일렀다.

그런데 바로 이튿날이었다. 남색 치마를 검게 물들이러 나간 추칠 아줌마는 나간 김에 아Q가 수상하다는 소문을 퍼뜨린 것이다. 그러나 수재가 아Q를 추방하려 했다던 대목만은 확실히 말하지 않았다. 하지만 이것만으로도 벌써 아Q에게는 퍽 불리했다. 제일 먼저 지보가 찾아와 마지막 남은 문발을 가져갔다. 아Q는 조씨 부인에게 보여줄 것이라고 말했으나, 지보는 돌려주지 않았을 뿐 아니라, 또한 매달 상납금을 내야 한다며 위협까지 했다.

다음에는 그에 대한 마을 사람들의 태도였다. 아직 그에게 함부로 굴지는 않았지만 어쩐지 그를 피하려는 눈치가 역력했다. 그런데 이런 분위기는 이전에 매를 맞을까 조심하던 때와는 사뭇 달랐다. 이번에는 그를 두려워하는 눈치가 더 많이 섞여 있었다.

다만 일부의 건달들만이 더욱 자세히 아Q의 내막을 알고 싶어 꼬치꼬치 캐물었다. 그러면 아Q도 그다지 숨기려 하지 않고 으쓱거리며 자신의 경험을 이야기했다. 이런 연후에야 비로소 그들은 아Q의 전후 사정을 알게 된 것이다. 아Q는 일개 단역(端役)에 불과하며 담도

넘지 못할 뿐 아니라, 안에도 들어가지 못하고 단지 문 밖에 서 있다가 훔친 물건을 받았을 뿐이었다.

어느 날 밤, 그가 막 꾸러미 하나를 받은 다음 주역(主役)이 다시 안으로 들어가자마자 안에서 왁자지껄하는 소리가 들렸다. 그러자 두려워진 그는 급히 도망쳐 돌아왔는데 그 후 다시는 갈 마음이 없어졌다는 것이었다.

그러나 이 이야기는 아Q에게 더욱 불리하기만 했다. 왜냐하면 마을 사람들이 아Q를 경원한 것도 실은 원한을 살까 두려웠기 때문이었는데, 이제 보니 그는 두 번 다시 도둑질할 용기마저도 없는 좀도둑에 불과하지 않은가? 그야말로 두려워할 것도 못 되는 존재가 아닌가? 일이 이렇게 되자 미장에서는 모두들 아Q가 나쁘다고 말했다.

"총살당한 것은 곧 그가 나쁘다는 증거야! 나쁘지 않았다면 총살까지 당할 리가 없잖아?"

그러나 성안의 여론은 반대로 좋지 않았다. 그들의 대부분은 불평들이 대단했다.

"총살은 목을 자르는 것만큼 볼 만하지 않더군. 더구나 그렇게 시시한 사형수가 세상에 어디 있겠는가! 그렇게 오랫동안 거리를 끌려다니면서도 끝내 노래 한 곡 부르지 못하다니, 구경꾼들은 괜히 헛걸음만 쳤어!"

제 7 장 혁명

선통(宣統) 3년 9월 14일, 즉 아Q가 자신의 허리춤에 있던 주머니를 조백안에게 팔아버린 날이었다. 한밤중에 커다란 검은 배 한 척이 조씨 댁 강가 부두에 닿았다. 이 배는 칠흑 같은 어둠 속을 달려왔으므로 깊이 잠들어있던 마을 사람들은 아무 것도 알지 못했다. 그러나 나갈 때는 날이 밝을 무렵이었기 때문에 그걸 본 사람이 몇 있었다. 머지않아 그것은 거인 영감의 배임이 확인되었다.

그 배는 미장에 커다란 불안을 가져왔다. 정오도 되기 전에 온 마을은 매우 술렁거렸다. 배의 사명에 대하여 조씨 댁에서는 물론 극비에 붙이고 있었으나, 찻집이나 술집에서는 모두 혁명당이 입성할 것 같아서 거인 영감이 우리 마을로 피난해 온 게 분명하다고 말했다. 다만 추칠 아줌마만이 그것을 부정했다. 아줌마 말로는 거인 영감이 헌옷 상자를 몇 개 맡기려 했지만 조영감에게 거절당하여 도로 가져갔다는 것이 전부였다.

사실 거인 영감과 조수재는 평소부터 사이가 좋지 않았다. 따라서 환난을 함께 할만큼 의리가 두텁지도 않았던 것이다. 또 추칠 아줌마는 조씨 댁과 이웃간이었으며 견문이 비교적 믿을 만했으므로 아마 그 여인의 말이 옳았을 확률이 컸다.

그러나 입 소문은 마구 퍼졌다. 소문인즉, 거인 영감이 직접 오지는 않은 모양이나, 조씨 댁과는 먼 친척이 된다는 장문의 편지를 보내왔다는 것이다. 그러자 조영감의 속셈이 달라졌다. 자신으로서는 손해될 일이 없으므로 그대로 상자를 받아 놓았다가 지금은 그것을 부인의 침대 밑에 처박아 놓았다고 한다. 또 어떤 사람은 이렇게 말하기도 했다. 혁명당은 그 밤으로 성안에 들어왔는데 저마다 흰 투구에다 흰 갑옷을 입고 있었다는 것이다. 그리고 그것은 명조(明朝)의 숭정(崇正)황제를 추모하는 뜻에서 입은 상복이라는 것이었다.

아Q도 혁명당이란 말은 벌써부터 듣고 있었고 금년엔 자기 눈으로 혁명당이 처형되는 것까지 본 적도 있었다. 그러나 어디다 근거를 둔 것인지는 몰라도 아Q는 혁명당은 반역이며 반역은 그를 곤란케 하는 것이라는 일종의 확신을 갖고 있었다. 그래서 그는 지금까지 혁명당을 매우 미워하고 있었던 것이다. 그런데 뜻밖에도 백리 사방에 이름이 알려진 거인 영감 마저 그것을 이렇게 두려워하다니, 이건 정말 생각지도 못했던 일이었다. 이렇게 되니 그도 어쩐지 마음이 흔들리지 않을 수 없었다.

'혁명도 좋구나.' 하고 아Q는 생각했다.

'그래, 이 나쁜 놈들을 모두 죽여 버려라, 더러운 놈들! 미운 놈들!…… 나도 항복해서 혁명당이 되어야지.'

아Q는 요즘 용돈이 궁색하여 그렇잖아도 잔뜩 불평만 커지던 참이다. 더구나 대낮에 빈속에다 술을 두 사발씩이나 마셔서 더욱 빨리 취기가 올랐다. 이런 생각을 하면서 걷고 있자니 또다시 마음이 들뜨기 시작했다. 어찌 된 셈인지 갑자기 자기는 혁명당이고 미장 사람들은 모두 그의 포로라는 생각이 들기 시작했다. 그러자 그는 너무나 기쁜 나머지 무의식중에 큰소리로 떠들어대기 시작했다.

"혁명이다! 혁명이다!"

미장 사람들은 모두 공포의 눈초리로 그를 바라보았다. 그 가련한 눈초리란 아Q가 지금까지 한 번도 보지 못하던 것이었다. 그걸 보자 그는 한여름에 빙수라도 마신 듯 속이 후련했다. 더욱 신이 난 그는 고함을 질렀다.

"자! 이제 갖고 싶은 것은 모두 내 것이다. 맘에 드는 예쁜 여자도 모두 가질 수 있다. 지화자! 후회해도 소용없다. 술에 취해서 잘못 목을 벤 내 형제 정현제, 불쌍해라. 후회해도 소용없다. 아! 아! 아! 아! 지화자! 좋을 씨고! 내 손에 잡은 쇠채찍으로 네놈을 치리라……."

때마침 조씨 댁의 두 영감과 두 사람의 친척이 대문 앞에 서서 혁명 이야기를 하고 있었다. 아Q는 그들을 거들떠보지도 않은 채 머리를 쳐들고 노래를 부르면서 곧장 지나갔다.

"지화자……."

"아Q씨."

겁먹은 얼굴의 조영감이 나지막하게 조심스런 목소리로 불렀다.

"좋을 씨고!"

아Q는 자기 이름에 '씨' 자가 붙으리라고는 생각지 않았으므로 자기와는 상관없는 일이거니 생각하고 그저 노래만 부를 뿐이었다.

"얼씨구나! 좋을 씨고."

"아Q씨."

"후회해도 소용없다……."

"아Q!"

수재는 하는 수 없이 '씨' 자를 빼고 이름을 불렀다.

아Q는 그제야 서서 고개를 돌리며 물었다.

"뭐야?"

“아Q씨……, 요사이…….” 불러놓고 나니 조영감은 막상 할 말이 없었다.

“그래, 요사이…… 돈은 잘 버나?”

“돈을 버냐고? 아무렴. 필요한 것은 모두가 내 것…….”

“아……Q형, 우리 같은 가난뱅이들은 걱정하지 않아도 되겠지…….”

조백안은 마치 혁명당시의 속셈을 떠보기라도 하는 것처럼 조심조심 말했다.

“가난뱅이들이라고? 흐흐, 당신은 나보다 훨씬 부자잖아.”

아Q는 그렇게 말하고 가 버렸다.

너무나 실망한 그들 일동은 넋을 잃은 채 아무 말도 하지 않았다. 조영감 부자는 집에 돌아와 저녁나절이 되어 불을 켤 때까지 의논을 멈추지 않았다. 조백안은 집에 돌아가자 허리춤에서 주머니를 끌러 아내에게 주며 상자 밑에 감춰 두게 하였다.

아Q는 마음이 들떠 신나게 돌아다니다가 사당에 돌아왔다. 술도 이제 거의 깨어 있었다. 이날 밤은 사당지기 노인도 뜻밖에 친절하게 그에게 차를 권했다. 아Q는 그에게 떡 두 개를 달라고 해서 먹은 후, 켜다 남은 150그램 짜리 양초와 촛대를 달라고 했다. 초에 불을 켜고 조그만 자기 방에 벌렁 드러누웠다. 그는 더할 나위 없이 기분이 상쾌하고 유쾌했다. 촛불은 마치 원소절(原宵節) 날 밤처럼반짝반짝 빛났고, 그의 공상도 한껏 나래를 펴기 시작했다.

“혁명? 그거 재미있다……. 흰 갑옷에 흰 투구를 쓴 혁명당이 쳐들어온다. 저마다 청룡도며 쇠채찍, 폭탄, 총, 삼첨양인도(三尖兩刃刀),

장도(長刀) 따위를 들고서 사당 앞을 지나가며 '아Q! 함께 가세!' 하고 부른다. 그래서 나는 마을로 간다. 이 때 미장의 시시한 놈들 꼬락서니란 남자고 여자고 차마 눈뜨고 볼 수도 없지. 무릎을 꿇고 '아Q 목숨만은 살려줘!' 라며 애걸한다. 치, 누가 들어준담! 우선은 소D와 조영감을 죽이자. 그리고 수재, 이어서 가짜 양놈…… 몇 놈이나 남겨둘까? 왕털보는 남겨 둬도 상관없지만, 아냐 그놈도 없애 버려야지. 그리고 물건은…… 곧 뛰어들어가 상자를 연다. 마제은(馬蹄銀), 은화, 모슬린 홑옷…… 수재 마누라의 남경식(南京式) 침대를 우선 사당으로 운반해 온다. 그리고서 전가네 탁자와 의자를 벌여놓고…… 그러지 말고 조가의 것을 쓸까? 난 손대지 말고 소D에게 운반시켜야지. 빨리 날라! 꾸물대면 갈겨 줄 테다……. 조사신의 누이동생은 정말 추물이지. 추칠 아줌마의 딸은 아직 젖비린내 나고, 가짜 양놈의 마누라는 변발 없는 사내와 동침했으니 흥, 좋은 물건은 못 돼! 수재 마누라는 눈꺼풀 위에 흉터가 있고…… 오씨 아줌마는 오래 못 봐서 지금 어디 있는지도 모른다…… 그런데 아깝게도 발이 너무 커."

아Q는 공상이 끝나기도 전에 벌써 코를 골았다. 150그램 짜리 양초는 아직도 반밖에 닳지 않았고 흔들리는 빨간 불빛이 그의 헤벌어진 입을 비추고 있었다.

"어어!"

아Q는 별안간 큰소리를 지르면서 머리를 들고 사방을 두리번거리더니, 150그램 짜리 양초가 눈에 띄자 또 머리를 숙이고 잠들어 버렸다.

다음날 그는 꽤 늦게 일어났다. 거리에 나가 보니 어제와 달라진 것은 하나도 없었다. 여전히 배가 고픈 것 역시 마찬가지였다. 그런데 갑자기 그는 무슨 좋은 수가 생긴 것처럼 천천히 걷기 시작하여 어느 틈엔지 정수암으로 향했다.

정수암은 봄철과 마찬가지로 조용했다. 그는 한참 생각한 뒤 문을 두드렸다. 개 한 마리가 안에서 짖어댔다. 그는 급히 벽돌 조각을 몇 개 집어들고 다시 가서 이번에는 한층 더 힘있게 두드렸다. 검은 문에 벽돌자국이 숱하게 찍혔을 무렵에야 비로소 누군가가 문을 열려고 나오는 소리가 들렸다. 아Q는 급히 벽돌 조각을 움켜쥐고 딱 버티고 서서 검둥개와 싸울 준비를 했다. 그런데 암자의 문이 빠끔히 열렸을 뿐 검둥개 따위는 보이지도 않았다. 들여다보니 늙은 여승뿐이었다.

"너, 또 뭣하러 왔어?"

그 여승은 깜짝 놀라며 물었다.

"혁명이야……. 알고 있어?"

아Q는 매우 애매한 투로 말했다.

"혁명, 혁명이라고? 혁명은 벌써 끝났어……. 너희들이 우리를 어떻게 혁명한다는 거야?"

늙은 여승은 두 눈에 핏대를 세우며 말했다.

"무어라고?"

아Q는 이해할 수가 없었다.

"넌 모르고 있었냐? 그 사람들이 벌써 혁명하러 왔다가 간 걸?"

"누가?"

아Q는 더욱더 알 수가 없었다.

"저 수재와 가짜 양놈 말이다!"

아Q는 너무도 뜻밖이라 그만 얼떨떨해졌다. 늙은 여승은 그의 풀이 꺾인 것을 보자 재빨리 문을 닫아 버렸다. 아Q가 다시 밀어 보았지만 문은 꿈쩍도 하지 않았다. 다시 두드려 보았으나 대답이 없었다.

그것은 벌써 그날 오전 중, 그러니까 아Q가 한참 잠들어 있을 때의 일이었다. 소식이 빠른 조수재는 빨라 혁명당이 밤새 성안에 들어왔다는 것을 알고 있었다. 그래서 금방 변발을 머리 위로 말아 올리고, 날이 밝는 대로 이제껏 사이가 안 좋았던 가짜 양놈을 방문했다. 바야흐로 모두 함께 새로워지는 때였으므로 그들은 의기투합하여 동지가 되었다. 그리고 함께 혁명으로 매진할 것을 굳게 맹세했다.

그들은 논의를 거듭한 끝에 간신히, 정수암에 있는 '황제 만세! 만만세!' 라는 용패(龍牌)야말로 제일 먼저 혁명의 제물로 바쳐야 한다고 생각해 냈다. 그리하여 곧 두 사람이 함께 암자로 혁명하러 갔다.

늙은 여승이 앞을 가로막자 두서너 마디 억지 심문을 한 끝에 그 여승을 청조(淸朝) 정부의 한패로 간주하고 단장과 주먹으로 실컷 때렸다. 그들이 가 버린 뒤 늙은 여승이 정신을 차리고서 자세히 살펴보았더니 용패는 벌써 땅 위에 산산조각이 나 있었고, 게다가 관음상의 보좌 앞에 있던 선덕(宣德) 향로도 보이지 않았다는 것이다.

이 사실을 안 아Q는 자신이 늦잠 잔 것을 매우 후회했으며 또한 조수재와 가짜 양놈이 자기를 부르러 오지 않은 것도 심히 원망스러울 뿐이었다. 돌아서던 그는 이렇게 중얼거렸다.

"놈들은 내가 이미 혁명당이 된 것을 아직 모르고 있는 모양이지?"

제 8 장 혁명 불허(不許)

　시간이 흐를수록 미장의 인심은 조금씩 안정을 찾아갔다. 풍문에 따르면 혁명당이 성안에 들어오긴 했으나 별로 큰 변동은 없었다는 것이다. 지사(知事) 나리도 역시 그대로이고, 다만 관명을 조금 고친 데 지나지 않았다고 한다. 거인 영감도 무슨 벼슬자리 그대로였다. 다만 한 가지 무서운 일은 그 속에 혁명 당원 몇몇이 끼여 있어 혼란을 일으키고, 변발의 긴 머리들을 자르기 시작했다는 것이다. 들리는 소문으로는 이웃 마을의 선주 칠근(七斤)이가 제일 처음으로 여기에 걸려들어 차마 눈 뜨고는 볼 수 없는 꼴이 되었다는 것이다. 그러나 이것은 미장 사람들에게 그다지 큰 두려움을 주지는 못했다. 왜냐하면 미장 사람들은 본래 성안에 들어가는 일이 무척 드물었고, 비록 성안에 들어가려는 생각이 있었어도 곧 그 계획을 변경하기만 하면 그만이기 때문이다. 아Q 역시 성안에 들어가 친구를 방문할 작정이었지만 이 소문을 듣고는 생각을 바꾸었다.

　그러나 미장에도 개혁이 전혀 없었다고는 말할 수 없었다. 시간이 지나면서 변발을 머리 꼭대기로 감아 올리는 자가 점차 늘어났다. 앞서 말한 대로 제일 먼저 앞장선 사람은 물론 조가의 수재 영감이었고, 다음은 조사신과 조백안, 그 뒤가 아Q였다. 만약에 여름철이었다면 사람들이 변발을 머리 꼭대기로 감아 올리거나 혹은 묶거나 해도 이상할 게 조금도 없다. 그러나 지금은 벌써 늦가을이므로 이 가을에 변발을 감아 올리는 사람들에게는 대단히 큰 결심이 아닐 수가 없었다. 따라서 미장에서도 개혁에 무관심했다고는 감히 말할 수 없게 되었다.

조사신 역시 뒤통수를 훵하게 해 가지고 다니자, 그것을 본 사람들은 저마다 한 마디씩 했다.

"야아, 혁명당이 오셨다."

이 말을 들은 아Q는 무척 부러워 견딜 수가 없어졌다. 그는 수재가 머리를 감아 올렸다는 소식은 벌써부터 듣고 있었으나, 자기도 할 수 있으리라고는 꿈에도 생각 못했다. 그런데 이제 조사신 마저도 하고 있다니, 비로소 흉내내 볼 의향이 생겨 마침내 결심을 굳히게 되었다.

그는 한 개의 대젓가락으로 변발을 머리 꼭대기에 감아 붙이고 한참 망설이다가 간신히 용기를 내어 거리로 걸어나갔다. 사람들이 그를 쳐다보았으나 그다지 크게 놀라는 것 같지 않았다. 아Q는 처음엔 불쾌했으나 나중에는 슬그머니 화가 났다. 그는 요즘 걸핏하면 짜증을 내곤 했다. 사실 그의 생활은 혁명 전에 비하여 조금도 어려워지지 않았다. 사람들은 그에게 공손했고, 상점에서도 예전처럼 현금을 요구하지 않았다. 그러나 아Q는 아무리 생각해 봐도 자신이 너무 쓸모없이 느껴졌다. 혁명을 한 이상 이런 꼴이어서는 안 된다. 더구나 소D를 한 번 만나자 그는 더욱 배알이 뒤틀렸다.

소D도 대젓가락으로 변발을 감아 올려 꽂고 있었던 것이다. 아Q는 설마 소D까지 감히 이렇게 할 줄은 전혀 예상치 못했던 터였다. 아Q로서는 그가 그렇게 하는 것을 가만히 내버려 둘 수는 없었다. 소D 따위가 뭐야? 그는 즉각 놈을 붙잡아 놈의 대젓가락을 두 동강이 내서 변발을 풀어 내리고 뺨을 몇 대 때려, 그가 제 분수를 잊고 감히 혁명당이 되려고 한 죄를 잠시 징벌하고픈 생각이 간절했다. 그러나 결국 용서해 주고, 다만 무서운 눈으로 노려보며 "퉤!" 하고 침을 뱉고 돌아설 뿐이었다.

요 며칠 사이에 성안에 들어간 사람은 가짜 양놈 하나뿐이었다. 조수재도 상자를 맡아 준 인연을 믿고 친히 거인 영감을 방문할 작정이었으나, 변발을 잘릴 위험이 있었기 때문에 단념하고 말았다. 그 대신 그는 황산식(黃傘式)의 편지를 한 통 써서 가짜 양놈에게 부탁하여 성안으로 보내고, 더불어 거인 영감에게 자기를 소개하여 자유당에 입당시켜 주기를 당부했다. 돌아온 가짜 양놈은 수재에게 은화 4원의 입당 회비를 청구했다. 그리고 얼마 후 수재는 한 개의 은제 복숭아를 가슴에 달게 되었다.

이를 본 미장 사람들은 모두 감탄했고 이것은 시유당의 휘장으로 한림(翰林)과 대등한 지위라고들 말했다. 조영감은 이 때문에 다시금 갑자기 훌륭해졌는데 그것은 처음 수재에 급제했을 때보다도 더했다. 그는 눈에 보이는 것이 없었고, 무서운 것이 없어졌다. 그래서 아Q를 만나도 본체만체하였다.

아Q는 잔뜩 불평이 쌓인 데다 남들에 대한 열등감으로 괴로워하고 있던 차였는데, 이 은복숭아의 이야기를 듣는 순간 자기가 뒤떨어진 이유를 깨달았다. 혁명을 하려면 그냥 항복했다고만 말해서는 안 된다. 변발을 말아 올린 것만으로도 부족하다.

우선 역시 혁명당과 교제를 맺어 혁명 당원을 알아 놓아야 한다. 그가 평소에 알고 있는 혁명 당원은 단 두 사람뿐인데, 성안의 한 사람은 벌써 처형당했고 현재로는 가짜 양놈 한 사람만이 남아 있을 뿐이다. 그는 재빨리 가서 가짜 양놈과 의논하는 수밖에 다른 길이 없다고 생각했다.

전씨 댁 대문은 마침 열려 있었다. 아Q는 겁이 나 살금살금 발자국 소리를 줄여가며 들어갔다. 그는 안으로 들어서며 깜짝 놀랐다. 가짜 양놈은 안마당 한가운데 서 있었다. 온몸이 새까맣게 보이는 양복을 입은 그는 가슴에 은복숭아를 하나 달고, 손에는 아Q가 전에 고통을 당했던 단장을 들고 있었다. 이미 한 자 남짓 자란 머리채를 풀어서 어깨 위에 늘어뜨려 더부룩하게 엉클어진 꼴이 마치 그림에서 본 신선과도 같았다. 그 맞은편에는 조백안과 세 사람의 건달패가 부동의 자세로 마주보고 서서 마침 공손히 연설을 듣고 있는 중이었다.

아Q는 가만가만 걸어 들어가 조백안의 뒤에 서서 인사를 하려고 생각했으나, 어떻게 불러야 좋을지 몰랐다. 가짜 양놈이라 하면 물론 안 되고, 외국인이라 해도 적합하지가 않다. 혁명당이라 하기도 어색하고, 그러니 양(洋)선생이면 무난하지 않을까?

양선생은 좀처럼 그를 보지 않았다. 왜냐하면 눈을 부릅뜨고서 강연에 열중하고 있었기 때문이다.

"나는 성격이 급해서 그들과 만나면 늘 이렇게 말했어. '홍형! 우리 빨리 시작합시다.' 그런데 그는 늘 '노.' 라고 말하지 — 이건 서양 말이라 너희들은 모른다 — 그렇지 않으면 우린 벌써 성공했을 거야. 그러나 이것이야말로 그의 일에 대한 신중한 자세라고 할 수 있지. 그는 나에게 몇 번이고 호북(湖北)으로 가라고 부탁했지만 아직 승낙을 하지는 않았다. 하지만 누가 이런 작은 현(縣)에서 일하려 하겠는가……?"

"에에…… 저, 아," 아Q는 그가 잠시 멈추기를 기다렸다가 마침내 용기를 내어 입을 열었으나, 어찌 된 셈인지 그를 '양선생' 하고 부르지는 못했다.

연설을 듣고 있던 네 사람은 모두 깜짝 놀라 그를 돌아보았다. 양선생도 그제야 비로소 아Q를 돌아보았다.

"뭐야?"

"저어……,"

"나가!"

"저도 혁명을 하려고……."

"나가라는 말 못 들었나?"

양선생은 건달패들도 모두 야단을 쳤다.

"선생님이 너보고 나가라고 말씀하시는데 너 뭐하고 있어!"

아Q는 손으로 머리를 감싸고는 정신없이 문 밖으로 뛰쳐나왔다. 양선생이 더 이상 쫓아오지는 않았지만, 그는 60보쯤 뛰어가서야 간신히 걸음을 늦추었다. 그러자 그의 마음속에 깊은 우수가 끓어올랐다. 양선생이 그에게 혁명을 허락하지 않는 한 그에게는 다른 길이 없었다. 그의 모든 포부·의지·희망·전도는 전부 말살되어 버린 것이다. 건달패들이 이 소식을 퍼뜨린다면 소D나 왕털보에게까지 웃음거리가 될 것은 뻔한 일이었다. 그러나 이제 그런 것쯤은 둘째 문제였다.

아Q에게 있어 이런 안타까움은 태어나서 처음 있는 일이었다. 그는 자기가 변발을 말아 올린 것조차도 무의미하다는 생각에 심한 모욕을 느끼기까지 했다. 앙갚음을 하고 싶은 마음에 당장이라도 변발을 풀어 내리려고 생각했으나 결국 풀지는 못했다. 그는 밤이 깊도록 거리를 쏘다니다가 술 두 사발을 외상으로 마셨다. 술이 뱃속으로 들어가자 점점 기분이 좋아져 마음속에 또 흰 투구와 흰 갑옷의 단편이 떠올랐다.

어느 날 그는 그전처럼 하릴없이 거리를 배회하다가 술집이 문을 닫을 때쯤 되어서야 천천히 사당으로 돌아왔다.

"딱, 펑!……."

그는 돌연 이상한 소리를 들었다. 분명 폭죽 소리는 아니었다. 아Q가 본래 구경을 즐기고 남의 일에 참견하기를 좋아했기 때문에 재빨리 어둠 속을 달려나갔다. 앞에서 사람들 소리가 나는 것 같다. 그가 소리에 귀를 기울이고 있을 때였는데, 별안간 아Q의 맞은 편에 있던 한 사람이 도망치는 것이 보였다. 이를 본 아Q는 재빨리 몸을 돌려 뒤쫓아갔다. 그 사람이 방향을 바꾸면 아Q도 따라서 방향을 바꾸었다. 그 사람이 멈춰 서자 아Q도 멈춰 섰다. 아Q는 뒤를 돌아다보았으나 아무도 없었다. 자세히 보니 그 사람은 바로 소D였다.

"뭐야?"

아Q는 은근히 울화가 치밀었다.

"조…… 조씨 댁이 약탈당했어!"

소D는 숨을 헐떡이며 말했다.

아Q의 가슴이 두근거렸다. 소D는 그렇게 말하고는 가 버렸다. 아Q는 뛰어가다가는 쉬고, 또 뛰어가다가는 쉬고 했다. 그래도 그는 이런 일에 경험이 있는 만큼 다른 사람보다 대담했다. 그래서 길모퉁이로 나가 귀를 기울이자 떠들썩한 소리가 들렸다. 자세히 보니 흰 투구에 흰 갑옷을 입은 많은 사람들이 끊임없이 상자와 가구를 메고 나오는 것이 보였다. 수재 마누라의 남경식 침대도 메고 나오는 것 같았으나 확실히는 알 수 없었다. 그는 앞으로 더 나가 보려 했으나 두 발이 움직여지지 않았다.

달이 없는 미장의 밤은 어둠 속에서 더욱 고요했다. 고요하기가 마치 복희씨(伏羲氏) 시대의 평화로움을 떠오르게 했다. 아Q는 오랫동안 그 자리를 떠나지 않았다. 흰 투구에 흰 갑옷을 입은 사람들은 왔다 갔다하면서 여전히 상자를 나르고 있는 모양이다. 수많은 상자와 가구들…… 너무 많은 물건이 집안에서 들려 나오는 바람에 그는 자신의 눈을 믿을 수가 없었다.

그러나 그는 그 이상 앞으로 나가지 않고 사당으로 돌아왔다. 사당 안은 더욱 깜깜했다. 그는 문을 닫고 자기 방으로 더듬어 들어가 한참 동안 누워 있었다. 그제서야 기분이 가라앉으면서 자신에 대해 생각할 여유가 생기게 되었다. 흰 투구에 흰 갑옷을 입은 사람들은 분명히 왔으나, 그를 부르러 오지는 않았다. 좋은 물건을 많이 날랐으나 자신의 몫은 없다. '이것은 전부 그 밉살스런 가짜 양놈이 나에게 혁명을 허락하지 않았기 때문이다. 그렇지 않다면 이번에 어째서 내 몫이 없단 말인가?

아Q는 생각하면 생각할수록 더욱 화가 치밀고 급기야는 마음 가득히 쌓인 울분을 참을 수가 없어 세차게 머리를 흔들며 중얼거리기 시작했다.

"나에게는 혁명을 허락하지 않고 네놈만 하겠다고? 개 돼지 같은 양놈. 어디 두고 보자, 네놈이 혁명을 했겠다! 혁명의 죄는 참수형이다. 내 어떻게 해서든지 고소해서 네놈이 관청으로 잡혀 들어가 목이 댕

강 잘리는 꼴을 보고 말 테다. 네놈의 일가 모두 목이 잘리고 네놈의
재산도 전부 빼앗기게 될 거야. 댕강, 댕강!"

제 9 장 대단원(大團圓)

  조씨 댁이 약탈 당한 후 미장 사람들은 대부분 통쾌함과 두려움을
느꼈다. 이것은 아Q 역시 마찬가지였다. 그런데 그로부터 나흘 후였
다. 아Q는 밤중에 별안간 체포되어 성안으로 끌려갔다. 마침 칠흑같
이 어두운 밤이었다. 일대(一隊)의 병사와 일대의 자경단원(自警團
員), 일대의 경찰, 그리고 다섯 사람의 탐정이 어두운 밤을 이용하여
미장에 숨어 들어와 사당을 포위하고 문 정면에 기관총을 걸어 놓았
다. 그러나 아Q는 뛰어나오지 않았다. 한참 동안 아무런 움직임도 없
자 대장(隊長)은 조급해져 20냥의 상금을 걸었다. 그제서야 자경단원
두 사람이 위험을 무릅쓰고 담을 넘어 들어갔고 안팎이 호흡을 맞추
어 한꺼번에 쳐들어가 아Q를 끌어냈다. 사당 밖에 걸어 놓은 기관총
앞으로 잡혀 나왔을 때에야 아Q는 겨우 정신이 들었다.

  성안에 도착하였을 때는 벌써 정오였다. 아Q는 자기가 어느 허름한
관청으로 끌려 들어가 대여섯 번 모퉁이를 돌고 나서 조그만 방에 처
박혀졌음을 알았다. 그가 비틀비틀하는 순간에 통나무로 만든 창살
문이 그의 발꿈치를 따라오듯 닫혔다. 창살 문 이외의 삼면은 모두 벽
이었는데 자세히 보니 방 귀퉁이에 두 사람이 더 앉아 있었다.

아Q는 좀 불안했으나 그다지 괴롭지는 않았다. 왜냐하면 이 방이 오히려 그의 사당 침실보다 나았기 때문이다. 그 두 사람도 시골뜨기처럼 보였는데 아Q는 차차 그들과 사귀게 되었다. 한 사람은 그의 할아버지 대에 체납한 묵은 소작료를 지불하라고 거인 영감에게 고소당했다는 것이며, 또 한 사람은 무슨 일 때문인지도 모른다고 했다.

그들은 아Q에게 물었다.

"나는 혁명을 하려 했기 때문이오." 하고 아Q는 분명하게 대답했다.

그는 오후에 창살 문 밖으로 끌려나갔다. 대청에 가 보니 앞에는 머리를 빡빡 깎은 노인 한 사람이 앉아 있었다. 아Q는 그가 혹시 중은 아닌가 하는 의심이 들었다. 아래쪽에는 1소대의 병사가 서 있고 책상 옆에도 긴 두루마기를 입은 사람이 10여 명 정도 서 있었다. 그 가운데는 노인처럼 머리를 빡빡 깎은 사람도 있고 한 자 남짓한 긴 머리를 가짜 양놈처럼 뒤로 늘어뜨린 사람도 있었다. 모두 무서운 얼굴과 성난 눈으로 아Q를 노려보고 있었다. 아Q는 이 사람들은 반드시 권력 있는 사람들일 것이라는 생각이 들자 별안간 무릎의 힘이 저절로 빠져 그만 꿇어앉고 말았다.

"서서 말씀드려라! 꿇어앉으면 안 돼!" 긴 두루마기를 입은 사람들이 모두 꾸짖었다.

아Q는 그 말뜻을 알아듣기는 했으나 아무래도 서 있을 수가 없었다. 몸이 저절로 움츠러들어 그만 꿇어 엎드리고 말았다.

"저, 노예 근성같으니……."

긴 두루마기를 입은 사람이 경멸하듯 말했지만 다시 일어서라고는 하지 않았다.

"사실대로 말해라! 그렇지 않으면 매를 면치 못할 테니까. 내 다 알고 있으니 사실대로 말해라. 그러면 널 석방해 주겠다."

머리를 빡빡 깎은 노인이 아Q의 얼굴을 뚫어지게 쳐다보며 침착한 목소리로 똑똑히 말했다.

"말해라! 어서!"

긴 두루마기를 입은 사람이 덩달아 큰소리로 말했다.

"저는 사, 사실…… 자진해서…….." 아Q는 멍하니 생각하다가 겨우 더듬거리며 말했다.

"그러면 왜 오지 않았는가?" 하고 노인은 부드럽게 물었다.

"가짜 양놈이 허락하질 않았습니다."

"허튼소리 마라! 이제 와서 무슨 말을 해도 이미 너무 늦었어. 네 패거리들은 지금 어디 있지?"

"무슨 말씀이신지……?"

"그날 밤 조씨 집을 약탈했던 놈들 말이다."

"그놈들은 저를 부르러 오지 않았습니다. 제놈들 끼리 멋대로 들고 간 것입니다."

아Q는 이렇게 투덜댔다.

"어디로 달아났지? 사실대로 말하면 석방해 주겠다." 노인은 더욱 부드럽게 말했다.

"전, 모릅니다……. 그놈들은 저를 부르러 오지 않았으니까요……."

노인이 한 번 눈짓을 하자 아Q는 또다시 유치장 안에 갇혔다.

그가 두 번째로 유치장에서 끌려 나온 것은 이튿날 오전이었다. 대청의 광경은 모두 전과 같아서 상좌에는 여전히 머리를 빡빡 깎은 노인이 앉아 있었다. 아Q도 역시 어제처럼 꿇어앉았다.

노인이 부드러운 목소리로 물었다.

"더 할 말은 없는가?"

아Q는 생각해 보았으나 별로 할 말이 없었다.

"없습니다."

그러자 긴 두루마기를 입은 사람들 가운데 한 명이 다가와 종이 한 장과 붓 한 자루를 아Q 앞에 놓고, 붓을 그의 손에 쥐어 주려고 했다. 아Q는 이 때 거의 혼비백산할 정도로 깜짝 놀라지 않을 수 없었다. 왜냐하면 아Q로서는 붓을 만져 보기는 이번이 처음이었기 때문이다. 그는 붓을 어떻게 쥐는 것인지 조차 알 수가 없었다. 그런데 그 사람은 종이를 가리키며 그에게 서명하라고 했다.

"저…… 저는…… 글을 쓸 줄 모르는데요."

아Q는 붓을 덥썩 움켜잡고는 황송하고 부끄러운 듯이 말했다.

"그러면 너 좋을 대로 동그라미를 하나 그려라!"

아Q는 동그라미를 그리려고 했으나 붓을 잡고 있는 손이 너무 떨려 왔다. 그러자 옆에 있던 사람이 그를 위해 종이를 땅 위에 펴 주었다. 아Q는 엎드려 있는 힘을 다해 동그라미를 그렸다. 그는 남들에게 웃음거리가 될까 두려워 동그랗게 잘 그리려고 마음먹었으나, 빌어먹을 이 붓이 지나치게 무거운 데다 또 말을 듣지 않아 떨면서 간신히 그려 거의 마무리하려 할 때 붓이 그만 위로 솟구쳐 수박 씨 모양이 되고 말았다.

아Q는 자기가 동그랗게 그리지 못한 것을 부끄럽게 생각했으나 그 사람은 문제 삼지도 않고 재빨리 종이와 붓을 가지고 가 버렸다. 그리고 여러 사람이 호위하여 아Q를 다시 유치장 안에 처넣어 버렸다.

그는 다시 유치장 안에 들어갔어도 그리 고민하지 않았다. 그의 생각으로는 사람이 이 세상에 태어난 이상 때로는 감옥에 들어가는 일도 있고, 또 때로는 종이 위에 동그라미를 그려야 할 때도 있는 것이다. 다만 동그라미가 동그랗게 그려지지 않은 것만은 그의 행장(行狀) 상의 하나의 오점이라고 생각했다. 그러나 오래지 않아 그것도 곧 잊어버렸다. 아무짝에도 쓸모 없는 놈이라야만 동그란 동그라미를 그릴 것이라고 그는 생각했기 때문이다. 그래서 그는 그냥 잠들어버리고 말았다.

그러나 이날 밤 거인 영감은 잠을 잘 수가 없었다. 그는 대장과 말다툼을 한창 하고 있던 중이었다. 거인 영감은 잃어버린 물건을 찾는 것이 가장 중요하고 시급하다고 주장했고, 경비대장은 죄인을 본보기로 징계하는 것이 먼저라고 주장했다. 대장은 요즘 거인 영감 정도는 전혀 마음에 두지 않고 있었다. 그래서 그는 책상을 탁탁 치면서 신경질적으로 말했다.

"한 사람을 벌하여 만인을 훈계하자는 겁니다. 내가 혁명당이 된 지 20일도 채 안 되는데 강도 사건은 벌써 10여 건에 이르고 범인은 모두 미궁에 빠져있으니, 내 체면은 뭐가 된단 말이오? 기껏 잡아놓으면 당신은 또 엉뚱한 소리나 하고 말입니다. 안 돼요! 이건 내 권한이니까!"

거인 영감은 매우 난처했으나 그래도 여전히 자기 주장을 굽히지 않았다. 그리하여 만약 잃어버린 물건을 찾지 못하면 자기는 즉각 민정 협조의 직무를 사임하겠다고 말했다. 그러자 대장은 태연하게 말했다.

"마음대로 하시오!"

그날 밤 거인 영감은 한잠도 잘 수 없었지만 그렇다고 다음날 사임한 것도 아니었다.

아Q가 세 번째로 끌려 나온 것은 거인 영감이 한숨도 못 잔 바로 다음날 오전이었다. 그는 대청으로 끌려나왔다. 상좌에는 역시 예전의 노인이 와 앉아 있었다. 아Q도 역시 전처럼 꿇어앉았다.

노인은 여전히 부드럽게 물었다.

"무슨 할 말이 없는가?"

아Q는 생각해 보았으나 특별히 할 말이 없었다.

"없습니다."

별안간 긴 두루마기를 입은 여러 사람과 짧은 옷을 입은 사람들이 그에게 달려들어 무명으로 만든 등거리를 입혔다. 거기에는 어떤 검은 글자가 씌어 있었다. 아Q는 기분이 상당히 나빠졌다. 왜냐하면 그것은 마치 상복처럼 느껴졌다. 상복을 입는다는 것은 아무래도 불길한 일이기 때문이었다. 그러나 그와 동시에 그의 양손은 뒤로 묶여졌고 곧장 관청 밖으로 끌려나갔다.

아Q는 포장 없는 수레에 태워졌다. 짧은 옷을 입은 몇 사람이 그와 함께 수레에 올랐다. 수레는 곧 움직이기 시작했다. 앞에는 총을 멘 경사와 자경 단원들이 있고, 길 양 옆으로는 많은 구경꾼들이 수군거리고 있었다. 뒤는 어떤지 아Q는 돌아보지 않았다. 그러나 그는 순간 아Q의 머리를 스쳐가는 생각이 있었다. 지금 나는 목을 잘리러 가는 것이 아닐까. 그러자 갑자기 눈앞이 캄캄해지고 귓속이 멍해져 정신을 잃을 것 같았다. 그러나 그는 정신을 잃지 않았다. 순간적으로 조급해지기도 했으나 한편으로는 도리어 태연해졌다. 그는 사람이 태어나 살다보면 때에 따라서는 목을 잘릴 수도 있다고 생각했다.

그는 형장으로 가는 길을 알고 있기 때문에 좀 이상하다고 생각했다. 수레는 왜 형장으로 가지 않는 걸까? 그는 이것이 본보기로서 거리에 끌고 다니는 것임을 전혀 눈치 채지 못했다. 그러나 알았다 해도 결국 마찬가지였을 것이다. 사람이 살다보면 때로는 본보기로 거리에 끌려 다닐 수도 있다고 생각했을 테니까.

마침내 그는 깨달았다. 지금은 멀리 돌아서 형장으로 가는 길이다. '댕강' 하고 목을 잘릴 것임에 틀림없다. 그는 넋을 잃은 사람처럼 멍하니 좌우를 둘러보았다. 사람들이 줄줄이 따라오는 게 마치 개미떼처럼 보였다. 뜻밖에도 길가의 인파 속에서 오씨 아줌마의 모습을 발견했다. 정말 오랜만이다. 그녀는 성안에서 일하고 있었던 것이다. 아Q는 갑자기 자기가 배짱이 없어 노래 한 곡도 부르지 못한 것이 퍽 부끄럽게 느껴졌다.

그의 생각은 마치 회오리바람처럼 머리 속을 휘저었다 — '청상과부의 성묘'는 무게가 없고, '용호상쟁' 중의 '후회해도 소용없다'도 힘차지 않다. 역시 '이놈, 내 쇠채찍을 들고 네놈을 때려눕힐 테다'로 하자 — 그와 동시에 손을 쳐들려고 했으나 비로소 손이 묶여 있음을 깨달았다. 그래서 '쇠채찍……'도 부르지 않았다.

"20년만 지나면 다시 태어나……."

아Q는 이것저것 생각하던 중 이제까지 한 번도 입 밖에 내 본 일이 없는 틀에 박힌 사형수의 문구가 저절로 입에서 튀어나왔다.

"잘한다!"

군중 속에서 마치 이리가 울부짖는 듯한 소리가 들려왔다.

수레는 쉬지 않고 계속 전진했다. 아Q는 박수 갈채 속에서 눈동자를 굴려 오씨 아줌마 쪽을 바라보았으나 그녀는 조금도 그에게 신경을 쓰지 않고, 그저 병사들이 메고 있는 총만을 정신없이 바라보고 있었다. 그래서 아Q는 다시 갈채를 보내고 있는 사람들을 죽 둘러보았다. 그 순간 그의 사념은 또다시 회오리바람처럼 머리 속을 휘저었다.

4년 전, 그는 산기슭에서 굶주린 이리 한 마리를 만났었다. 이리는 가까이 오지도 멀리 떨어지지도 않은 채 어디까지나 그의 뒤를 쫓으며 그를 잡아먹으려 했다. 그는 그 때 너무나 무서워서 죽을 것만 같았다. 다행히 손에 도끼 한 자루를 들고 있었기에 힘을 내어 간신히 미장으로 돌아왔지만, 그 때 그 이리의 눈빛만은 영원히 잊을 수가 없다. 그것은 매우 불길하고도 무서웠으며 반짝반짝 도깨비불처럼 빛나는 것이 멀리서 그의 살을 꿰뚫을 것만 같았다.

그런데 그는 여태껏 보지 못했던 더욱 두려운 눈을 본 것이다. 그것은 둔하고 날카로워 이미 그의 말을 씹어 삼켰을 뿐 아니라 또 그의 육체 이외의 것까지도 집어삼키려는 듯 멀지도 가깝지도 않게 언제까지고 그의 뒤를 따라오는 것이었다. 이런 눈동자들이 하나로 합쳐지나 싶더니 벌써 그의 영혼을 물어뜯고 있었다.

"사람 살려……!"

그러나 아Q가 그 말을 하기 전에, 그는 이미 눈앞이 캄캄해지고 귓속은 멍해져 마치 전신이 작은 티끌같이 날아서 가루처럼 산산이 흩어지는 듯함을 느꼈다.

그런데 당시 가장 큰 영향을 받은 사람은 오히려 거인 영감이었다. 왜냐하면 끝내 잃어버린 물건을 찾지 못했으므로 그의 온 집안은 모두 울음바다가 되었기 때문이다.

그 다음은 조씨 집이었다. 수재가 성안으로 고소하러 갔다가 악질 혁명 당원에게 변발을 잘렸을 뿐 아니라 20냥의 포상금까지 빼앗겼기 때문이다. 이날부터 그들은 점차 왕조가 망하던 전시대 유신의 모습으로 변해갔다.

명일(明日)

"허참, 조용하다! 애가 어디라도 아픈가?"

빨간 코의 노공(老供)은 황주 한 잔을 들고 그렇게 중얼거리면서 옆집 벽을 향해 턱짓을 했다. 푸른 얼굴의 아오(阿五)는 술잔을 내려놓고 그의 등을 손바닥으로 힘껏 갈기고는 떠들썩하게 말했다.

"자네, 또 엉큼한 생각을 하고 있구먼, 그래……?"

이들이 살고 있는 노진(魯鎭)이란 곳은 본래 한적하고 외딴 곳이라 저녁 7시만 되면 사람들은 모두 문을 걸고 자 버린다. 아직도 옛 풍습이 남아있기 때문이었다. 그러나 밤이 으슥해지도록 잠을 자지 않는 단 두 집이 있었다. 한 집은 함형(咸亨) 주점으로 몇 사람의 술꾼들이 술청에 둘러앉아 밤늦도록 흥겹게 먹고 마신다. 다른 한 집은 바로 벽 건너의 선사수자의 집이다. 그녀는 작년에 남편과 사별한 이래, 그녀 자신과 세 살 난 아들 보아의 입에 풀칠을 하기 위해 밤늦도록 무명 길

쌈을 하느라 일찍 잠을 잘 수가 없었다.

그런데 얼마 전부터는 확실히 물레질하는 소리가 들려오지 않았다. 하기야 밤이 깊어도 잠을 자지 않는 것은 단 두 집뿐이므로 이 선사 수자의 집에서 소리가 나면 으레 자연 노공에게만 들릴 것이고 혹 그렇지 않다 해도 역시 노공 만이 알 따름이다.

노공은 한 대 얻어맞고 나서는 기분이 훨씬 좋아졌는지 쭉 한 잔 들이켜고는 큰소리로 노래를 불러댔다.

이무렵 선사수자는 그녀의 소중한 아들, 보아(寶兒)를 품에 안고 침대 옆에 앉아 있었다. 그녀가 밤낮으로 돌리던 물레는 쓸쓸히 바닥 위에 흩어져 있었다. 흐릿한 불빛이 보아의 얼굴을 비추고 있었다. 열이 오른 얼굴에는 푸른 기운이 점점 늘어났다. 신에게도 빌어 보았고 불공도 드려보았으며, 간단한 처방약도 먹여보았다. 그래도 효험이 없었으니 이제 어떻게 해야 한단 말인가?…… 선사수자는 그야말로 근심이 가득했다. 이제는 하소선(何小仙)에게 진찰 받으러 가야 한다. 그러나 보아의 병이 낮엔 덜하고 밤이면 더 심하니, 하룻밤이 지나고 해가 뜨면 열도 가라앉고 가쁜 숨도 안정될지 모른다는 희망이 남아 있었다. 사실 병자에게 있어 이런 일은 흔한 일이니까.

선사수자는 어리석은 여인이었으므로 이 '그러나[但]' 라는 말이 어떤 마력을 가지고 있는지 알 턱이 없었다. 하기야, 그 한마디로 인해 나쁜 일들이 좋은 쪽으로 돌아선 경우도 많지만, 오히려 잘 될만한 일들이 그 말 때문에 여지없이 망쳐진 경우도 허다했다.

선사수자는 날이 밝기만을 초조하게 기다리고 있었다. 그래서인지 다른 사람들과는 달리 해뜨는 것이 몹시도 지루하게 느껴졌다. 보아의 숨결 하나 하나가 마치 일 년처럼 길게 느껴졌다. 여름밤은 유난히 짧았다. 노공 무리가 목청껏 노래를 부르고 난지 얼마 안 있어 동녘이 어드덧 환해지더니 곧 창틈으로 은백색의 새벽빛이 서서히 스며들기 시작했다. 드디어 날이 밝은 것이다. 그러나 보아의 콧방울은 쉬지 않고 벌름거렸다.

선사수자의 눈에도 어제 보아는 심상치 않아 보였다. 그걸 알아차리자 그녀는 저도 모르게 "어머나!" 하고 소리를 질렀다. 어떻게 해야 할까? 이젠 정말 하소선에게 가보는 수밖에 다른 방법이 없다. 비록 우매한 여인이기는 했어도 그녀에게는 결단력이 있었다. 결심이 서기가 무섭게 그녀는 벌떡 일어나 나무 궤짝 속에서 그간 모아 둔 열세 냥의 소은화와 백 푼의 동전을 꺼내 주머니에 넣고 자물쇠를 다시 잠갔다. 그리고 보아를 안고 곧장 하씨 집으로 달려갔다.

아직 이른 아침인데도 하씨 집에는 벌써 환자가 네 명씩이나 앉아 기다리고 있었다. 그녀는 은화 40전을 내고 진찰권을 샀다. 다섯 번째가 보아의 차례였다. 드디어 보아의 순서가 되었다. 하소선은 두 개의 손가락으로 보아의 맥을 짚었는데, 그의 손톱이 네 치 남짓하게 긴 것을 보고 선사수자는 참 이상스럽게 여겼다. 그러나 어쨌든 의사에게 보였으니 보아는 살아날 수 있을 것이라고 믿었다.

그녀는 너무도 다급한 나머지 참다 못하여 조심스레 말을 꺼냈다.

"저, 선생님……. 우리 보아는 무슨 병에 걸렸습니까?"

"이 애는 중초가 막혔습니다."

"괜찮을까요? 이 애……."

"우선 약을 두어 첩 먹여 보십시오."

"애가 숨이 가쁘고 콧방울을 계속 벌름거립니다, 선생님."

"그건 화가 금을 이기고 있기 때문에……."

하소선은 말을 하다 말고 슬그머니 눈을 감았다. 그러자 답답한 마음을 어찌하지 못하던 선사수자도 더 묻기가 난처해 그만 입을 다물고 말았다. 이 때 하소선 맞은 편에 앉아 있던 서른살 남짓한 사람은 벌써 처방을 다 쓰고 종이에 쓰인 글자를 가리키며 말했다.

"여기 이 첫째 줄에 쓰인 보영활명환(保嬰活命丸)은 가(賈)씨 집의 제세노점(濟世老店)에밖에 없어요!"

선사수자는 처방을 받아들고는 골똘히 생각에 잠겨 걸었다. 그녀가 아무리 우매한 여인이라 하더라도 하씨 집과 제세노점, 그리고 자기 집은 꼭 세모꼴을 이루고 있으므로 먼저 약을 사가지고 돌아가는 것이 편리하다는 것쯤은 충분히 알고도 남았다. 그래서 곧장 제세노점을 향해 내달렸다. 약국의 점원 역시 길게 기른 손톱을 하고 한약 봉지를 천천히 쌌다. 선사 수자는 보아를 품에 안은 채 기다리고 있었는데, 별안간 보아가 그 작은 손으로 그녀의 헝클어진 머리카락 한 움큼을 힘껏 잡아당겼다. 전에 없던 일이어서, 선사수자는 섬뜩하지 않을 수 없었다.

해는 벌써 중천에 떠 있었다. 선사수자는 어린애를 가슴에 안은 채 약 봉지를 들고 걸었는데, 걸을수록 점점 무거워지는 것 같았다. 아이가 끊임없이 보채니 길도 더 멀게 느껴졌다. 몹시 지친 그녀는 하는 수 없이 그녀는 길가에 있는 큰 저택의 문턱에 걸터앉았다. 한참 쉬고 있으려니까 입고 있던 옷이 점점 싸늘하게 느껴지면서 온몸에 오한이 일었다. 그녀는 그제야 비로소 자기의 온몸이 땀으로 흠뻑 젖어 있음을 알았다. 다행스럽게도 보아는 잠든 모양이었다. 그녀는 다시 일어나 천천히 걸었으나 역시 보아의 무게를 지탱하기란 힘겨웠다. 그 때 갑자기 귓전에서 누군가의 말소리가 들렸다.

“선사수자, 내가 좀 안아 줄까요?”

아오의 목소리였다. 머리를 들어보니 아니나다를까 푸른 얼굴의 아오가 잠이 가득한 눈을 몽롱하게 뜨고는 그녀를 따라오고 있었다. 선사수자는 마침 하늘에서 천사라도 내려와 도와 주었으면 하고 간절히 바라던 참이었지만, 아오에게만은 도움을 받고 싶지 않았다. 그러나 의협심이 워낙 강해서 아오가 끝끝내 도와주겠다고 우겼으므로 선사수자는 한참이나 사양하다가 결국 하는 수 없이 승낙하고 말았다. 그는 곧 선사 수자의 젖가슴과 아이 사이로 손을 밀어 넣어 아이를 안아 올렸다. 그 순간 선사 수자는 젖가슴이 후끈후끈 타는 듯했고 얼굴과 귀밑 역시 뜨거워짐을 느꼈다.

그들 두 사람은 두 자 반 가량 떨어져 함께 걸었는데, 아오가 말을 걸어 와도 선사 수자는 제대로 대답을 하지 않았다. 얼마 안 가서 아오는 아이를 그녀에게 다시 안겨 주고 어제 친구와 약속한 식사 시간이 되었다며 사라졌다. 선사 수자는 아이를 받아 안았다. 다행히 집도 멀지 않았다. 어느새 앞집의 왕구마가 길가에 앉아 있는 것이 보였다. 그녀는 멀리서 말을 건넸다.

“선사수자, 어린애는 좀 어떤가?…… 의원님께 보였나?”

“보이기는 했지만…… 왕구마, 당신은 연세가 많고 경험도 풍부하시니 당신이 우리 보아를 좀 봐주시겠어요. 우리 보아는 좀 어떤가요?

“흠…….”

“어때요······.”

“흠······.”

왕구마는 아이의 얼굴을 유심히 살피더니 머리를 두어 번 끄덕였다가 다시 두 번 가로 저었다.

보아에게 약을 먹인 것은 오후가 다 되어서였다. 선사수자는 유심히 아이의 동정을 살펴보았는데, 제법 평온해진 것 같았다. 오후가 다 저물 무렵, 아이는 별안간 눈을 뜨고 “엄마!” 하고 외마디 소리를 질렀다. 그리고는 이내 눈을 감는 것이었다. 잠이 든 모양이었다. 잠든 지 얼마 안 되어 아이를 살펴보니 이마와 코끝에 방울방울 구슬땀이 맺혀 있었다. 선사수자가 가만히 만져보니, 그 조그만 얼굴이 마치 풀처럼 끈적거렸다. 당황한 선사수자는 가슴을 문질러 주었다. 그러나 결국 슬픔을 참지 못하고 목메어 울기 시작했다.

보아의 평온하던 호흡은 이내 완전히 사라지고 선사수자의 목소리도 흐느낌에서 통곡으로 변했다. 이 소리에 많은 사람들이 모여들었다.

문안에는 왕구마와 푸른 얼굴의 아오 등이 있었고, 문밖에는 함형의 주인과 빨간 코 노공 등이 있었다. 왕구마는 일어서서 지전 한 묶음을 불살랐다. 또 선사 수자를 위해 의자 두 개와 옷 다섯 벌을 담보로 잡혀 은화 2원을 꾸어다가 장례 일보는 사람들의 식사를 준비했다.

첫째 문제는 바로 관이었다. 선사수자는 마지막으로 간직하고 있던 은귀걸이 한 쌍과 도금한 은비녀 한 개를 함형 주인에게 주고 그에게 보증을 서 달라고 부탁하여, 현금 절반과 외상 절반으로 관을 하나 샀다. 푸른 얼굴의 아오가 자기가 관을 사오겠다고 자청했지만, 왕구마가 그것을 말리며, 대신 내일 관이나 메고 가 달라고 하였다. 아오는 "제기랄!" 하고 한 마디 욕을 퍼붓고는 못마땅한 듯 뾰로통해져서 서 있었다. 함형 주인은 나갔다가 저녁때가 되어서야 돌아오더니 관을 새로 짜고 있으므로 밤중이나 되어야 다 될 거라고 했다.

함형 주인이 돌아왔을 때는 사람들이 이미 저녁 식사를 끝마친 뒤였다. 그도 그럴 것이 노진에는 고풍이 남아 있어서 7시도 안 되어 다들 집에 돌아가 잠을 자야 했기 때문이다. 그리하여 사방은 정적에 싸여 있었다. 단지 아오가 여전히 함형의 술청에 기대어 술을 마시고, 노공이 우우거리며 노래를 부르고 있을 뿐이었다.

선사수자는 침대 곁에 앉아 울고 있었다. 보아는 침대 위에 눕혀져 있었고, 물레는 덩그러니 땅바닥에 놓여져 있었다. 아주 오랜 시간이 흐른 뒤에야 선사 수자도 눈물을 거두었다. 눈을 크게 뜨고 사방을 둘러보니 기이한 느낌이 들면서, 지금까지 있었던 일들이 모두 꿈처럼 여겨졌다. 그녀는 마음속으로 생각했다. 이 모든 것은 꿈이다. 그래 이것은 한낱 꿈일 뿐이다. 내일 아침이면 나는 침대에서 깨어나고 보아도 내 곁에서 쌔근쌔근 잠들어 있을 것이다. 그러다가 잠이 깨면 "엄마!" 하고 외치면서 일어나 귀여운 강아지처럼 뛰어나가 놀겠지.

노공의 노랫소리가 그쳤고 함형의 불빛도 꺼졌다. 선사수자는 눈을 뜨고 있었는데 아무리 생각해도 모든 일이 믿어지지 않았다. 닭이 울자, 동녘 하늘이 점점 밝아지더니 창문 틈새로 은백색의 새벽빛이 스며들어왔다. 은백색의 새벽빛은 서서히 붉은 빛으로 변하기 시작했다. 그리고 그 햇빛은 지붕 위에 쏟아졌다. 선사 수자는 눈을 뜬 채 멍하니 앉아 있다가 문 두드리는 소리에 비로소 정신을 차리고는 문을 열었다. 문밖에는 낯선 사람이 등에 무엇인가를 짊어지고 있었고, 뒤에는 왕구마가 서 있었다. 아아, 그들은 관을 짊어지고 온 것이다.

오후가 되어서야 겨우 관 뚜껑을 닫을 수가 있었다. 선사 수자가 울다가는 들여다보고 또 울다가는 들여다보기를 되풀이하여 한사코 뚜껑을 덮지 못하게 했기 때문이다. 마침내 참다못한 왕구마가 투덜거리며 앞으로 달려나와 그녀를 끌어내고서야 간신히 뚜껑을 덮을 수 있었다.

그러나 선사 수자는 보아에게 있는 정성을 다했으므로 아무런 아쉬움이 없었다. 어제는 지전을 한 묶음 불살랐고, 오전에는 또 47권의 《대비주(大悲呪)》를 불태웠다. 염을 할 때에는 아이에게 새 옷을 입혀주었고 생전에 좋아하던 장난감(인형 하나, 나무 그릇 두 개, 유리병 두 개)을 머리맡에 놓아주었다. 나중에 왕구마가 손가락을 꼽아 가며 자세히 따져 보았으나 빠진 것은 하나도 없었다.

이날 푸른 얼굴의 아오는 온종일 보이지 않았다. 그래서 함형의 주인은 한 사람에 210푼씩을 주고 인부 두 사람을 사서 관을 공동묘지까지 메고 가게 하는 수밖에 없었다. 왕구마는 선사 수자를 거들어 밥을 지어주고, 장례를 도와 준 사람들을 접대했다. 이윽고 해는 조금씩 서산으로 넘어가고 밥을 먹은 사람들도 모두 집으로 돌아갔다.

혼자 남은 선사 수자는 심한 현기증을 느꼈으나 이내 괜찮아졌다. 그러나 그녀는 자꾸만 이상한 기분을 떨칠 수가 없었다. 평생 겪어 보지 않은 일을 겪었고, 절대 있을 것 같지 않던 일이 눈앞에 버젓이 일어났으니 말이다. 그녀는 생각할수록 더욱 이상한 기분에 휩싸였다. 게다가 또 하나 이상한 것은 방안이 갑자기 조용해졌다는 것이다.

그녀는 일어나 불을 켜고는 비틀대는 걸음으로 문을 닫고 돌아와 침대 가에 앉았다. 물레는 여전히 쓸쓸하게 바닥에 놓여 있었다. 그녀는 정신을 가다듬고 사방을 둘러보았지만 더욱 마음이 산란해질 뿐이었다. 방은 너무 고요할 뿐 아니라 또 너무나 컸다. 가구도 너무 황량하게 놓여져 있었다. 커다란 방이 사방에서 그녀를 에워싸고 휑뎅그렁한 가구가 사방에서 그녀를 압박해와 그녀는 숨도 쉴 수 없었다.

그제서야 그녀는 보아가 죽었음을 확실히 깨달을 수 있었다. 이 방을 보는 것조차 싫어져 불을 끄고는 한쪽 구석에 누워 버렸다. 그녀는 흐느끼면서 지난날을 생각했다. 언젠가 그녀가 무명실을 잣고 있을 때, 보아는 곁에 앉아 회향두를 먹으며 조그맣고 까만 눈을 반짝거리며 말했었지. '엄마…… 아빠가 경단 팔았지. 나도 크면 경단 장사할래. 경단 많이 팔아서 돈 많이 벌 거야…… 그래서 모두 엄마한테 줄게.' 하고 말이다. 그 때는 그녀가 자아내는 무명실마저도 한치 한치가 모두 가치 있고 생명이 있는 것처럼 여겨졌었는데……. 그러나 지금은 어떤가? 선사 수자는 이젠 아무런 생각도 들지 않았다. 그저 이 방이 너무 조용하며 너무 크고 텅 비어 허전할 뿐이었다.

비록 그녀가 우매한 여인이긴 해도 한 번 떠난 사람은 다시 돌아오지 않으며 그리하여 그녀는 보아를 다시는 안을 수 없다는 것쯤은 알고 있었다. 그녀는 깊은 한숨을 내쉬면서 혼자말 로 중얼거렸다.

"보아야, 넌 아직 여기에 있을 테니 내 꿈속에라도 나타나다오."

그리고 눈을 감았다. 빨리 잠들어 그녀의 보아를 만나 보고 싶었다. 괴로운 숨결이 적막하고 텅 빈 공간 사이를 채우는 것을 똑똑히 들을 수 있었다.

어느덧 선사 수자도 잠 속으로 빠져 들어갔다. 방안은 너무나 고요
했다. 그 무렵 빨간 코 노공은 노래 한 곡을 다 끝냈다. 그러나 비틀비
틀 함형을 나오면서 또다시 목청을 돋구어서 노래했다.

"오! 나의 원수여!…… 그대가 애처롭구나…… 나 홀로 외로
이……."

푸른 얼굴의 아오가 노공의 어깨를 움켜쥐자 두 사람은 기우뚱기우
뚱 희희덕 거리며 걸어갔다.

선사 수자도 어느새 잠들어 버렸다. 노공들도 가버리고 함형도 문
을 닫았다. 이때의 노진은 완전히 정적 속으로 빠져들었다. 다만 저
어두운 밤만이 내일로 변하기 위하여 이 정적 속을 치닫고 있었으며,
그 외에는 몇 마리의 개가 어둠 속에서 처량 맞게 짖고 있을 뿐이었다.

1920년 6월

단오절(端午節)

　　방현작(方玄綽)은 요즘 '대동소이(大同小異)' 라는 말을 자주 써, 거의 구두점처럼 되어 버렸다. 이것은 그의 입뿐 아니라 확실히 그의 머리 속에도 깊이 스며든 것이다. 처음에 그는 '모두 똑같다' 라고 말하곤 했는데, 아마 적합치 않다고 생각했던지 후에 '대동소이' 로 고쳐, 오늘까지 줄기차게 사용하고 있는 것이다.

　　그는 이 한마디의 평범한 경구(驚句)를 발견한 이래 비록 적지 않게 감탄도 했으나 동시에 여러 가지의 위안도 받을 수 있었다. 가령 노인이 젊은 사람을 윽박지르는 것을 목격했다고 하자. 그전 같았으면 분명 분통을 터뜨렸을 터이지만, 지금은 도리어 생각을 고쳐 '장차 이 소년이 손자를 얻게 되면 분명코 지금 저 노인처럼 위엄을 부릴 것이다!' 이렇게 생각한다. 그러고 나면 불평이 싹 사라지는 것이었다. 또 군인이 운전수를 때리는 것을 목격했다고 하자. 이것도 그전 같으면 분노할 일이지만 지금은 생각을 바꿔 '만약 이 운전수가 군인이 되고, 이 군인이 운전수가 되면 모르긴 해도 역시 이처럼 때릴 것이다.' 라고 생각해 마음에 걸리는 일이 없어지는 것이다.

이같이 생각을 하면서도 때로 그는 자기 자신을 의심하는 때가 있다. '나는 혹시 사회악과 정정당당히 투쟁한 용기가 없기 때문에 양심을 속이면서 고의로 이런 도피처(逃避處)를 만들어낸 것이 아닌가? 그렇다면 옳고 그름을 가릴 마음조차 없는 것과 마찬가지니 고치는 것이 좋지 않겠는가?

이런 생각에도 불구하고 '대동소이' 는 그의 머리 속에서 일방적으로 싹트기 시작했다.

그가 이 '대동소이' 설(設)을 처음으로 공표한 것은 북경 수선학교의 교실에서였다. 그 때 아마 역사에 관해 이야기하고 있었을 것이다. 그는 '옛날이나 지금이나 사람은 다 같다(古今人不相達)' 는 것에 대해 말하고 있었다. 그리고 여러 사람들의 '천성이란 서로가 같다(性相近)' 는 것을 이야기하다 끝내는 학생과 관료의 신상까지 끌어들이면서 일대 열변을 토한 것이다.

"오늘날 사회에서는 현대파들이 한결같이 관료를 공격하는 게 유행처럼 되어 버렸는데, 특히 학생들의 공격은 매우 심각한 상태라고 합니다. 그러나 관료는 결코 특별하게 태어나는 것이 아니며 바로 우리같이 평범한 사람들이 변해서 된 것입니다. 학생 출신의 관료도 상당 부분 차지하고 있습니다만, 과연 그 학생관료들과 나이 든 관료들 간에 차이가 있을까요? '자리를 바꾸면 다 같은 것(易地則皆然)' 이니 사상이든, 언행이든, 풍채든 간에 그다지 크게 분간할 점이 없다는 말입니다…… 학생 단체가 새로이 벌이고 있는 허다한 사업도 이미 폐단을 면치 못하고, 태반은 연기가 스러지고 불이 꺼지듯(煙消火滅)하지 않았습니까? 결국은 대동소이한 것입니다. 따라서 저는 중국의 미래를 내다볼 때 반드시 짚고 넘어가야 할 점임을 말씀드리고자 한 것입니다."

교실 안에 뿔뿔이 흩어져 앉아 있던 20여 명의 청중들의 반응은 가지가지였다. 어떤 이는 낙담했다, 이 말이 옳다고 생각한 모양이었다. 또 어떤 자는 발끈 성을 냈다, 아마 신성한 청년을 모욕했다고 생각한 모양이었다. 게다가 그를 향해 히죽히죽 웃는 자도 몇 명이 있었다, 아마 그들은 그가 자기를 변호해주고 있는 것이라 생각했을 게 틀림없다. 방현작은 관료를 겸하고 있었으니까.

하지만 알고보면 모두들 잘못 알고 있었다. 이것은 다만 일종의 새로운 불평에 지나지 않았다. 비록 불평이기는 해도 그것 역시 그의 격에 맞는 공론(空論)에 불과했던 것이다. 비록 게을러서인지, 어째서인지는 모르지만, 어쨌건 그 자신은 움직이기를 싫어하고, 자기의 본분을 충실히 지키는 사람이라고 생각했다. 이런 그를 두고 총장은 정신병자라고 폭언을 하였지만, 그로서는 억울한 소리일 뿐이었다. 관직의 봉급으로 지탱해 나가는 한 그는 결코 입을 열려 들지 않았다. 교원의 급료를 수개월이 넘도록 받지 못했지만 별도로 받는 관리의 봉급이 있는 한 그는 절대로 입을 열지 않을 것이다. 그리하여 교원이 연합하여 봉급 지급을 요구했을 때조차 그는 내심, 너무 떠들어대는 것은 고려해 봐야 할 문제라고 생각할 정도였다. 물론 관청의 동료들이 교원을 지나치게 조롱하는 것을 들을 때면 그 순간 그도 감정이 상했다.

그러나 한편 시간이 좀 흐르고 나면 생각을 바꾸게 되는 것이다. 그리고는 그 때 '아마, 그 당시 나의 감정이 상한 것은 내가 생활에 곤란을 겪고 있었고, 다른 관리들은 교원을 겸하고 있지 않았기 때문이었을 것이다.' 하고 생각하며 곧 마음속에서 지워버리고 말았다.

물론 그도 돈이 몹시 궁하긴 했으나 끝내 교원 단체에는 가입하지 않았다. 그러나 사람들이 동맹 휴업을 결의했을 때는, 그 역시 수업을 하지 않았다. 그러다가 정부가 "수업을 하면 돈을 준다."고 말했을 때가 되어서야 비로소 그는 정부의 행동이 치사하다고 느끼게 되었다. 마치 과일로 원숭이를 놀리는 꼴이 아닐 수 없었다. 어느 대교육가가 "교원이 한 손에는 책을 들고 다른 한 손으로는 돈을 요구하는 것은 고상하지 못한 행동이다."고 말하는 것을 듣고 나서야 그는 아내에게 불평을 털어놓았다.

"여보, 왜 반찬이 두 접시 뿐이요?"

'고상하지 못하다.'는 말을 들은 바로 그날, 저녁을 먹던 그는 반찬을 타박하고 나섰다.

그들은 신교육을 받은 적이 없고 아내 역시 학명(學名)이나 아호가 없었으므로 무어라 부를 호칭이 없었다. 관례대로 '마누라'라고 부를 수도 있었으나 그것은 또 너무 구식 냄새가 났다. 그리하여, 마침내 '여보'라는 칭호를 찾아냈던 것이다. 반면 그의 아내는 '여보'라는 말을 쓰지 못했다. 그저 얼굴을 그쪽으로 돌려 말하면 그는 그것이 자기에게 하는 이야기려니 했다.

"지난달에 탄 봉급의 1할 5푼도 벌써 다 썼는 걸요……. 어제도 간신히 외상으로 쌀을 팔아왔는데 말이에요."

그녀는 식탁 옆에 서서 그 쪽을 향해 말했다.

"보시오, 이래도 교원이 급료를 요구하는 것을 야비하다고 할 수 있겠소? 그놈들은 사람이 밥을 먹어야 하고 밥은 쌀로 지어야 하며 쌀은 돈으로 사야 한다는 이런 평범한 진리마저도 모르는 모양이오……."

"그렇지요. 돈 없이 어떻게 쌀을 사며, 쌀 없이 어떻게 밥을 짓겠습니까……?"

그는 아내가 자신의 주장에 '대동소이' 하게 무조건 따라하는 것 같아 화가 났는지 별안간 두 볼을 씰룩거렸다. 그래서 곧 고개를 다른 쪽으로 돌렸다. 이것은 그만 대화를 중단하겠다는 표시나 다름없었다.

바람이 처량하게 불고 찬비가 흩뿌리는 날이었다. 교원들은 정부에 대해 밀린 봉급의 지불을 요구하러 갔다. 그들은 신화문 앞 진창길에서 군인에게 머리를 맞아 피를 흘리고 난 다음에야 간신히 약간의 봉급을 받아낼 수 있었다. 방현작 역시 힘들이지 않고 돈을 받게 되어 빚을 좀 갚았으나 아직은 남아있는 빚이 더 많았다. 관청의 봉급 역시 오랫동안 밀려 있기 때문이었다.

사태가 이쯤 되자 청렴한 관리들마저도 봉급을 요구하지 않으면 안 되겠다고 생각하게 되었는데, 하물며 교원을 겸직하고 있는 방현작으로서는 학계에 보다 더 동정을 표하게 된 것은 당연한 이치였다. 그래서 비록 사람들이 동맹 휴업을 주장하는 자리에는 참석하지 않았지만 그 후에는 기꺼이 공동 결의를 준수했다.

그런데 정부가 드디어 돈을 지불하고 학교도 곧 수업을 시작하게 되었다. 그러나 며칠 전 학생 총회에서 "교원이 만약 수업을 안 한다면 미지급 봉급을 지불하지 말라." 라는 청원서를 정부에 제출했다. 이 것은 결국 무효로 끝났지만 방현작은 갑자기 지난번에 정부가 말한 '수업을 하면 돈을 주겠다' 는 이야기가 생각났다. 그리고 '대동소이' 하다는 말의 그림자가 다시 그의 눈앞에 나타나 어른거리기 시작했 다. 그래서 그는 교실에서 그 사실에 대한 일장연설을 했던 것이다.

이것으로 짐작해 보건대, 그의 '대동소이' 설은 일종의 사심(私心) 이 섞여 있는 불평이라고 결론을 내릴 수 있을 것이다. 그렇다고 해서 오로지 자기가 관리직에 있음을 변명한 것이라고도 할 수 없다. 다만 이런 때마다 그는 늘 즐겨 중국의 장래 운명 따위의 문제를 끄집어내 곤 했는데, 스스로 자신을 우국지사(憂國之士)라고 생각했기 때문이 다. 유감스럽게도 사람이란 '자지지명(自知之明)' 이 없어 욕을 보는 법이다.

그러나 '대동소이' 한 사건은 또 발생했다. 정부는 처음엔 골칫거리 였던 교원들에 대해서만 임금을 체불했으나 마침내는 관리들에게까 지 여파가 미쳤다. 그러는 바람에 이전에는 교원이 돈을 요구하는 것 을 경멸하던 선량한 관리까지도 마침내 봉급 지불 요구 대회의 선봉 장으로 바뀌는 형편이 되고 말았다.

오직 몇몇 신문지상에만 이들을 경멸하고 조소하는 기사가 실렸다. 방현작은 이러한 현실을 당연하게 받아들였을 뿐이었다. 왜냐하면 그 의 '대동소이' 설을 근거로 해서 그는 신문 기자들의 고료 지불이 아 직까지는 밀리지 않았다는 것을 알고 있었기 때문이다. 만약 정부나 재벌이 보조금을 중지했다면 그들 역시도 봉급 지불요구 대회를 열었 을 것이다.

그는 이미 교원의 봉급 지불 요구에 동정을 표하고 있었으므로 자연 관료의 봉급 지불 요구에도 찬성했다. 그러나 그는 여전히 관청 안에 얌전히 앉아 있을 뿐 결코 다른 이들처럼 빚을 독촉하러 가지는 않았다. 혹자는 이런 그를 두고 고고한 척한다고 말하기도 했으나 그것은 오해일 따름이라고 하겠다. 그의 말을 빌리자면 지금까지 빚이라곤 남으로부터 재촉 받기만 했지 남에게 재촉을 해본 적은 없었다는 것이다. 그래서 그에게 있어 그런 것은 '잘할 줄 모르는(非其所長)' 것이다.

게다가 그는 손에 경제권을 쥐고 흔드는 인물을 만날 용기마저 없었다. 그런 이들도 권세를 잃고 나서 《대승기신론(大乘起信論)》을 손에 들고 불교학을 강론할 때는 매우 부드럽고 인자해진다. 그러나 아직 보좌에 올라 있을 때는 염라대왕 같은 얼굴을 해 가지고 다른 사람을 모두 노예 취급하면서, '나는 너희 가난뱅이들의 생존권을 손에 쥐고 있다' 고 생각하는 것이 바로 그들이다. 그래서 그는 그들을 만날 수가 없었으며 그들을 쳐다보고 싶은 마음도 없었다. 이런 성격 때문에 때로는 자기 스스로도 고고하기는 하나 동시에 재능이 없다는 생각을 하게 되는것이었다.

여기저기에서 사람들을 융통하여 한 고비고비를 빠듯하게 넘기고 있었다. 마침내 방현작도 훨씬 곤궁해졌다. 따라서 그 동안 부리고 있던 하인이나 거래하는 상점주는 물론 아내마저 그를 점점 신뢰하지 않게되었다. 요즘 들어 아내가 전처럼 그를 따르지 않으며 게다가 늘 그와는 다른 의견을 내고 꽤나 당당하게 거동하는 것만 보아도 분명히 알 수 있다.

음력 5월 초나흘이었다. 그가 오전 근무를 마치고 돌아오자 아내는 곧 한 묶음의 외상 청구서를 그의 코앞에 내밀었다. 이 또한 전례 없던 일이다.

"모두 합해서 180원은 있어야 된다구요……. 봉급은 나왔어요?" 그녀는 그의 얼굴은 쳐다보지도 않고 말했다.

"흥, 당장 내일부터 관리 노릇을 집어치우겠소! 돈표는 그들이 받아 왔소. 그러나 급료 지불 요구 대회의 대표가 분배를 않는단 말이오. 처음에는 같이 가지 않은 사람에게는 모두 안 준다고 말하더니, 나중에는 또 자기들 앞에 와서 직접 받아가라는 거요. 그런데 그놈들이, 단지 돈표를 쥐고 있는 것만으로도 그놈들은 염라대왕의 꼴로 변해 버렸다니까. 나는 정말, 그런 꼴은 쳐다보기도 싫소……. 그래 나는 돈도 필요없고 관리도 때려치울거요. 치사하기 짝이 없으니……."

아내는 전에 없던 남편의 분개를 보고 다소 놀랐으나 곧 침착해져서 말했다.

"제 생각엔 역시 직접 받으러 가는 편이 좋을 것 같네요. 관계 없잖아요?" 그녀는 그의 얼굴을 보면서 부드럽게 말했다.

"그럴 순 없소! 이건 관리의 봉급이지 상금이 아니란 말이오. 마땅히 회계과에서 보내줘야만 하오."

"그렇지만 보내 주지를 않는데 어쩌란 말이에요 아 참, 어젯밤 말씀 드린다는 걸 잊었는데, 애들 말로는, 학교에서 수업료를 벌써 여러 차례나 재촉했다는군요. 만약 계속해서 안 내면……."

"말도 안 되는 소리! 관청이나 학교에서 애비가 일한 대가는 한푼도 안 주면서, 뭐? 돈을 내라구? 오히려 애들 학교에 가서 돈을 달라고 말하라 해요!"

아내는 그만 입을 다물어 버렸다. 아마 그가 자기를 교장으로 여기고 울분을 풀려는 것 같았기 때문이다. 두 사람은 아무 말 없이 점심을 먹을 뿐이었다. 그는 밥을 먹으며 한참을 생각하더니 이내 우울한 얼굴로 나가 버렸다.

예년 같으면, 명절 전날이나 섣달 그믐달이면 그는 밤 10시가 되어야만 집에 돌아왔다. 들어오면서 주머니를 만지작거리며 "여보, 받아 왔소!" 하고 큰소리로 말하곤 하는 것이다. 그러고는 그녀에게 중국 교통은행의 빳빳한 새 지폐 다발을 건네주며 아주 자랑스러운 듯한 표정을 짓곤 했다. 그런데 이번 5월 초나흘 날, 단오 전날에는 전례를 깨뜨리고 7시도 안 되었는데 집으로 돌아왔다.

그의 아내는 깜짝 놀라 그가 결국 사직해 버린 것은 아닐까 걱정이 되었다. 그러나 조심스레 그의 얼굴을 살펴보니 그다지 기가 죽어 있는 것 같지는 않았다.

"아니, 웬일이에요……? 이렇게나 일찍……."

그녀는 그를 빤히 바라보며 물었다.

"돈을 늦게 주어 결국 못 받아 왔소. 은행도 문을 닫아버렸으니, 이제 초여드레까지 기다려야 되겠소!"

"당신이, 받으러 직접 갔었나요……?"

그녀는 그를 살피며 물었다.

"직접 받으러 가는 것은 취소되었고, 들리는 얘기로는 역시 회계과에서 나누어 보내준다더군. 그러나 은행이 오늘은 벌써 문을 닫았고 사흘을 쉰다니 초여드렛날 오전까지 기다려야 될 것 같소!"

그는 앉아서 눈을 아래로 향한 채 차를 한 모금 마시고는 다시 천천히 입을 열었다.

"다행히 관청에서는 아무 문제도 없었소. 아마 초여드렛날에는 돈이 꼭 들어올 거요……. 여태껏 서로 왕래가 없던 친척이나 친구에게 돈을 꾸러 간다는 건 영 내키지 않는 일이더군. 오늘 오후에 눈 딱 감고서 김영생(金永生)을 찾아가 오랫동안 이야기했는데, 그는 처음에는 내가 봉급 지불을 요구하러 가지 않은 것이나 손수 받으러 가지 않는 것은 대단히 고결하며 사람이라면 그래야 한다고 칭찬까지 하더군. 그런데 내가 그에게 돈 50원을 빌리러 왔다는 것을 알자 마치 내가 그의 입에 한 움큼의 소금을 처넣기라도 한 것처럼 오만상을 찌푸리더군. 그러면서 집세가 잘 안 걷힌다느니, 장사가 밑졌다느니 늘어놓고는 동료한테 직접 돈을 받으러 가는 게 뭐가 어떠냐면서 나를 한참 설득하려 하더군."

"지금같이 다들 궁색한 마당에 어느 누가 돈을 꾸어 주겠어요!"

뜻밖에 아내는 전혀 분개하는 빛이 아니었다. 방현작도 머리를 숙이고 그렇게 생각하는 것이 무리도 아니라고 생각했다. 더구나 그는 김영생과 원래부터 왕래가 별로 없는 사이가 아니었다.

그는 곧 작년 세모 때의 일을 기억해 냈다. 그 때 한 동향 사람이 10원을 꾸러 왔었다.

그는 마침 그 때 관청의 보증수표를 가지고 있었으나 혹시 그 사람이 후에 돈을 갚지 않을 수도 있겠다는 생각이 들어 난처한 기색으로 둘러대었다. 관청의 봉급도 안 받았고 학교의 월급도 나오지 않아 정말 돕고는 싶은데 도울 만한 힘이 없다고 말해 그를 빈손으로 돌려보냈던 것이다.

그리고 그는 몹시 난감하고 당혹스런 표정으로 입술을 바르르 떨고 머리를 설레설레 흔들었던 것으로 기억난다.

잠시 후 그는 갑자기 깨닫기라도 한 것처럼 하인에게 즉시 거리에 가 연화백 한 병을 외상으로 가져오게 하였다.

그는 가게 주인이 내일 빚을 많이 갚아주기를 바랄 것이니 외상을 주지는 않으리라는 것을 알고 있었다. 만약 외상을 안 주면 내일은 한 푼도 갚지 않을 것이니 그것은 결국 그들이 응당 받아야 할 결과가 될 것이었다.

마침내 하인이 연화백을 외상으로 가져왔다. 두 잔을 마시자 창백한 그의 얼굴에 불그레한 빛이 떠올랐다. 밥까지 먹고 나니 제법 흥겨워졌다.

그는 대형 합덕문 한 개비에 불을 붙여 책상에서 《상시집(嘗試集)》을 집어들고 침대에 누워 읽으려던 참이었다.

"그러면 내일 가게 외상값은 어떻게 할까요?"

아내가 달려와 침대 앞에 선 채로 그의 얼굴을 바라보며 말했다.

"가게 주인? 그들보고도 초여드렛날 오후에 오라고 해요."

"전 정말이지 그렇게 말할 수 없어요. 그들은 아무리 말해도 믿지도 않을뿐더러 승낙도 하지 않을 거예요."

"왜 안 믿어! 그들보고 직접 물어 보라고 해. 관청 사람들은 아직 아무도 받지 않았으니까 모두 초여드렛날까지는 기다려야 된다고 하면 되지 않겠소."

그는 집게손가락을 세워 모기장 안의 허공에 대고 반원을 그렸다.

아내도 손가락을 따라 반원을 보았으나 그 손은 그대로 《상시집》을 뒤적였다.

아내는 그가 무작정 억지를 쓰는 것을 알고 잠시 동안 아무 말도 꺼내지 못했다.

"나는 이래 가지고는 도저히 살아나갈 수 없어요. 앞으로는 다른 방법을 좀 생각해서 뭔가 다른 일을 하지 않으면……."

아내는 마침내 말을 돌려 이렇게 말했다.

"일? 무슨 일? 난 글에 있어서는 베껴쓰는 일을 직업으로 하는 자들에도 미치지 못하고 무력에 있어서는 소방병(消防兵)에도 미치지 못하오. 그러니 다른 일을 하다니 무엇을 하란 말이요?"

"당신은 전에 상해의 출판사에 글을 써주신 일이 있지 않았나요?"

"상해의 출판사? 그 출판사는 원고료를 줄 때 하나하나 글자를 세며 빈칸은 계산에 넣지도 않지. 당신, 내가 그들에게 써 준 백화시(白話詩)를 봐요. 빈 칸이 얼마나 많은가. 한 권에 고작해야 300푼 정도라구. 거기에 인세는 벌써 반 년 가량이나 소식이 없고! '먼 곳의 물은 가까운 곳의 불을 구할 수 없다!' 는데 그 짓을 또 어떻게 하란 말이오?"

"그러면 이곳의 신문사에 주는 건……."

"신문사에 주라고? 이곳 큰 신문사에 내 제자가 편집을 맡고 있는데 그 사람을 연줄로 해서 글을 썼지만 천 자에 얼마를 받은 줄 알고 하는 말이오? 아침부터 밤까지 잠을 안 자고 쓴다 해도 식구들을 먹여 살릴 수는 없지. 게다가 내 머리 속에 그렇게 많은 문장도 있을 리도 없고!"

"그럼 단오절이 지나고 나면 어떻게 할 생각이죠?"

"단오절이 지나고 나면 뭐 계속 관리 노릇을 해야지……. 내일 가
게 주인이 와서 돈을 달라거든 당신은 초여드렛날 오후에 오라고만
해요."

그는 또 《상시집》을 들여다보려고 했다. 아내는 기회를 놓쳐서는
안 된다 싶어 급히 떠듬떠듬 말했다.

"저, 이번 단오절을 지내고 나서 초여드레가 되면 우리……, 채표라
도 한 장 사는 게 어떨까 싶은데……."

"어허! 어찌 그리 무식한 소리를 하는 거요?"

그러나 이 순간, 그의 머리에는 문득 김영생에게서 쫓겨 나오던 때
의 일이 떠올랐다. 그가 멍하니 도향총 앞을 지나는데 가게 문 앞에는
대문짝 만한 광고가 나붙어 있었다. '일등 당첨 몇 만 원.' 이것을 보
고 마음이 조금 흔들렸던 기억이 난다. 발걸음이 느려졌던 탓인지도
모른다. 그러나 지갑 속에 겨우 남아 있던 60전이 아까워 깨끗이 단념
하고 지나쳐 버린 것이었다.

그의 안색이 변했으므로 아내는 그가 자기의 생각을 마땅치 않아 하
는 줄 알고는, 재빨리 나가 버렸다.

방현작도 말을 멈추고 허리를 쭉 펴더니 무어라고 중얼거리면서
《상시집》을 다시 읽기 시작했다.

1922년 6월

공을기(孔乙己)

　　노진(魯鎭)에 있는 술집의 구조는 다른 고장과는 조금 달랐다. 대부분의 술청은 길가를 향해 곡철 모양으로 놓여 있는데 그 안쪽에는 언제든지 술을 데울 수 있도록 더운물이 준비되어 있었다.

　　노동자들은 낮이나 저녁때에 일을 끝내고 언제나 동전 네 푼을 내고 대포 한 잔을 청하여 술청 밖에 기대선 채 따끈하게 데운 술을 들이켜면서 피곤한 몸을 쉬곤 한다.

　　만약 한 푼만 더 쓴다면 소금물로 삶은 죽순이나 회향두 안주를 먹을 수도 있다. 그리고 거기에다 열 몇 푼을 더 쓴다면 고기 요리를 먹을 수도 있지만 여기 오는 손님들은 대게 짧은 옷을 입는 막일꾼들이라 그런 호사스런 짓을 할 수가 없다.

　　술청 옆방으로 들어가 술이며 고기를 청하면서 자리를 벌이고 거들먹거리는 것은 으레 장삼(長杉)을 입은 손님들 차지였다.

나는 열두 살 때부터 마을 입구에 있는 함형(咸亨) 주점에서 사환 노릇을 했다. 그 때부터 주인은 내가 둔해 보인다면서 점잖은 단골 손님들 시중은 들지 못할 것이니 밖에서 심부름이나 하라고 말했다.

밖의 어수룩한 손님들은 말상대 하기는 수월했지만 군소리가 많고 무슨 말을 하는지 도무지 알아들을 수 없는 사람들이 많았다. 그들은 의심 또한 많아서 곧잘 술독에서 황주(黃酒)(흰 소주에 비해 노란 색을 띤 술 이름)를 뜰 때 자기 눈으로 직접 감시하고 싶어했다. 뿐만 아니라 술병 밑바닥에 물이 남아 있는지 없는지 살피고, 또 술병을 데우려고 더운물에 담그는 것도 직접 확인한 후에야 겨우 마음을 놓는다. 이렇게 엄중한 감시를 받아 가지고는 섣불리 술에 물을 탈 수 없었다. 그래서 며칠 지나자 주인은 또다시 내게 이 일에도 소질이 없다고 말했다.

다행히 나를 소개한 분과 안면이 있는 터라 내쫓지는 않았지만 주인은 나에게 술을 데우기만 하는 변변찮은 일을 맡겨 주었다. 그 후로 나는 하루 종일 술청 안에 서서 내 일만을 맡아 보았다. 별다른 실수는 없었지만 무척 단조롭고 지루했다. 주인이 무서운 얼굴을 하고 있는 데다 손님들도 매우 퉁명스러워 나는 늘 우울해 했어야 했다. 공을기(孔乙己)가 술집에 올 때만은 나는 약간이나마 웃을 수가 있었다. 그러므로 지금도 나는 그를 잘 기억하고 있다.

공을기는 서서 술을 마시는 사람들 중 장삼을 입은 유일한 사람이었다. 그는 키가 유난히 컸는데 창백한 얼굴의 주름 사이에는 언제나 상처자국이 떠나지 않았다. 턱에는 반백의 수염이 덥수룩하였고, 입고 있는 옷은 분면 장삼이 틀림없으나 더럽고 너덜너덜하여 몇 십 년이 지나도록 꿰매기는커녕 세탁 한 번 안 한 것 같았다. 그의 이야기는 모두가 알쏭달쏭한 문어(文語)투성이여서 듣는 사람들은 대게 이해하기 힘들었다.

그의 성이 공(孔)이었으므로 사람들은 붓글씨 책에 있는 '상대인 공을기(上大人孔乙己)' 라는 뜻도 모르는 문구 중에서 별명을 따 그를 '공을기' 라 부르기 시작했다. 공을기가 술집에 나타나면 손님들은 모두 그를 보고 웃었고, 그러다가 누군가가 소리친다.

"여보게! 공을기, 자네 얼굴에 또 상처가 늘었구만!"

그러나 그는 대꾸도 하지 않고 술청 안을 향해 말했다.

"여기 술 두 잔 따끈하게 데워 주시오. 회향두 한 접시하고."

이렇게 주인에게 말하고는 동전 아홉 푼을 꺼내 놓는다. 그러자 술꾼들이 공연히 더욱 큰소리로,

"자네 또 남의 물건을 훔쳤지!" 하고 소리를 지르면,

"왜 또 터무니없이 나에게 누명을 씌우려 드나……?"

"누명을 씌운다고? 허참, 이거, 왜 이래? 엊그제 이 눈으로 똑똑히 봤다구. 분명히 자네가 하(何)씨네 책을 훔치다가 들켜 거꾸로 매달려 맞고 있더구만."

그러자 공을기는 얼굴이 온통 시뻘개지며 이마에는 퍼런 힘줄을 돋우면서, 열심히 항변했다.

"책을 훔치는 건 도둑질이 아니야…… 책을 훔치는 건!…… 그건 말이지, 독서인(讀書人)이나 하는 일이야. 그러니 도둑질이라 할 수 없지."

그리고는 잇따라 하는 말이, "군자는 원래 궁하니라" "논어 출(出)" 라느니, "……가 아니리요." 라느니 하는 통에 사람들은 "와아!" 하

며 한바탕 웃어대어, 자연스럽게 술집 안팎에는 유쾌한 공기로 가득 매워지는 것이었다.

떠도는 소문에 의하면, 공을기도 본래 글줄이나 읽던 선비였다고 한다. 하지만 어쩐 일인지 과거에는 번번이 낙방하고 말았다. 게다가 장사할 재간조차 없어서 더욱더 가세가 기울어서 마침내는 구걸할 지경에까지 이르게 되었다. 그러나 불행 중 다행으로 붓글씨는 잘 썼기 때문에 남의 책을 베껴 써주는 일로 입에 풀칠을 하였다. 하지만 유감스럽게도 그에게는 술마시기만 좋아하고 일하기는 싫어하는 나쁜 버릇이 있었다. 일을 시작한 지 며칠 못 가서 본인은 고사하고 책과 종이, 붓, 벼루에 이르기까지 모조리 행방 불명이 되어 버리기 일쑤였던 것이다.

그런 일이 몇 번 거듭되자 이제는 그에게 책을 베껴 달라고 부탁하는 사람도 없어지고 말았다. 그래서 공을기는 궁해지면 하는 수 없이 도둑질을 하기에 이르렀다. 하지만 그는 우리 술집에서만큼은 다른 사람들에 비해 훨씬 행동이 반듯해서 한 번도 외상값을 질질 끌거나, 난동을 부리는 일이 없었다.

간혹 현금이 없어 얼마 동안 칠판에 이름이 적히는 일은 있지만 적어도 한 달은 넘기는 법이 없이 반드시 깨끗이 갚아 칠판 위에서 '공을기' 라는 이름을 지워버리고 마는 것이었다.

공을기가 술을 반 잔쯤 마시고 나서 부끄러워 새빨개졌던 얼굴빛이 점차 본래의 색을 되찾자 옆 사람이 또 묻는다.

"공을기, 자네 정말 글을 알긴 아나?"

공을기는 이렇게 묻는 사람의 얼굴을 빤히 쳐다보기만 한다. 면서 대꾸하는 것조차 귀찮다는 표정이다. 그러나 짓궂은 그들은 또 계속해서 묻는다.

"그렇다면, 자네는 어째서 과거 급제도 못한 거지?"

이런 질문이 나오면 공을기는 별안간 풀이 죽는다. 그리고는 우울한 표정을 지으며 무슨 소린지 모를 말을 중얼거리는데, 이번에야말로 온통 문어(文語) 투성이라 조금도 알아들을 수가 없다. 그러면 군중들은 다시 껄껄 웃어대고 술집 전체는 유쾌한 공기로 충만해지는 것이었다.

이렇게 되면 나 역시 여러 사람들과 더불어 웃을 수 있었고, 이 때에는 주인도 결코 나를 나무라는 법이 없었다. 오히려 주인까지도 공을기의 얼굴을 볼 때면 언제나 그런 식으로 말을 걸어 사람들로 하여금 박장대소하게 만들곤 했다.

한편 공을기 자신은 그들과는 이야기 상대가 되지 않음을 깨달았는지 주로 아이들에게 말을 거는 경우가 많았다. 한 번은 내게, "너 글을 배운 일이 있니?" 하고 물은 적이 있다. 내가 고개를 끄덕이자,

"글을 배웠다!…… 그럼 어디 시험을 해보자꾸나. 회양두의 '회' 자는 어떻게 쓰지?"

그러나 거지나 다름없는 사람에게 시험을 받을 수는 없다고 생각한 나는 그만 외면해 버렸다. 그러자 공을기는 한참 있더니 매우 친절한 말투로,

"쓸 줄 모르는 모양이로구나?…… 내 가르쳐 주지. 이런 자는 외워 두는게 좋단다. 이 다음에 가게 주인이라도 되면 장부 기입할 때 꼭 필요할 테니까."

하지만 나에게 그 말은 어떤 설득력도 지니지 못했다. 내가 주인처럼 되려면 아직 까마득했다. 게다가 주인 역시 회양두 따위를 장부에 써 본 일이 없었다. 이래저래 정말이지 우습기도 하고 귀찮기도 한 나는, "누가 그런 걸 배운댔어요? 초두 밑에 돌아올 회자 아니에요?" 하고 짜증스럽게 대답해 줬다. 그러자 공을기는 꽤나 유쾌한 듯이 두 손가락의 긴 손톱으로 술청을 두들기고나서 고개를 끄덕이며 말했다.

"그래 그래 맛있어……. 그런데 말야. 그 회(回)자는 쓰는 법에는 네 가지가 있는데 너 그건 혹시 알고 있니?"

그러자 더 이상 참을 수가 없어진 나는 삐죽 입을 내밀어 주고 나선 멀리 자리를 옮겨 버렸다. 공을기는 술에 적신 손가락으로 스탠드에 글자를 쓰려던 참이었는데, 내가 조금도 관심을 보이지 않자, 휴우 한 숨을 내쉬며 대단히 유감스럽다는 듯한 표정을 지었다.

웃음소리에 끌려 이웃집 아이들까지 구경하러 몰려와서 공을기를 둘러싸는 일이 있었다. 그러면 그는 아이들에게 회향두를 한 개씩 나누어 주는데 아이들은 콩을 먹고 나서도 접시만 계속 쳐다볼 뿐 돌아가려 하지 않았다.

그러면 공을기는 황급히 다섯 손가락을 펴 접시를 가리고는 허리를 굽히면서 말했다.

"이제 없다, 여긴 이제 없어!"

그는 몸을 똑바로 세워 다시 접시 위의 콩을 슬쩍 보고는 고개를 저으며 말했다.

"이제 없다, 이젠 없어! 많을 소냐? 많지 않도다!"

그제야 아이들은 웃으며 뿔뿔이 흩어져 가는 것이었다. 공을기는 이처럼 사람들을 유쾌하게 해주는 사람이었다. 그러나 그가 없다고 해서 다른 사람들에게 별다른 지장을 주는 것도 아니었다.

중추절(仲秋節)을 2, 3일 앞둔 어느 날, 천천히 장부의 결산을 보고 있던 주인이 칠판을 내리면서 갑자기 말했다.

"공을기가 꽤 오래 안 보이는구나. 아직 외상이 열 아홉 푼이나 남아있는데 말야."

이 말을 듣고서야 나도 비로소 그를 꽤 오랫동안 보지 못했구나 하고 생각했다. 그 때 술을 먹던 사람 중 하나가 대꾸했다.

"환자가 어떻게 와요?……다리가 부러졌다는데."

"그래요?"

"그자는 여태도 도둑질을 하고 산답니다. 이번에는 머리가 돌았던지 정(丁) 거인 댁 물건을 훔치려 들었다지, 뭡니까? 글세. 그 댁 물건을 훔칠 수 있을 것 같아요?"

"그래서 어찌 됐답니까?"

"어찌 되긴요. 우선 사죄서를 쓰고 흠씬 두들겨 맞았답니다. 밤새도록 실컷 얻어맞고는 다리가 부러졌답니다."

"그래서요?"

"아, 글쎄. 다리가 부러졌다니까요."

"다리가 부러져서 어떻게 됐어요?"

"어떻게 됐냐고요?……아, 그걸 누가 압니까! 죽었는지 살았는지 혹 죽었을지도 모르지요."

주인은 그 이상은 묻지 않고 다시 천천히 장부 계산을 계속하기 시작했다.

중추절이 지나자 가을 바람은 하루가 다르게 차가워져 초겨울 날씨
처럼 변해 갔다. 그래서 나는 하루 종일 불 곁에 있으면서도 솜옷을 입
지 않고는 추워서 견딜 수가 없었다.

어느 날 오후였다. 손님도 없고 해서 눈을 감은 채 앉아 있는데,

"술 한 잔 데워 주시오." 하는 소리가 들렸다. 몹시 낮은 그 목소리
는 그러나 이상하게도 귀에 익었다. 나는 눈을 떠보았으나 아무도 볼
수가 없었다. 자리에서 일어나 밖을 내다보니, 거기엔 바로 공을기가
술청 밑에서 문턱을 향해 앉아 있었다. 얼굴은 새카맣게 타고, 너무
야위어서 알아보기조차 힘들었다.

너덜너덜한 겹옷을 입고, 책상다리를 한 채 새끼줄로 어깨에 매달
고 다니던 거적 위에 앉아 있었다. 그는 나를 보자 재차 말했다.

"술 한 잔 데워 주시오."

주인이 머리를 내밀며 말했다.

"공을기이구만. 자네, 열 아홉 푼의 외상이 여전히 남아 있네."

공을기는 처량한 표정으로 얼굴을 치켜들고는 말했다.

"아, 그건……이 다음에 갚겠소. 대신 오늘은 현금이라오. 좋은 술
로 주시오."

주인은 늘 그렇듯이 또 웃으면서 그에게 말했다.

"공을기, 자네 또 도둑질을 했군 그래!"

하지만 이번에는 그도 별로 변명하지 않고 그저 한 마디 했다.

"농담 마소!"

"농담이라니? 도둑질도 안 했는데 다리는 왜 부러져?"

공을기는 낮은 소리로 웅얼거렸다.

"넘어졌소. 넘, 넘어……."

마치 그 이상은 묻지 말아 달라고 주인에게 울며 매달리기라도 할 듯한 표정이었다. 그 때에는 이미 사람들이 여럿 몰려와 주인과 함께 웃어대기 시작할 때였다. 나는 술을 데워 들고 나가서 입구의 문턱 위에 놓아주었다.

그러자 그는 너덜너덜한 주머니 속에서 일 푼 짜리 네 개를 꺼내 내 손에 얹어 주었다. 돈을 꺼낸 그의 손은 온통 흙으로 범벅이 되어있었다. 그는 이 손으로 땅을 짚으면서 기어왔던 것이다. 잠시 후 술잔을 비운 그는 사람들이 웃으며 떠들어 대고 있는 틈에 술집 마당을 헤치고 다시 그 흙투성이 손으로 기어서 느릿느릿 돌아갔다. 그건 마치 병든 개가 기우뚱기우뚱거리며 걸어가는 듯한 애처로운 모습이 아닐 수 없었다.

그 후로 또다시 오랫동안 공을기를 볼 수 없었다. 연말이 되자 주인은 칠판을 내리면서 말했다.

"공을기는 아직 열 아홉 푼이 남아 있구먼."

주인은 다음해 단오절(端午節)에도 다시, "공을기는 아직 열 아홉 푼이 남아 있다."고 똑같이 말했지만, 다음 중추절에는 아무 말도 하지 않았다. 다시 연말을 맞이했지만 공을기의 모습을 보았다는 소식은 누구에게서도 들을 수 없었다.

나는 지금까지도 다시는 그를 보지 못했다. 아마도 공을기는 틀림없이 어디에선가 마침내 죽어 버렸을 것이다.

1919년 3월

약(藥)

1

어느날 가을 새벽, 달은 이미 졌으나 아직 해가 뜨지 않아 짙푸른 하늘만이 낮게 드리워져 있었다. 밤에 돌아다니는 사람 이외에는 모두 다 잠자리에 들어있을 무렵이다. 화노전(華老栓)은 급히 일어나 앉아 성냥을 그어 등잔에 불을 붙였다. 등잔은 온통 기름투성이였다. 자그마한 다관 안이 희미한 빛으로 가득 해졌다.

"지금 가시게요, 소전 아버지?"

나이 든 여인의 목소리였다. 구석에 있는 작은 방에서 한동안 잦은 기침소리가 들려왔다.

"음."

노전은 옷에 단추를 끼우면서 이렇게 대답하고는 여인에게 손을 내밀며 말했다.

"돈을 이리 주오."

화대마(華大媽)는 베개 밑을 한참 더듬더니 은화 한 꾸러미를 꺼내어 노전에게 건네주었다. 노전은 떨리는 손으로 그것을 받아들어 주머니에 집어넣고는, 주머니 밖에서 두어 번 눌러 보았다. 그리고는 초롱에 불을 붙이고, 등잔불을 불어 끄더니 안방으로 들어갔다. 안방에서는 무엇인가가 바스락바스락 거리더니 이어 한동안 기침소리가 들렸다. 노전은 기침이 가라앉기를 기다렸다가 나즈막한 목소리로 말했다.

"소전(小栓)아…… 일어나지 마라……. 가게는 엄마가 볼 거야."

아무 대답이 없자 노전은 아들이 잠들었다고 생각하고 집을 나서 거리로 나섰다.

거리는 온통 어둠에 쌓여 있었다. 다만 한 줄기의 길이 희끄무레하게 보일 뿐이었다. 등불은 앞서거니 뒤서거니 걷는 두 발을 비추어 주었다. 도중에 몇 번인가 떠돌이 개들과도 마주쳤지만 한 마리도 그를 향해 짖지는 않았다. 바깥은 제법 추웠다. 그러나 노전에게는 그것이 도리어 상쾌하게 느껴졌다. 마치 갑자기 자신에게 신통력(神通力)이 생겨서 사람들에게 생명을 부여할 힘이라도 생긴 것처럼 내딛는 걸음걸음이 더욱 의기양양했다. 게다가 갈수록 길도 환해지고 하늘도 밝아졌다.

정신없이 길을 걷던 노전은 저 멀리 정자(丁字)의 삼거리가 환하게 가로 놓여 있는 것을 보고 흠칫했다. 그는 대여섯 발짝 뒷걸음질하여 아직 문을 열지 않은 가게 처마 밑으로 가서 문에 기대 서 있기로 했다. 한참을 그러고 있자니 온몸이 오슬오슬 떨려 왔다.

"흥, 늙은이."

노전은 다시 한 번 놀랐다. 눈을 크게 뜨고 자세히 보니 몇몇 사람들이 그의 눈앞을 지나쳐 갔다. 그중 한 사람이 그를 돌아다보았다. 모습은 잘 알 수 없었지만 몹시 오랫동안 굶주린 늑대가 마침내 먹이를 발견한 것처럼, 눈에 번쩍하고 광채가 지나갔다.

등롱의 불은 이미 꺼져 있었고, 주머니에는 두둑하게 돈주머니가 만져졌다. 고개를 들어 사방을 둘러보니 괴이한 사람들이 네댓 명씩 마치 유령처럼 그 근처를 서성거리고 있었는데, 다시 정신을 차리고 보니 별로 이상할 것도 없었다.

조금 있으려니까 이번에는 몇몇 군인들이 움직이는 것이 보였다. 멀리서도 제복의 가슴과 등에 희고 큰 동그라미가 선명하게 보였고, 그들이 마침내 노전의 바로 앞을 지나갈 때는 제복 소매 끝에 테를 두른 검붉은 줄까지 식별할 수 있었다. 어느 순간 한바탕 발걸음 소리가 요란하게 울리더니 순식간에 한 무리의 사람들이 서로 밀치며 지나갔다. 네댓 명씩 서성거리던 사람들도 눈 깜짝할 사이에 한데 어울려 파도처럼 앞으로 몰려갔는데, 정자(丁字) 삼거리에 이르자 멈춰서서 반원형(半圓形)으로 빙 둘러섰다.

노전도 그쪽으로 눈을 돌렸지만 한데 어울린 사람들의 등만 보일 뿐이었다. 모두들 목을 길게 빼고 있었는데, 그 모양은 마치 오리들이 보이지 않는 손에 목을 잡히어 매달려 있는 것 같았다. 잠시 침묵이 흘렀다. 이윽고 무슨 소리가 나는 듯하더니 다시 술렁이기 시작했다. 별안간 와! 하고 함성을 지르며 모두들 물러서서 노전이 서 있는 데까지 흩어져 왔다. 하마터면 그는 사람들 때문에 밀려 넘어질 뻔했다.

"자! 돈과 물건을 바꿉시다!"

온몸이 새까만 한 사내가 노전 앞에 나타났다. 노전은 그의 칼날 같은 눈초리에 겁을 집어 먹어 목이 그만 반으로 움츠러들었다. 그 사내는 커다란 한쪽 손바닥을 그에게 내밀었다. 그런데 그는 다른 쪽 손에 한 개의 시뻘건 만두를 움켜쥐고 있었다. 거기서는 아직도 시뻘건 것이 뚝뚝 떨어지고 있었다. 당황한 노전은 은화를 더듬어 꺼내 가지고 그에게 내주려 했지만, 그의 손은 부들부들 떨렸다. 그래서 그 사내가 건네주는 물건은 감히 받지 못할 지경이었다. 그러자 그 사내는 버럭 성을 내며 소리를 질렀다.

"뭐가 무섭소? 왜 받질 않는 거요?"

노전이 그래도 주저하자, 시꺼먼 사내는 등롱을 후다닥 뺏더니 종이를 북 찢어 만두를 싸 가지고 노전에게 안겨 주었다. 그리고는 한쪽 손으로 은화를 움켜잡아 꾹 쥐어 보더니 빙 돌아서, "이 늙은이가……." 하고 중얼거리며 가 버렸다.

"그것으로 대체 누구의 병을 고치려는 거요?"

누군가가 이렇게 물은 듯했지만 대답하지 않았다. 그의 온정신은 지금 다만 이 꾸러미 하나에만 집중되어 있었다. 마치 십대 독자를 품기라도 하는 듯, 그 외의 일에는 아무런 관심도 없었다. 그는 오직 이 꾸러미 속에 든 새 생명을 그의 집까지 제대로 가지고 가 사라진 행복을 거둬들이려는 생각뿐이었다.

해가 떠올랐다. 그의 눈앞에는 한 줄기 큰길이 나타나 그대로 그의 집까지 이어져 있었고, 뒤로는 정자 삼거리 입구 근처에 걸려 있는 낡은 푯말에 씌어진 '고구정구(古口亭口)' 라는 글자가 황금빛으로 번쩍거리고 있었다.

2

　노전이 집에 돌아오자 가게는 이미 말끔하게 정돈되어 있었다. 그러나 아직 손님은 보이지 않았다. 다만 소전만이 안쪽 탁자에 앉아 혼자 밥을 먹고 있을 뿐이었다. 굵은 땀방울이 이마에서 굴러 떨어지고, 겹저고리도 땀에 젖어 등에 찰싹 둘러붙어 툭 튀어나온 양쪽 어깨뼈가 여덟 팔(八)자를 그리고 있었다. 이 모양을 본 노전은 자기도 모르게 눈살을 찌푸리지 않을 수 없었다. 그의 아내가 부엌에서 걱정스러운 얼굴로 나왔는데, 그 입술이 떨리고 있었다.

　“구하셨어요?”

　“구했소.”

　두 사람은 아궁이 앞으로 가서 한참 의논을 했다. 의논이 끝났는지 화대마가 밖으로 나가더니 이윽고 한 장의 커다란 연(蓮) 잎을 가지고 돌아와 그것을 탁자 위에 펼쳤다. 노전은 종이를 풀어 그 시뻘건 만두를 연잎으로 다시 쌌다. 소전이 식사를 끝내자 그의 어머니는 황급히,

　“소전, 너는 거기 앉아 있거라. 여기 들어오면 안 된다.” 하면서 아궁이에 불을 지폈다. 노전은 들고 있던 푸른 뭉치와 붉고 희게 얼룩지고 찢어진 종이를 함께 아궁이 속에 재빨리 밀어 넣었다. 불꽃이 타오르자 가게 안은 뭐라 형용할 수 없는 묘한 냄새로 가득 찼다.

　“음! 냄새가 좋구만! 점심에 무엇을 드셨소?”

　곱추 영감이 들어서며 말했다. 그는 거의 매일 다관에서 시간을 보냈다. 그는 가장 빨리 와서는 가장 늦게 돌아가는 사람이었다. 이때도 마침 길가에 면한 벽 쪽 탁자 옆으로 어정어정 걸어와 앉으려는 참이

었다. 하지만 아무도 그에게 대꾸하지 않았다.

"쌀죽이라도 쑤는 겐가?"

여전히 대답해주는 사람은 없었다.

노전은 총총히 나와서 그에게 차를 따라 주었다.

"소전, 이리 들어오너라!"

하대마는 소전을 안방으로 불러들였다. 방안에는 의자가 하나 놓여 있었다. 그녀는 새까맣고 둥근 것을 접시에 담아 들고 와서 나직이 말했다.

"이걸 먹어라. 병이 나을 게다."

소전은 그 검은 것을 집어들고 한참을 바라보았다. 마치 자신의 목숨을 손에 들고 있는 듯한, 뭐라 말할 수 없는 묘한 느낌이 들었다. 조심스레 반으로 가르니 까맣게 탄 껍질 속에서 흰 김이 무럭무럭 피어올랐다. 김이 사라지자 둘로 갈라진 밀가루 만두가 들어 있는 것이 보였다. 소전은 그것을 단숨에 전부 뱃속으로 넘겼는데, 과연 어떤 맛이었는지는 생각도 나지 않았다. 눈앞에는 단지 빈 접시가 한 개 남아 있었고, 그의 옆에는 아버지와 어머니가 서 있었다. 마치 그의 몸 안에 무언가를 부어 넣고, 또 무엇인가 두 사람의 눈초리에 그만 가슴이 후들거려, 가슴을 누르며 다시 한바탕 기침을 해댔다.

"한숨 자거라, 곧 괜찮아질 테니."

소전은 어머니가 시키는 대로 기침을 하면서 드러누웠다. 화대마는 아이의 기침이 멈추기를 기다려 누덕누덕 기운 겹이불을 살짝 덮어 주었다.

3

가게에는 어느새 많은 손님들이 들어 차 있었다. 노전도 바삐 움직였다. 커다란 구리 주전자를 들고 여기저기 돌아다니며 손님들에게 차를 따라 주었다. 그녀의 양쪽 눈언저리는 너무 피로하여 거무스름한 그림자가 드리워 있었다.

"노전, 자네, 어디 불편한가? 병이라도 난 게야?"

흰 수염장이가 물었다.

"아니네."

"아니라고? 하기야, 나도 자네가 싱글벙글하기에 어디 아픈 건 아닐거라고 생각했지……."

흰 수염장이는 자기가 한 말을 금방 뒤집었다.

"노전도 좀 바쁜가 보군. 만약 저 사람 아들이……."

꼽추 영감의 말이 미처 끝나기도 전에, 별안간 인상이 험악한 한 사내가 성큼성큼 들어왔다. 그는 검은 상의를 단추도 채우지 않은 채 걸치고 폭이 넓은 검정 허리띠를 허리께에 아무렇게나 둘러 감고 있었다. 강대숙이었다. 그는 입구에 들어서자마자 노전을 향해 말했다.

"그래, 먹었소? 좋아졌소? 노전, 당신은 운이 정말 좋았소! 다 영감 운이요. 만일 내가 조금이라도 늦게 귀띔했더라면……."

노전은 한 손으로는 주전자를 들고 다른 한 손은 공손히 내린 채 미소 띤 얼굴로 잠자코 듣고만 있을 뿐이었다. 그 자리에 있던 사람들도 모두 귀를 기울이며 경청하고 있었다. 화대마도 눈언저리에 검은 피로의 기색이 엿보이기는 했지만, 그녀 역시 생글거리면서 손님들에게 찻잔과 차잎과 올리브를 하나 더 첨가하여 대접했다. 그리고 노전은 곧 찻잔에 끓는 물을 부으러 갔다.

"이번 것은 확실하오! 보통 것과는 달라요. 뜨끈뜨끈할 때 가져와서 뜨끈뜨끈한 채로 먹었을 테니!"

인상이 험악한 사내는 계속해서 떠들어댔다.

"정말, 고맙습니다. 만약 강대숙(康大叔)께서 안 봐주셨다면 어떻게 이런……." 화대마도 몹시 감격하여 흥분된 목소리로 그에게 감사의 말을 했다.

"틀림없어요. 틀림없이 낫습니다. 그렇게 뜨거울 때 먹었으니, 그런 인혈만두(人血饅頭)를 먹으면 무슨 폐병이든 틀림없이 완쾌돼요!"

'폐병'이라는 말을 듣는 순간 화대마의 얼굴빛이 잠시 변했다. 몹시 언짢은 모양이었다. 그러나 이내 다시 웃음을 지으며 천천히 그 자리를 물러났다. 강대숙은 전혀 눈치채지 못하고 큰소리로 여전히 지껄여댔다. 안방에서 잠자던 소전은 떠드는 소리에 깨어나 다시 콜락거리기 시작했다.

"자네와 소전이 그렇게 좋은 운수를 만난 게로군? 그럼, 이 병은 틀림없이 나을걸세. 어쩐지 노전이 아침부터 싱글벙글이더라니까."

흰 수염장이는 이렇게 말하면서 강대숙 앞으로 걸어가 소리를 낮추고 물었다.

"강대숙……. 오늘 처형한 범인이 하(夏)씨 집안의 아들이라던데, 그렇다면 아들이오? 대체 어찌 된 일이오?"

"뉘 아들이라뇨? 그야 물론 하씨 집 넷째 아줌마의 아들이죠. 멍청이 같은 자식!"

강대숙은 사람들이 모두 자기 말에만 귀를 기울이고 있는 것을 보자, 더욱 신이 나서 한층 큰소리로 지껄여 댔다.

"그놈은 살기 싫어했던 놈이니 살려 둘 필요가 없기도 했지. 그런데 요번에는 내게 국물 한 방을 안 떨어졌으니, 쳇. 그나마 빼앗은 옷마저 몽땅 빨간 눈 아의(阿義)가 차지해 버렸지. 가장 재수가 좋았던 건 뭐니뭐니해도 노전 영감이고, 다음은 하씨네 셋째 아들이지. 새하얀 은화를 스물 닷냥이나 상으로 받아서는 고스란히 제 주머니에 챙겨 놓고 한 푼도 내놓지 않았으니 말야……."

소전은 작은 방에서 느릿느릿 걸어나와 두 손으로 가슴을 움켜쥐고, 연방 기침을 해대며 부뚜막 앞으로 갔다. 그리고 찬밥 한 덩이를 끓는 물에 붓더니 허겁지겁 먹기 시작했다. 화대마가 따라와서 조용히 물었다.

"소전아, 좀 괜찮니? 너, 또 배가 고픈가 보구나……."

"틀림없이 꼭 나을 거다!"

강대숙은 소전을 흘끗 쳐다보더니 다시 여러 사람을 향해 말을 이었다.

"하씨네 셋째 아들은 정말 철저한 놈이지. 그놈이 만약 미리 고발하지 않았더라면 그놈 일가 역시 몰살당하고 재산도 몰수당했을 걸세. 그런데 지금은 어떤가? 은화까지 받았으니! 그 죽은 놈도 멍청한 놈이더군! 감옥에 들어가서도 옥리들에게 혁명을 선동했다지, 아마."

"허! 말도 안 돼."

뒤쪽 탁자에 앉아 있던 스무 살 남짓한 젊은이가 몹시 분개한 듯한 표정으로 말했다.

"똑똑히 알아두시오. 빨간 눈 아의(阿義)가 일의 전말을 조사하러 갔더니, 그놈의 아의에게 이런 말을 하더라는 군. '이 대청(大淸) 천하는 누구의 것도 아니다. 우리의 것이다.' 이렇게 지껄이더라는 거지. 생각해 보쇼. 그게 할 말이요? 아의도 그놈의 집에 늙은 어미밖에 없다는 건 알고 있었지만, 설마 그 정도로 가난할 줄은 몰랐거든. 아무리 쥐어짜도 기름 한 방울 나오지 않자 그렇잖아도 잔뜩 화가나 있던 판에 그놈이 군소리를 죽 늘어놓았으니 아의에게 따귀를 두 대나 얻어맞은 거지!"

"아의는 보통 주먹이 아닌데, 두 대나 맞았으면 그놈 뻐근했을걸."

구석에 앉아 있던 꼽추도 별안간 신이 나서 지껄였다.

"그 머저리 같은 놈은 맞아도 겁을 내기는커녕 도리어 '가엾다, 가엾다' 했다는 거야."

"그런 놈을 때리는데 가엾긴 뭐가 가엾어?"

흰 수염장이가 말했다.

그러자 강대숙은 경멸하는 내색을 보이고 비웃음을 지으며 말했다.

"도대체 얘기를 어디로 듣고 있는 거요. 그놈은 오히려 아의가 가엾다고 했다는 말이었소!"

귀를 기울여 듣고 있던 사람들의 눈빛이 갑자기 이해할 수 없는 듯 멍청해지더니, 잠시 동안 침묵이 흘렀다.

그 무렵 소전은 이미 식사를 끝내고 있었는데, 밥을 먹느라고 몸은 온통 땀투성이가 되었고, 머리에서는 김이 무럭무럭 오를 정도였다.

"아의가 가엾다니……. 미쳤군, 끝내 완전히 돌았어."

흰 수염장이는 별안간 깨달았다는 듯이 말했다.

"미쳤지."

스무 살 남짓한 젊은이도 갑자기 모든 사실을 이해했다는 듯이 중얼거렸다.

가게 안의 손님들은 다시 활기를 띠고 담소를 나누기 시작했다. 소전은 그 와자지껄한 소리에 섞여 연방 쿨럭 대며 기침을 했다.

그러자 강대숙이 소전의 옆으로 다가와 그의 어깨를 두드리며 말했다.

"틀림없이 낫는다! 소전아…… 이젠 그렇게 기침을 하면 안 돼. 틀림없이 나아!"

"아의가 가엽다니. 미쳤어, 미친 거야."

꼽추 영감이 고개를 끄덕이며 말했다.

4

서쪽 성벽 밖의 공지(空地)는 원래 관유지(官有地)였다. 중간을 가로지른 꾸불꾸불한 좁은 길은 지름길을 가려는 사람들의 발걸음에 의해 생긴 것인데 어느덧 자연스럽게 경계가 이루어졌다. 그 길의 왼쪽 편에는 사형이나 옥사(獄死)로 목숨을 잃은 사람들이 묻혀 있고, 오른쪽은 가난한 이들의 공동 묘지였다. 양쪽 다 이미 무덤들이 가득 들어차 멀리서 보면 마치 부자 집 생일 잔치 때 높이 쌓아올린 만두 같았다.

116

그 해 청명절(淸明節)은 유난히 추워, 버들도 쌀알 절반 만한 새 눈을 간신히 내밀고 있었다. 날이 밝자마자 화대마는 오른쪽에 생긴 새 무덤 앞에 웅크리고 앉아, 네 접시의 찬과 한 그릇의 밥을 차려 놓고 한바탕 곡을 한 다음 지전(紙錢)을 태웠다. 그리고는 멍하니 무엇을 기다리기라도 하는 것처럼 바닥에 앉아 있었으나 기다리는 것이 무엇인지는 그녀 자신도 몰랐다. 미풍이 불어와 그녀의 귀밑 털을 흩날렸다. 분명히 작년보다 흰머리가 부쩍 늘었다.

그 때 오솔길을 따라 또 한 노파가 걸어왔다. 반백의 머리에 남루한 옷을 걸치고, 붉은 옷칠을 한, 낡아빠진 둥근 광주리를 들고 있었다. 광주리 밖으로 한 꿰의 지전을 늘어뜨리고 터벅터벅 걸어오는 모양이 애처로워 보였다. 뜻밖에도 그녀는 땅 바닥에 화대마가 주저앉아 자신을 바라보고 있음을 깨닫고는 약간 망설이며, 핏기 없는 얼굴에 부끄러운 듯한 기색을 드러냈다. 그러나 이내 기운을 차려 왼쪽에 있는 무덤 앞으로 가 낡은 광주리를 내려놓았다. 그 무덤과 소전의 무덤은 한 일(一)자로 나란히 줄지어 있으며, 그 사이에 조그마한 오솔길이 나 있었다. 화대마는 그녀가 네 접시의 찬과 밥 한 그릇을 차려 놓고, 선 채로 한바탕 곡을 하고 지전을 태우는 걸 한참이나 바라보며 속으로 생각했다.

'저 무덤도 역시 아들 것인 모양이로구나.' 그 늙은 여인은 한참 동안 주위를 배회하더니 갑자기 수족을 떨고 비틀거리며 몇 발짝 물러섰다. 그리고 눈을 크게 뜬 채 넋을 잃고 멍하니 서 있었다.

이 모습을 본 화대마는, 혹시 그녀가 상심한 나머지 당장 미쳐 버리는 게 아닌가 하고 걱정이 되었다. 더 참고 있을 수가 없어 작은 오솔

길을 넘어가서 나지막한 소리로 그녀에게 말을 건넸다.

"저, 할머니 그렇게 기운을 잃으시면 안 됩니다. 우리 함께 돌아가십시다."

늙은 여자는 고개를 끄덕였지만, 눈은 여전히 허공을 향해 크게 뜨고 있었다. 그리고 더듬거리는 작은 소리로 말했다.

"저기 보세요. 저게 뭘까요?"

화대마는 그녀가 가리키는 쪽으로 눈을 돌렸다. 그 손가락은 눈앞에 있는 무덤 위를 가리키고 있었다. 그 무덤에는 떼도 아직 입혀지지 않아 황토(黃土)가 덩어리진 채 보기 흉하게 드러나 있었다.

그 위를 좀더 자세히 살펴보던 화대마는 자신도 모르게 깜짝 놀랐다. 그 무덤 꼭대기에는 붉고 흰 꽃들이 아주 선명하게 둥근 원을 그리며 피어 있었다. 두 할머니의 눈은 벌써부터 어두웠으나 이 붉고 흰 꽃은 그래도 똑똑히 알아 볼 수 있었다. 꽃은 그리 많지 않았지만 둥글게 원을 그려가며 다소곳하게 피어 있었다.

화대마는 얼른 자기 아들의 무덤과 다른 이들의 무덤들을 둘러보았다. 거기에는 단지 추위를 견뎌 낸 몇 송이의 푸른 꽃들이 드문드문 피어 있을 따름이었다. 그녀는 마음속에 갑자기 어떤 아쉬움과 공허감을 느꼈지만 그 이유는 굳이 묻고 싶지 않았다.

그 늙은 여인은 다시 몇 발짝 다가서서 자세히 들여다보면서 혼잣말로 중얼거렸다.

"여기엔 뿌리가 없군, 저절로 피어난 것 같지는 않은데! 하지만 이런 곳엘 대체 누가 찾아 올까? 아이들도 올 리가 없고-일가 친척들은 벌써부터 발을 끊었고. 대체 어찌 된 일일까?"

그녀는 한참 동안 생각에 잠겨 있더니 별안간 눈물을 흘리며 큰소리로 말했다.

"유아(瑜兒)야, 그놈들이 모두 너에게 억울한 누명을 씌여 죽인 거로구나. 너는 그것을 잊을 수가 없고, 너무나 원통하여 오늘은 특별히 영험을 보여 내게 알리려는 것이지?"

그녀가 주위를 둘러보자 한 마리의 까마귀가, 이파리 하나 남아 있지 않은 나무에 앉아 있었다. 그녀는 말을 계속했다.

"이제 알았다. 유아야, 너를 모함한 그놈들을 가엾게 여기거라, 그놈들은 이제 곧 보복을 받겠지. 하느님은 모든 걸 다 알고 계시니 제발 편안히 눈을 감아라.-만약 네가 정말 여기 있고, 내 말이 들린다면-저 까마귀를 네 무덤 위로 날게 하여 내게 알려 다오."

산들바람은 벌써부터 멈추어 있었다. 하나하나 꼿꼿이 서 있는 풀들은 마치 철사 같았다. 그 풀이 떨리는 소리는 공기 속에서 점점 가늘어지더니 마침내 사라져버렸다. 주위는 온통 죽은 듯이 고요했다. 두 사람은 풀밭에 서서 까마귀를 올려다보았지만, 까마귀는 곧은 나뭇가지 사이에서 머리를 움츠리고 쇠붙이처럼 꼼짝도 않고 앉아 있었다.

꽤 많은 시간이 지나고, 무덤을 찾는 사람들의 수가 점차 늘어나, 슬픔에 잠긴 노인과 어린아이들이 여기저기 눈에 띄었다.

화대마는 어쩐 일인지 무거운 마음이 좀 가벼워져 그만 돌아갈 생각으로, "우리 이제 돌아가십시다." 하고 공손하게 권했다. 그러자 그 늙은 여인은 휴우하고 한숨을 내쉬고 힘없이 밥과 찬을 거두고는 다시 한참 망설이더니 이내 천천히 걷기 시작했다. 입 속으로는, "대체 어찌된 일입니까?" 하고 혼잣말을 중얼거리면서.

두 사람이 미처 2, 30 걸음도 채 못 옮겼을 즈음이었다. 갑자기 등뒤에서 '까악' 하는 큰 울음소리가 들렸다. 흠칫하여 돌아보니, 조금 전의 그 까마귀가 두 날개를 펴고 몸에 탄력을 붙여 곧바로 먼 하늘을 향해 쏜살같이 날아가고 있었다.

1919년 4월

일건 소사(一件小事)

내가 시골에서 북경(北京)으로 나온 이래, 어느새 6년이라는 세월이 흘러가 버렸다. 그 동안 귀로 듣고 눈으로 본 이른바 국가의 대사(大事)는 막상 헤아려 보면 무척 많기야 하겠지만, 어느 하나도 내 마음에 깊은 감명을 준 것은 없다. 만약 그 국가적 대사들이 내게 미친 영향을 굳이 찾아보라고 한다면, 그것은 단지 나의 좋지 못한 습관만을 낳았을 뿐이라 하겠다. 솔직히 말하자면, 나는 날이 갈수록 사람들을 더욱 경멸하게 되었던 것이다.

하지만 이런 나쁜 습관을 잊게 해준 하나의 사건이 있었다. 그 사건은 정말 나의 마음을 윤택하게 해주었는데, 그리하여 나는 아직까지도 그 일을 잊을 수가 없다.

민국(民國) 6년의 겨울, 마침 강한 북풍이 매섭게 몰아치던 날의 일이었다. 나는 생계를 위하여 아침 일찍 집을 나서야만 했다. 거리에는 단 한 사람도 찾아볼 수 없을 정도로 고요했다. 간신히 한 대의 인력거를 잡아타고 S문(門)까지 가자고 했다. 인력거가 달리기 시작하고 얼마 지나지 않아 북풍은 조금씩 수그러들었다. 바람이 길바닥의 먼지를 쓸어내 주어 한 줄기 깨끗한 큰길만이 누워 있었다. 그래서인지 인력거꾼은 더욱더 빨리 달렸다.

인력거가 S문 앞에 닿으려는 순간이었다. 별안간 누군가가 인력거 손잡이에 걸려 비실비실 쓰러지는 것이었다. 자세히 보니 쓰러진 사람은 한 노파였다. 머리는 희끗희끗하게 세었고 옷은 매우 남루하기 짝이 없었다. 노파는 큰길 옆에서 갑자기 인력거 앞을 가로지르려 했던 것이다. 순간, 인력거꾼은 재빨리 길을 비켰지만, 풀어 헤쳐진 그녀의 너덜너덜한 무명 저고리가 바람에 날려 그만 손잡이에 걸리고 말았던 것이다.

다행히 인력거를 멈추었기에 망정이지 그렇지 않았더라면 그녀는 틀림없이 거꾸로 넘어져 머리가 깨지고 피를 흘리고 말았을 것이다.

그녀가 땅에 쓰러지는 걸 보자 인력거꾼은 발을 멈췄다. 내가 보아 하니 이 노파는 전혀 다치지 않은 듯했다. 더구나 보고 있는 사람도 없는 듯하여, 공연히 관심을 보이는 인력거꾼에게 나는 그만 화가 나지 않을 수 없었다. 이쪽에서 말썽을 일으키면 그만큼 나의 갈 길도 늦어지는 것이다. 그래서 나는 그에게 재촉했다.

"아무 것도 아닐세. 어서 가세!"

하지만 인력거꾼은 들은 체도 않고(혹은 실제 전혀 못 들었는지도 모르지만)손잡이를 내리면서 노파에게 손을 내밀어 팔을 잡고 일으켜

세웠다.

"괜찮으십니까, 할머니?"

"아이구, 넘어져 다친 것 같구먼."

'흥, 다쳤을 리가 없다. 내가 방금 비실비실 넘어지는 걸 보았는데, 엄살을 떨고 있어. 정말 밉살스런 늙은이야. 인력거꾼도 그렇지, 쓸데 없이 귀찮은 일을 사서 겪을 셈인가? 이제 어찌 되든 네 마음대로 해라.'

나는 마음속으로 이렇게 생각했다.

노파의 말을 들은 인력거꾼은 조금도 망설이지 않고, 그녀의 팔을 부축하여 천천히 앞으로 걸어나갔다. 이상한 생각이 들어 앞을 바라보니 바로 그 앞에는 파출소가 있었다.

인력거꾼은 강풍이 지나간 뒤 어느 누구의 눈에도 뜨이지 않은 뜨지 않는 큰길을 가로질러 노파를 부축하면서 곧바로 파출소를 향해 걸어가는 것이었다.

그러나 나는 별안간 야릇한 감동을 느꼈다. 마침내 온몸에 먼지를 뒤집어쓴 그의 초라한 뒷모습이 일순 커다랗게 보였다. 그리고, 이런 그의 뒷모습은 멀어지면 멀어질수록 점점 확대되어서 급기야는 올려다보지 않으면 안 될 정도가 되었다. 더구나 그것은 점차 내게 일종의 위압(威壓)에 가까운 것으로 변해갔다. 그리고는 마침내 나의 가죽 털옷 속에 감추어진 이기심을 쫓아내려는 것같이 여겨지는 것이었다.

나는 마치 넋이 나간 사람처럼 멍하니 앉아 있었다. 아마 나의 기력(氣力)이 이때 잠시 멎어 있었던 모양이다. 이윽고 파출소에서 순경이 나오는 것이 보이자 비로소 나는 인력거에서 내렸다.

"다른 인력거를 타십시오. 저 사람은 이제 끌지 못하게 됐습니다."

하고 순경은 내게 다가서며 말했다. 나는 순간적으로 외투 주머니에서 동전을 한 줌 집어 순경에게 주면서 말했다.

"이걸 저 인력거꾼에게 전해 주시오……."

바람은 완전히 잦아들었지만 사방은 여전히 조용했다. 나는 걸어가면서 생각했다. 그러나, 나 자신의 행동에 대해 생각하는 일은 나를 몹시 두렵게 했다.

그전의 일은 덮어둔다 해도, 그 한 줌의 동전은 대체 무슨 뜻이었을까? 그에 대한 포상(褒賞)이었을까? 과연 내게 인력거꾼을 심판할 자격이라도 있단 말인가? 나는 대답할 수가 없었다. 오직 부끄러움만이 남을 뿐이었다.

이 일은 지금까지도 내 머리 속에 뚜렷하게 남아있다. 그리하여 이 일이 떠오를 때마다 나는 괴로움을 참으면서 인간의 내면에 대해 생각하려고 노력해 왔다. 내게 있어 이 몇 년 사이의 문치(文治)나 무력(武力)은 어린 시절에 읽은 '자왈(子曰), 시(詩)에 이르기를' 따위와 같이 전혀 기억할 수 없는 것들이 되고 말았다. 다만, 이 조그만 사건만이 항시 내 머리 속에서 떠나지 않는다. 아니, 때로는 오히려 더 한 층 뚜렷하게 기억이 되살아나 나를 부끄럽게 한다. 그리하여 나를 새롭게 분발시키고, 또한 나에게 용기와 희망을 심어 주는 것이다.

1920년 7월

광인일기(狂人日記)

지금 그 이름을 밝힐 수는 없지만, 모(某)씨 형제-그들은 모두 나의 중학 시절 좋은 친구들이었다. 중학시절 이후 나는 그들과 헤어지게 되었고, 그리고 나서 여러 해가 지나고 보니 자연 소식도 뜸해졌다. 그러다 얼마 전, 우연히도 그중 한 친구가 중병을 앓고 있다는 소식을 들었기에 나는 그들을 찾아갔다. 마침 나는 고향에 가던 길이었다. 고향에서 만난 한 친구의 말에 의하면 병을 앓은 이는 그의 동생이었다고 했다. 그 친구는 병문안 차 일부러 먼 곳에서 오느라 참 고맙고 수고도 했지만, 동생은 벌써 완쾌되어 어느 곳에 후보(候補)로 부임했다고 하며 껄껄 웃었다. 그리고는 웃음과 함께 일기장 두 권을 꺼내 내게 들이밀면서 말했다.

"이걸 보게, 당시의 병상을 알 수 있을 걸세. 옛 친구이니 보여줘도 상관없겠지."

얼떨결에 받아 가지고 돌아와 보고 나서 나는 그 병이 대충 '피해망상증'과 같은 종류임을 알에 되었다. 그 일기장에 쓰여진 내용이란 것이 보통 어렵고 까다로울 뿐 아니라 줄거리와 순서도 없어서 온통 이해할 수 없는 황당한 소리뿐이었다. 날짜는 씌어 있지 않았으나, 다만 먹물 빛깔과 글씨체가 여러 가지인 것으로 보아 그것이 한 번에 쓰여진 것이 아님은 분명했다. 그 가운데는 간혹 맥락을 찾을 수 있는 구절이 있기에 뽑아 내어 한편으로 만들어 의학자들의 연구 자료로 제공하려 한다. 일기 가운데 간혹 틀린 말이 있긴 하지만 한 글자도 정정하지 않기로 하였다. 그러나 거기에 쓰인 인명(人名)만은 모두가 한마을 사람들로, 이들 중 세상에 이름난 사람들은 혹시 피해를 입을지도 몰라 모두 고쳐 버렸다. 또 책의 제목은 완쾌된 뒤에 본인 스스로 붙인 것이므로 그대로 두기로 했다.

민국(民國) 7년(1918년) 4월 2일 씀.

1

오늘밤은 달이 참 밝다.

나는 달을 보지 못한 지 30년도 더 되었다. 오늘은 달을 보았기 때문에 기분이 유난히 상쾌하다. 그러고 보면 지금까지 30년 동안, 나는 전혀 제정신이 아니었던 것이다. 하지만 이제 정신을 바짝 차리지 않으면 안 된다. 그나저나 저 조씨네 집 개는 어째서 아까부터 나만 유심히 쳐다보는 걸까? 내가 무서워하는 것도 당연하다.

2

　오늘은 전혀 달이 보이지 않는다. 이젠 정말 안 되겠기에 나는 아침에 조심조심 길을 나섰다. 아니나다를까, 조귀(趙貴) 영감의 눈초리가 이상하다. 나를 무서워하고 있는 것도 같고, 나를 없애 버리려고 하는 것도 같다. 그밖에도 소곤소곤 귓속말로 나를 헐뜯고 있는 놈이 7, 8명 더 있다. 그러면서도 그놈들은 혹시라도 내게 들킬까봐 두려워하고 있다. 그들 뿐 아니라 거리에서 만난 놈들이란 놈들은 모두가 그랬다. 그 중에서도 제일 험상궂게 생긴 놈은 큰 입을 떡 벌리고는 나를 비웃었다. 나는 그 놈을 보자 머리끝에서 발끝까지 소름이 쫙 끼쳤다. 나는 놈들이 꾸미고 있던 일이 완전히 준비단계를 바쳤음을 느낄 수 있었다.

　그러나 나는 두려워하지 않고, 여전히 가던 길을 계속 걸어갔다. 저쪽 귀퉁이에 아이들이 모여 있었는데 그놈들도 내 험담을 하고 있었다. 눈초리는 조귀 영감과 같았고, 얼굴빛도 푸르죽죽했다. 나는 도대체 무슨 감정이 있어 아이들까지 저렇게 내 흉을 보는가에 생각이 미치자 그만 참을 수가 없어서,

　"뭐가 어째!" 하고 호통을 쳤다. 그러자 아이들이 모두 달아나 버렸다.

나는 곰곰이 생각했다. 조귀 영감은 내게 무슨 원한이 있는 것일까? 또 지나가는 사람들은 대체 내게 무슨 원한이 있는 것일까? 가만 있자. 그러고 보니 20년 전 고구(古久) 선생의 헌 출납부를 꽉 밟아서 그의 얼굴을 찌푸리게 한 적이 떠올랐다.

조귀 영감은 고구 선생의 친구는 아니지만, 아마도 그 소문을 듣고 내가 한 짓에 분개하고 있는 것이리라. 그래서, 지나가는 사람들을 꼬드겨 나를 미워하게끔 만드는 것이리라.

그렇다면 어린아이들은 왜? 그 무렵엔 그놈들은 아직 세상에 태어나지도 않았잖은가. 무엇 때문에 그놈들까지도 나를 무서워하고 하기라도 하는 듯 똑같이 이상한 눈초리로 노려보는 것일까? 이것이야말로 무서운 일이다. 참으로 이상한 일이요, 슬픈 일이다.

그래, 알았다! 바로 그놈들의 부모가 그렇게 가르친 것이다.

3

밤에는, 도저히 잠을 이룰 수가 없다. 모든 것을 확실하게 만들기 위해서 나는 밤새 무슨 일이든 뭐든 연구해 보지 않으면 안 된다. 그러므로 나는 잠을 잘 수가 없다.

그들 중에는 현지사(縣知事)에게 걸려서 목에 칼을 쓰는 형벌을 받은 놈도 있고, 두목에게 흠씬 두들겨 맞아 본 놈도 있다. 또 말단 관리에게 자기 아내를 빼앗긴 놈도 있고, 부모를 빚쟁이에게 시달려 죽게 만든 놈도 있다. 그러나 그 당시 놈들의 얼굴 표정은 어제처럼 무섭고, 흉측하지 않았다.

그 중에서도 가장 괴상한 것은 어제 거리에서 만난 그 여자다. 그녀는 자기 아이를 마구 때리면서 "빌어먹을 놈! 물어뜯어도 시원치 않을 놈!" 하고 소리를 지르는 것이었다. 그러면서 그녀의 눈은 나를 향하고 있었다. 나는 순간 섬뜩한 기분이 들었다. 정말 당황스러웠다. 그러자 새파란 얼굴에 이빨을 드러낸 많은 사람들이 모두 와아하- 하고 웃어대는 것이다. 어느 틈엔가 진노오(陳老五)가 급히 달려와서 억지로 나를 끌고 집으로 데리고 갔다.

집으로 끌려들어오자 집안 사람들이 모두 이상한 눈초리로 나를 쳐다보았는데, 그들도 거리의 다른 사람들과 조금도 다름없었다. 식구들은 내가 서재로 들어오기가 무섭게 밖에서 자물쇠를 걸어 버렸다. 마치 닭이나 오리를 장안에 가둬 놓듯이 말이다. 이 일로 나는 더욱 놈들이 하는 짓을 알 수 없게 되었다. 나는 갇혀버린 것이다.

얼마 전에 낭자촌의 소작인이 와서 흉년이라고 불평을 늘어놓다가 형에게 이런 얘기를 했다. 그들 마을에 대단한 악당이 있어서 사람들에게 맞아 죽었는데, 그들 중 몇 사람들이 그놈의 간을 꺼내서 기름에 튀겨 먹었다는 것이다. 그러면 담력이 커지고, 용기도 생긴다는 말이 있기 때문이라고 했다. 내가 옆에서 말참견을 했더니, 소작인과 형이 나를 물끄러미 노려보았다.

나는 오늘에야 비로소 확실히 알았다. 식구들의 눈초리 역시 마을에 있는 녀석들과 조금도 다를 게 없었던 것이다. 아, 생각만 해도 머리끝에서 발끝까지 오싹해진다. 놈들은 사람을 먹을 수 있으니 나를 잡아먹지 않는다는 보장도 없다.

그렇다. 그 여자가 '네놈을 물어뜯겠다.' 고 말한 것과 새파란 얼굴에 이를 드러내며 웃던 녀석들과 또 얼마 전 그 소작인이 지껄인 것은 틀림없이 그들만의 어떤 암호였던 것이다. 그래, 알았다. 놈들이 하는 말 속에는 독이 가득하고, 웃음 속에는 비수가 숨어 있다. 놈들의 이빨은 모두 희고, 뾰족뾰족하다. 그것이 바로 사람들을 잡아먹는 연장인 것이다.

나는 나 자신을 못된 놈이라고 생각지 않지만 고씨네 집 장부를 밟고 난 이후로는 좀 이상해졌다. 놈들에겐 뭔가 생각이 있는 모양이지만, 나로서는 도무지 알 수가 없다. 더구나 놈들은 서로 간에 의가 나빠지면 금세 상대를 못된 놈이라고 욕하곤 하는 것이다.

나는 아직도 기억하고 있다. 형이 내게 논문 쓰는 법을 가르쳐 주었을 때 일이다. 형은 아무리 착한 사람이라도 그 사람을 비판하는 문구를 써넣으면 몇 개쯤 거기에 동그라미를 쳐주었다. 그리고 반대로 악한 사람을 변호하는 문구를 써넣으면 '기상 천외' 라든가 '독창적' 이라든가 하면서 칭찬해 주곤 하는 것이었다. 나는 놈들이 대체 무엇을 생각하고 있는지 전혀 알 턱이 없다. 더욱이 사람들을 잡아먹을 수도 있는 놈들이 아닌가.

무슨 일이든 연구해 보지 않으면 모른다. 옛날부터 사람을 먹는 일이 희귀한 일은 아니었음을 알고는 있었지만, 그리 확실하지는 않다. 나는 역사책을 들추어 조사해 보았다. 그 책에는 연대가 없고, 모든 페이지에 '인위도덕' 같은 글자들이 꾸불꾸불 씌어져 있었다. 어차피 잠을 잘 수 없었으므로 밤늦게까지 뒤져보았더니, 글자와 글자 사이에서 간신히 또 다른 글자를 찾아냈다. 책에는 곳곳에 '식인(食人)'이란 두 글자가 적혀 있었다.

책장마다 이렇게 많이 씌어 있고, 소작인도 많은 이야기를 지껄였으며 모든 사람이 히죽히죽 웃으면서 이상한 눈으로 나를 노려본다.

나도 사람이다.

그러므로 놈들은 나를 잡아먹으려는 것이다.

4

아침나절에는 한동안 마음이 가라앉아 있었다. 진노오가 식사를 가지고 왔다. 채소 한 접시와 생선찜 한 접시, 그 생선은 희고 뻣뻣한 눈깔과 입을 떡 벌리고 있는 모양이 마치 사람을 잡아먹고 싶어하는 놈들과 똑같아 보였다. 젓가락을 대어 조금 먹어 보았으나 미끈미끈해서 생선인지, 사람인지 알 수가 없었다. 그나마 몇 조각 먹었던 것을 모조리 토해 내고 말았다.

"노오! 너무 답답하다. 마당을 좀 거닐고 싶다고, 형님께 말씀드려 주겠나."

내가 이렇게 말하자, 노오란 놈은 대답도 않고 가 버렸다. 그러나 조금 후에 다시 와서 문을 열어 주었다.

나는 움직이지 않았다. 놈들이 나를 어떻게 하는지 두고 보기로 마음먹었다. 그러나 나도 놈들이 나를 석방해줄 생각이 없다는 것쯤은 알고 있었다. 그러면 그렇지! 얼마 후 형이 한 늙은이를 데리고 천천히 들어왔다. 기분 나쁜 눈빛을 가진 놈이다. 내가 눈치채지 못하도록 줄곧 발치만 보고 있지 않는가. 그러면서 안경 너머로 흘깃흘깃 내 태도를 훔쳐 본다.

"너 오늘은 기분이 썩 좋은 것 같구나."

형이 말했다.

"그래요."

"오늘은 하(何) 선생에게 진찰을 받기로 했다."

"좋습니다."

이렇게 대답하기는 했지만 이 늙은이가 실은 망나니의 화신이라는 것쯤은 다 알고 있다. 맥을 본다는 구실로 살집이 있는가 없는가를 살펴보려는 것이다. 그 대가로 고기 한 점쯤 얻어먹을 요량이겠지. 그러나 나는 전혀 두렵지 않다. 사람을 먹어 본 적은 없지만 담력은 놈들보다 세었던 것이다. 두 주먹을 내밀어 놈이 어떻게 나오는지 지켜보았다. 놈은 의자에 앉아 눈을 감고, 한참을 꿈지럭거리더니 한동안 멍하니 있었다. 그리고는 그 기분 나쁜 눈을 치켜 뜨면서 말했다.

"너무 걱정할 건 없어요. 얼마 간 조용히 영양을 섭취하면 곧 완쾌될 겁니다."

걱정하지 말고 조용히 영양을 섭취해라! 물론 영양을 섭취해서 살이 찌면 놈들은 그만큼 더 먹을 수 있게 되겠지. 하지만 내겐 과연 무슨 이익이 돌아오겠는가. 무엇이 '좋아진다' 는 것인가. 놈들 일당은 사람을 잡아먹고 싶으면서도 이상하게 망설이고 있다. 아마 체면 차리느라 그러는 거라고 생각하니 나는 정말 웃지 않을 수 없었다. 참다

못해 큰소리로 웃어 버렸더니 기분이 한결 좋아졌다. 이 웃음 속에는 그들을 향한 용기와 무한한 힘이 넘치고 있음을 나는 직감적으로 알고 있었다. 그 늙은이와 형은 내 용기와 힘에 억눌려 얼굴빛이 말이 아니었다는 것이다.

그러나 나의 이러한 용기 때문에, 놈들은 더욱 나를 잡아 먹고 싶어했다. 나의 용기를 탐내는 것이다. 늙은이가 방을 나서자마자 곧 작은 소리로 형에게 속삭였다.

"빨리 먹어치우도록 하세요."

형이 머리를 끄덕이는 것이 보였다. 형도 그들과 한패였던 것이다. 이러한 대 발견은 순간 나를 당혹스럽게 만들었지만, 어찌 보면 당연한 일일수도 있다. 한 패를 모아, 나를 잡아먹으려는 사람이 다른 사람도 아닌 바로 내 형인 것이다.

아마도 사람을 잡아먹는 자가 내 형이다.

그러므로 나는 사람을 잡아먹는 자의 동생인 것이다.

내가 잡아먹히더라도 여전히 나는 사람을 잡아먹는 자의 동생이다.

5

며칠 동안 곰곰이 생각하며 보냈다. 설령 그 늙은이가 망나니의 화신이 아니고 정말 의사라 하더라도 사람을 잡아먹는 의사임에는 틀림이 없다. 놈들의 스승인 이시진(李時珍)이 지은 『본초(本草)』인가 하는 책에도 사람을 삶아 먹을 수 있다고 분명히 씌어져 있지 않은가. 그 래도 자기는 사람을 먹지 않는다고 말할 수 있을까?

나의 형 역시 뚜렷한 증거를 지니고 있다. 내게 글을 가르칠 때의 일 이다. 분명히 그는 '자식을 바꿔서 잡아먹는 일'은 충분히 있을 수 있 다고 자기 입으로 말한 적이 있다. 또 있다. 한 번은 우연히 어느 악한 사람에 대해 의논하다가, 그놈은 죽여 마땅할 뿐만 아니라 '살을 먹 고, 가죽을 깔고 자야 한다'고 말한 적이 있다. 나는 그 무렵 아직 어 렸기 때문에 그 말로 인해 심장이 하루 종일 두근대기만 했다.

이것만으로도 옛날과 다름없이 그 사람의 마음이 잔인하다는 것을 증명된 셈이다. '자식을 바꿔서 잡아먹는 일'이 허용된 이상 무엇이 든 바꿀 수 없는 것은 없으며, 잡아먹을 수 없는 사람은 없는 것이다. 나는 예전에는 형의 설교를 그저 멍청히 흘려들었는데, 지금 생각해 보니 형이 설교할 때는 틀림없이 입가에 사람의 기름을 칠하고 있었 던 것 같다. 가슴속에는 온통 사람을 잡아먹고 싶은 욕망으로 가득 차 있었던 것이다.

6

캄캄하다. 낮인지 밤인지 도대체 가늠할 수가 없다. 조씨네 개가 또 짖어대기 시작했다. 호랑이처럼 흉악한 사나움, 토끼 같은 겁쟁이, 여 우의 교활함……

7

드디어 놈들의 수법을 알아냈다. 그들은 칼을 써서 죽이자니 마음이 내키지 않고 또 그럴 용기도 없는 것이다. 아마 후환을 두려워해서겠지. 그래서 그들은 서로 연락을 취해 교묘히 함정을 파 놓고는 내가 자살하게끔 유도하는 것이다. 그렇다. 며칠 전 마을에서 본 남녀의 태도나 얼마 전 형의 행동만 보더라도 이건 십중팔구 틀림없다. 그렇다면 그들은 내가 스스로 허리띠를 풀어 대들보에 매달고, 스스로 목을 매어 죽어주기를 바라겠지. 그러면 놈들은 살인이란 죄명을 입지 않고도 소원을 성취할 수 있게 된다. 아마도 껑충껑충 뛰며 기뻐서 와아 하고 소리를 지르겠지. 설령 내가 자살하지 않는다 쳐도 두려움과 걱정에 싸여 고민하다가 결국은 죽게 될 것이다. 그렇게 될 경우 살이 좀 빠져 고기는 줄어들겠지만 그런대로 그들은 만족할 것이다.

놈들은 죽은 고기밖에는 먹을 줄 모른다. 어떤 책에선가 읽은 기억이 난다. '하이에나' 라는 동물은 눈초리가 매섭고, 생김새가 흉하기 짝이 없다고 한다. 게다가 언제나 죽은 고기만을 먹고, 아무리 굵은 뼈라도 깨물어 삼켜 버린다고 한다. 아, 생각만 해도 끔찍하다. 하이에나는 늑대의 친척이고, 늑대는 개의 조상이다. 며칠 전 조씨네 개가 유심히 나를 노려보았는데 이제 보니 놈도 한패라 그들과 이미 약속되어 있는 것이 틀림없다. 늙은이도 눈을 내리깔고 바닥만 쳐다보았지만, 그렇다고 내가 속을 것 같은가? 어림도 없지!

제일 딱한 것은 형이다. 형도 사람인데, 형은 왜 무서워하지 않는 것일까? 더구나 한 패가 되어 날 잡아먹으려 하다니, 이미 너무나 익숙

해져 나쁘다는 생각도 못하는 걸까? 양심을 깡그리 잃어버렸기 때문
인가?

그러나 나는 사람을 잡아먹는 자를 저주하는 데 있어서 먼저 형부터
저주하리라. 그리고 사람을 잡아먹는 인간을 회개시키는 데 있어서도
우선 형부터 시작해야겠다.

8

그렇다면 이 정도의 도리는 지금쯤 놈들도 이미 알고 있어야 할 일
인데…….

돌연히 한 남자가 찾아왔다. 나이는 고작해야 20세 안팎, 얼굴은 확
실히 떠오르지 않는다. 싱글싱글 웃으면서 나를 보고 머리를 끄덕였
지만 그 웃음도 진짜 웃음은 아니었다. 나는 그걸 충분히 느낄 수 있었
다. 그래서 그를 한 번 시험해 보기로 했다.

"사람을 먹는 것이 옳은 일인가?"

그 사나이는 여전히 싱글거리면서 대답했다.

"아, 흉년도 아닌데 사람을 왜 잡아먹습니까?"

나는 금방 깨달았다. 이놈도 한 패여서 사람을 먹고 싶어한다. 그래
서 나는 더욱 용기가 나서 끝까지 물고 늘어졌다.

"옳은 일인가?"

"그런 건 물어서 뭣 하시려구요? 당신도 참……농담도 잘 하시네

요……. 허허, 오늘은 날씨가 참 좋군요."

좋은 날씨라고? 그래, 날씨도 좋고 달빛도 밝다. 그러나 나는 네게 꼭 물어봐야 겠다.

"옳은가 말이다."

그러자 그는 그렇다고는 말하지 않았고, 그저 애매 모호한 말투로 말했다.

"아니, 저…… "

"그렇지. 옳지 않지. 그럼, 놈들은 왜 사람을 잡아먹지?"

"그런 터무니없는……."

"그런 터무니없는? 실제로 낭자촌에서는 지금도 사람을 잡아먹고 있다. 그리고 책에도 씌여 있다. 온통 새빨간 피투성이가 되어……."

이미 그의 얼굴은 새파랗게 질려 있었다.

"그야 정말 그럴지도…… 옛날부터 그랬으니까……."

"옛날부터 그랬다는 건 옳단 말이냐?"

"더 이상 이런 얘기를 하고 싶지 않습니다. 아무튼 그런 말은 해서는 안될 말이지요. 그래도 계속해서 당신이 그런 말을 한다면 그건 모두 당신이 잘못된 탓입니다."

이 말에 나는 눈을 뜨고 벌떡 일어났다. 그러나 그자의 모습은 이미 보이지 않았다. 나의 온몸은 땀으로 흠뻑 젖어 있었다. 그놈은 내 형보다 나이가 훨씬 아래인데도 벌써 한 패가 되어 버렸다. 이건 보나마나 그의 부모가 가르쳐 주었을 것이다. 벌써 다른 자식에게도 가르쳐 주었을지 모른다. 그러니까 아이들마저도 나를 그런 눈으로 대하는 것이다.

9

자신은 사람을 잡아먹으려고 하면서, 남에게는 먹히고 싶지 않아한다. 그러므로 그들은 의심을 품고 서로를 흘깃흘깃 훔쳐보는 것이다.

이런 생각을 버리고서 마음 편히 일하며 거리를 걷고, 밥을 먹고 잠을 잘 수 있다면 얼마나 행복할까. 까짓 단 하나의 관문만 넘어서면 가능한 일인 것이다. 그런데, 그들은 부자, 형제, 부부, 친구, 사제, 원수, 그리고 낯선 사람들까지도 한패가 되어 서로 거리를 두고 서로 견제하면서도 죽어도 이 한 걸음을 넘어서려 하지 않는 것이다.

10

아침 일찍 형을 만나러 갔다. 형은 안채 방문 앞에 서서 하늘을 바라보고 있었다. 나는 형의 뒤쪽으로 걸어가 문을 가로막고 서서 아주 조용하고 부드럽게 말을 건넸다.

"형님, 드릴 말씀이 있습니다."

"그래, 그럼 말해 보거라." 하고 형은 곧 뒤돌아보며 끄덕였다.

"어려운 얘기도 아닌데 쉽게 말이 잘 안 나옵니다. 형님, 아마도 먼 옛날, 사람들이 아주 미개했을 때에는 사람이 사람을 잡아먹었겠지요. 그 후 생각이 달려져 누군가는 사람을 잡아먹지 않고, 오로지 착해지려고 노력해서 결국 참다운 인간이 된 자도 있을 것이고 또 여전히 사람을 잡아먹는 자도 있었겠지요. 벌레도 마찬가지여서 어느 것은 물고기가 되고, 새가 되고, 원숭이가 되고, 마침내는 사람으로까지 되었겠지요. 어떤 벌레는 마음이 모질어 지금까지도 계속 벌레로 남아 있는 겁니다. 사람을 잡아먹는 그렇지 않은 사람에 비해 얼마나 부끄럽겠습니까? 벌레가 원숭이에 대해 부끄러운 것보다 훨씬 더할 겁니다. 역아가 자기 아들을 삶아서 걸주에게 먹인 이야기는 먼 옛날 일이었습니다. 그런데 사실은 반고가 천지를 개벽한 이후에 역아의 아들에 이르기까지 계속 사람을 잡아먹어 오다가 역아의 아들로부터 서석림에 이르고, 서석림에서부터 계속 잡아먹어 오다가 낭자촌에서 잡힌 사나이까지 이르게 된 것입니다. 지난해 성안에서 죄수가 처형되었을 때도 폐병 환자들이 만두에 그 피를 묻혀 먹었다고 합니다. 그런데 놈들은 이제 나마저 잡아먹으려고 하고 있어요. 형님 혼자서는 이러한 문제를 어떻게 해볼 도리가 없겠지요. 그렇다고 해서 한패가 될 것까지야 없지 않습니까? 사람을 먹는 놈들이 무슨 짓인들 못하겠습니까? 나를 잡아먹고 나면 형님도 잡아먹을 것입니다. 게다가 같은 패끼리 서로 잡아먹고, 먹히는 일이 벌어질 수도 있습니다. 만일, 한 걸음만 방향을 바꿔서, 지금의 마음을 고치기만 하면 사람들은 모두 평화롭게 지낼 수 있을 것입니다. 옛날부터 그랬는지 모르지만 우리 오늘부터라도 전력을 다해 마음을 고쳐먹고 사이좋게 지냅시다. 형님, 형님은 그들에게 '나는 그런 일을 할 수 없다' 고 거절하기만 하면 됩니다. 형님이 그렇게 할 수 있으리라고 나는 믿습니다. 전에도 소작인이 연공을 줄여 달랬을 때, 안된다고 말하지 않았습니까?"

처음에 형은 냉소를 띠고 있을 뿐이었다. 그러나 점차 눈길이 험해지더니 놈들의 내막을 들추어내는 순간 얼굴이 새파랗게 질려 버렸다. 문밖에는 많은 사람들이 서 있었는데, 조귀 영감도, 그의 개도 있었다. 그 패들은 대문 안으로 조심조심 들어왔다. 어느 놈은 얼굴이 잘 보이지 않았는데, 아마도 얼굴에 천을 감고 있었나 보다. 또 어떤 놈은 전에 보았던 새파란 얼굴에 이빨을 드러내고, 히죽히죽 웃고 있다. 놈들은 전부 사람을 잡아먹는 인간들이다. 나는 놈들 사이에 의견이 맞지 않다는 것도 알고 있다. 언제나 그랬으니까. 사람에는 두 가지 부류가 있다. 잡아먹는 것이 당연하다고 생각하는 놈과 잡아먹어서는 안 된다고 생각하면서도 잡아먹는 놈들. 이들은 너무나 교묘하기 때문에 내 말을 듣고 화가 났어도 겉으로는 히죽히죽 비웃고 있는 것이다.

그 때 형이 갑자기 무서운 얼굴로 호통을 쳤다.

"모두 나가요! 미치광이가 뭐 그리 재미있어요!"

이제야 나는 놈들의 교묘한 꾀를 알아차렸다. 놈들은 마음을 고쳐먹을 생각은커녕 벌써 함정을 만들어 놓았다. '미치광이' 라는 간판을 준비해 두었다가 내게 뒤집어 씌울 작정이었던 것이다. 이렇게 하면 나중에 잡아먹더라도 후한이 없을 뿐만 아니라, 더러는 동정해 줄 사람도 있을 테니까. 소작인이 이야기했던 여럿이서 한 명의 악한을 잡아먹었다는 것도 실은 이 수법을 이용한 것이 틀림없다. 이것이 바로 놈들의 상투적인 수단인 것이다!

진노오도 화가 잔뜩 나서 달려왔다. 그러나 내 입을 막지는 못했다. 나는 조금도 주저없이 끝까지 말했다.

“너희들은 이제 마음을 고쳐먹어야 한다. 진심으로 회개해야 한다. 이젠 사람을 잡아먹는 사람은 이 세상에서 발붙일 수 없게 된다. 살아갈 수가 없게 되는 거다. 결국 회개하지 않으면 너희들 자신도 역시 잡아먹히고 만다. 아무리 많이 태어난다 해도 모두 참다운 사람에게 멸망당하고 만다. 사냥꾼이 늑대를 모조리 잡아죽이는 것처럼…… 또 벌레처럼 말이다!”

문 밖에 있던 많은 놈들은 모두 진노오에게 쫓겨나고 형도 어느새 어디론가 가 버렸다. 진노오가 나를 달래서 방으로 데리고 들어왔다. 방안은 캄캄했다. 대들보와 서까래가 내 머리 위에서 흔들리기 시작했다. 한참을 흔들리더니 갑자기 출렁거리며, 내 몸에 쌓이고 말았다. 무겁다. 어찌나 무거운지 꼼짝도 할 수 없다. 나를 죽일 모양이다. 그러나 나는 놈의 무게가 속임수라는 것을 알아차렸기 때문에 허우적거리며 빠져 나왔다. 온몸이 땀투성이가 되어 나는 크게 호통을 쳐주었다.

“네놈들, 지금 당장 회개하거라. 진심으로 회개하라. 이제 사람을 잡아먹는 놈들은 이 세상에 발붙일 수 없게 된다…….”

11

해를 볼 수도 없다. 방문도 열리지 않는다. 매일 두 끼의 식사만 시간에 맞춰 들어올 뿐이었다. 나는 젓가락을 집어들며 형을 생각했다.

그리고 누이동생이 죽은 까닭도 사실은 형에게 있다는 것을 알아차리게 되었다. 그 때 내 누이는 겨우 다섯 살이었다. 귀엽고 예쁘던 모습이 지금도 눈에 선하다.

어머니는 한없이 우셨다. 형은 어머니에게 울지 말라고 했는데, 그건 아마도 자기가 잡아먹은 것에 대한 가책 때문이었을 것이다. 지금도 가책을 느낄 수 있다면 좋으련만……. 누이동생이 형에게 잡아먹혔다는 사실을 어머니도 알고 계셨는지 아닌지 나로서는 알 수 없다.

그러나 어머니가 알고 아무 말씀도 없이 우시기만 했던 걸 보면 아마 이미 알고 계셨던 것 같다. 분명 내가 네댓 살 때였다고 생각된다.

내가 마당에서 바람을 쐬고 있으려니까 형이 이런 말을 했다.

"부모가 병이 들면 자식된 사람은 자신의 살을 한 조각 베어 내어 푹 삶아서 부모에게 공양하는 것이 마땅한 도리이다."

옆에 계셨던 어머니도 '나쁘다'고는 말씀하시지 않았다. 어쨌거나 사람 고기를 한 조각 먹을 수 있다는 것은 통째로도 먹을 수 있다는 얘기다. 하지만 그 때 우시던 어머니의 모습은 지금 생각해도 가슴이 아프다. 이건 정말이지 이해하기 어려운 일이다.

12

생각할 수 없게 되었다.

4천 년 동안 계속 사람을 잡아먹어 온 이곳, 이곳에서 내가 태어나고 자라왔으며 살아왔다는 것을 오늘에야 깨닫게 되었다. 형이 가독(家督)을 이어받자 누이가 죽었다. 아무도 모르게 형이 음식에 독을 섞어서 우리들에게 먹이지 않았다고는 말할 수 없다. 나도 모르는 사이에 누이동생의 고기를 먹지 않았다고도 장담할 수 없다. 이제 드디어 나의 차례가 온 것인가…….

4천 년이나 사람을 먹어온 역사를 가진 우리. 예전엔 생각해 본 적도 없었지만 이제는 정말 알 것 같다. 참다운 인간을 만나기란 결코 쉬운 일이 아니란 것을…….

13

사람을 잡아먹는 일이 없는 아이들이 아직도 어딘가에는 남아 있을지 모른다. 한시라도 빨리 그 아이들을 구해내야만 한다.

1918년 4월

축복(祝福)

　뭐니뭐니해도 음력 세밑이라야 연말 분위기를 가장 진하게 느낄 수 있다. 마을 안은 말할 것도 없거니와 하늘에서도 다가올 새해의 기운이 느껴진다. 저녁나절의 무거운 잿빛 구름 사이로 잇따라 섬광이 번쩍이고 이어 둔한 음향이 울리는데, 그것은 송조의 폭죽 소리이다. 마을 가까이에서 불을 붙여 터뜨리면 귀를 울리는 커다란 음향이 채 사라지기도 전에 희미한 화약 냄새가 온 마을에 퍼진다.

　그날 밤 나는 마침 고향인 노진(魯鎭)에 돌아왔다. 고향이라고는 해도 집은 예전에 없어져 버렸으므로 잠시 노사(魯四) 영감님 댁에 머무는 수밖에 없었다. 그는 나의 친척으로 나보다 한 항렬 위이기에 사숙(四叔)이라고 불러야 했다. 주자학을 공부한 국자 감생이었다. 그의 모습은 전에 비해 그다지 달라지진 않았으나 좀 늙어 보였다. 그래도 아직은 수염을 기르지 않고 있었다. 그는 인사를 끝내자마자 나에게

"살이 쪘구나." 하고 말하더니 이내 바로 신당(新黨)에 대해 마구 욕설을 퍼부어 대기 시작했다. 그러나 그것은 결코 다른 문제를 빙자해서 나를 욕하는 것이 아님을 나는 잘 알고 있었다. 그가 욕하는 것은 강유의 때문이다. 하지만 그렇게 알고는 있었다 해도 어쩐지 우리의 대화는 활기를 띠지 못했다. 그래서 얘기 뒤 나만 홀로 서재에 남게 되었다.

이튿날 나는 매우 늦게 일어났다. 점심을 먹고 난 후에는 몇 군데의 일가와 친구를 방문하기 위해 집을 나섰다. 사흘째도 마찬가지였다. 내가 찾아간 사람들도 다만 좀 늙었을 뿐 예전과 크게 달라진 건 없었다. 그리고 어느 집이나 한결같이 '축복(祝福)' 준비로 무척 분주했다. 축복은 노진에서 연말마다 지내는 대제로, 공경과 예로써 복신(福神)을 영접해, 내년 1년 동안의 행복을 기원하는 제이다. 닭과 거위를 잡고 돼지고기를 사서 정성들여 씻어야 했으므로 아낙네들의 손은 온종일 물에 젖어 새빨갛게 얼어있어야만 했다. 그 중에는 은을 실타래처럼 꼬아 만든 팔찌를 낀 채로 일하는 사람도 있었다.

이렇게 준비된 음식을 잘 삶아 그 음식 위로 여기저기에 젓가락을 꽂는데, 이것을 '복례(福禮)'라고 한다. 새벽 4시에 복례를 준비하여 향을 피운 다음 촛불을 켜고 복신에게 재를 올린다. 이 의식에는 오직 남자들만이 참가할 수 있는데 의식이 끝나면 다시 폭죽을 터뜨린다. 어느 집에서나 해마다(복례나 폭죽 따위를 살 수만 있다면)이런 일을 되풀이한다. 올해도 역시 마찬가지였다. 하늘이 점점 더 어두워지더니 오후에는 마침내 눈이 내리기 시작했다. 하늘을 가득 메우면서 마치 매화송이처럼펄펄 내리는 눈은 폭죽 연기와 한 데 어우러져 마을 전체를 완전히 혼돈 속으로 몰아 넣었다.

　내가 사숙의 서재로 돌아왔을 무렵, 지붕엔 벌써 눈이 소복이 쌓였고, 이렇게 쌓인 눈은 방안까지 환하게 비추어 벽에 걸린 진박노조(陳博老祖)가 쓴 커다란 ‘수(壽)’ 자를 더욱 돋보이게 했다. 한 쪽의 대련(對聯)은 엉성하게 말려 긴 탁자 위에 놓여 있었고, 남은 한 쪽 대련에는 ‘사리통달 심기화평(事理通達心氣和平)’ 이라고 씌어 있었다. 나는 무료한 나머지 창 아래 책상으로 가 거기 놓여 있던 책을 뒤적여 보았는데 문득 전질에서 빠진 낱권인 듯한 『강희자전(康熙字典)』과 『근사록집주(近思錄集註)』 한 권, 『사서친(四書襯)』 한 권이 눈에 들어왔다. 나는 내일은 무슨 일이 있어도 이곳을 떠나야겠다고 마음먹고 있었다. 더구나 상림수(祥林嫂)를 만났던 일을 생각하면 여기에 이처럼 편히 머무를 수가 없었다.

　그것은 어제 오후의 일이었다. 마을 동쪽 변두리에 사는 친구를 방문하고 돌아오는 길에 개울가에서 우연히 그녀와 마주쳤다. 그녀의 시선이 나와 부딪쳤을 때 나는 그녀가 분명히 나에게 다가오고 있음을 깨달았다. 내가 이번 노진에서 만난 사람들 가운데 가장 많이 변한 사람이 바로 그녀였다. 5년 전에 반백이었던 머리털은 이제 백발이 되어 전혀 40세 전후로는 보이지 않았다. 얼굴은 형편없이 야위었고 생기라고는 전혀 찾아볼 수 없었다. 게다가 예전의 쓸쓸함이 가득했던 표정마저 흔적도 없이 사라져 이제는 마치 아무런 감정도 가질 줄 모르는 목상 같았다. 다만 간혹 가다 움직이는 눈동자만이 아직 그녀가 살아 있다는 것을 보여줄 뿐이었다.

　그녀는 한 손에 대접이 들어있는 대바구니를 들고, 다른 한 손에는 끝이 잘게 갈라진 대나무 지팡이를 짚고 있었는데, 지팡이가 그녀보다도 훨씬 커서인지 그녀의 행색은 더없이 초라하고 왜소해 보였다. 아무리 보아도 영락없는 거지꼴이었다.

나는 가던 길을 멈추고 내게 구걸하러 오는 그녀를 기다렸다.

"선생님, 돌아오셨군요?"

그녀는 먼저 이렇게 말을 건넸다.

"그래요. 돌아왔소!"

"아주 잘됐습니다. 선생님은 글을 아시고 또 객지에도 나갔던 분이니 세상일에 밝으시겠지요. 마침 선생님께 한가지 여쭈어 볼 것이 있는데……."

그러면서 생기 없던 그녀의 눈이 갑자기 빛났다. 나는 그녀가 이런 말을 꺼내리라고는 꿈에도 생각지 못했으므로 영문을 몰라 멍청히 서 있을 뿐이었다.

"저어……."

그녀는 두어 걸음 정도 가까이 다가오더니 목소리를 낮추어 무슨 비밀이라도 털어놓듯이 말했다.

"사람이 죽고 나면 영혼이란 게 있을까요?"

순간 나는 소름이 쫙 끼쳤다. 그녀의 시선이 나에게 고정되어 있는 것을 보자 등골이 마치 바늘로 찔린 듯 오싹한 기분이 들었다. 학교에서 뜻밖의 시험을 볼 때 교사가 곁에 서서 움직이지 않 감시하는 경우보다 더 당황스러운 일이었다. 영혼이 있느냐, 없느냐 하는 문제는 지금까지 거의 한 번도 생각해 본 적이 없었던 것이다. 그러니 지금 그녀에게 어떻게 대답해 줘야 좋을 것인가? 여기 이 사람들은 한결같이 영혼이 있다고 믿고 있다. 그러나 그녀는 그것을 의심한다. 어찌 보면 그녀의 희망대로 말해 주는 것이 나을지도 모른다. 하지만 그녀가 정말 원하는 것은 과연 어떤 것일까, 있기를 바라는 걸까? 아니면 없다고 믿고 싶은 걸까? 죽음에 임박한 사람의 고뇌를 더해 줄 필요는 없으리라. 그녀를 위해서라면 영혼이 있다고 말해주는 편이 좋을 것이다. 잠시 망설이다가 나는 참으로 애매하게 대답했다.

"있을지도 모르지요……. 난 그렇게 생각하는데."

"그러면 지옥도 있겠군요?"

"네? 지옥이요?"

나는 아까보다 더 깜짝 놀라 더듬거리며 대답했다.

"지옥? 글쎄, 이치대로 말한다면야 있어야겠지요……. 그렇지만 글쎄…… 저기, 꼭 있다고는……. 누가 그것을 본 것도 아니고……."

"그러면 저보다 먼저 죽은 가족은 만날 수 있을까요?"

"글쎄, 만날 수 있느냐, 없느냐……."

이 때 나는 벌써 내 자신 역시 엉터리임을 깨달았다. 어떤 주저나 어떤 의도도 이 세 가지의 물음을 피할 길은 없었다. 나는 갑자기 소심해져서 지금까지 한 말을 모두 취소하고 싶어졌다.

"그것은…… 정말…… 나로선 분명히 말할 수 없어요……. 결국 영혼이 있는지 없는지는 나 역시 정확히는 알 수 없으니까요." 하고 답변을 대충 마무리지었다.

나는 그녀가 또다시 묻기 전에 서둘러 사숙의 댁으로 도망치듯이 돌아왔으나 어쩐지 마음은 편안하지 않았다. 생각해 보면 나의 이 대답이 어쩌면 그녀를 더욱 위험하게 만든 것인지도 모르겠다. 축복(祝福)

으로 들뜬 다른 사람들을 보고 아마 그녀는 외로움을 더욱 진하게 느꼈던 것 같다. 그러나 혹시 다른 뜻이 포함되어 있었던 것은 아닐까? 어떤 예감을 가지고 있었다든지……. 정말 다른 뜻이 있어 그로 인해 무슨 일이 일어나기라도 한다면 나는 확실히 일말의 책임을 져야만 할 것이다……. 그러나 잠시 후 나는 스스로가 우스워졌다. 그것은 단지 우연한 일로서 본래 다른 뜻이 있던 것은 아닐 것이라는 생각이 들었기 때문이다. 그런데도 내가 끝내 따지고 드는 것을 보면, 사람들로부터 교육자는 모두 신경 쇠약증 환자라는 말을 듣는 것도 무리는 아니구나 싶었다. 더구나 '분명히 말할 수 없다.' 고 하여 나의 이전의 대답을 전부 취소했으니 설령 무슨 일이 일어난다 해도 나와는 상관이 없는 일이다.

'분명히 말할 수 없다.' 는 이 한 마디는 지극히 유용한 말이 아닐 수 없다. 사리에 어두운 혈기 왕성한 청년은 종종 남을 위해 문제를 해결해 준다. 그러나, 만일 결과가 좋지 않으면 대개는 원한의 대상이 되고 만다. 이때 '분명히 말할 수 없다' 는 말로 결말을 지어 놓으면 하나도 거리낄 게 없다. 나는 다시금 이 말의 편리성을 절감하지 않을 수 없었다. 비록 구걸하는 여인과 주고받은 경우지만 그래도 이것은 절대불가결한 말인 것이다.

하지만 이러한 위안에도 불구하고 나는 온종일 불안해서 견딜 수가 없었다. 하룻밤이 지나고도 여전히 때때로 기억이 되살아나 도무지 불길한 예감을 떨칠 수가 없었던 것이다.

눈 내리는 음울한 날 무료하게 서재에 있으려니, 이 불안은 점점 더해가기만 할뿐이었다. 그러니 떠나는 편이 훨씬 나을 것이다. 내일은 성안으로 가자. 복흥루(福興樓)의 푹 삶은 상어 지느러미 요리는 참 값도 싸고 맛있었는데, 값이 좀 올랐을지도 모르겠다. 옛날에 함께 놀던 친구는 이미 제 갈 길로 흩어져 볼 수는 없겠지만 상어 지느러미만은 꼭 먹어야겠다. 비록 나 혼자만이라도…… 그리고 무슨 일이 있어도 나는 내일 여기를 떠나야 한다.

지금까지 나는 늘 나 자신의 예상이 틀리기만을 바라고 또 반드시 나의 예상대로 되지 않아서 오히려 안심하곤 했던 일이 전번엔 공교롭게도 예상한 대로 되어 버렸으므로, 이번 일도 그렇게 되는 건 아닌가 하여 내심 걱정하고 있었다.

아니나 다를까, 과연 예상했던 사태가 발생했다.

저녁나절 안방에 모인 사람들이 무엇인가에 대해 의논을 나누는 모양이었다. 오래 지나지 않아 이야기 소리가 그치고, 다만 사숙만이 걸어나오면서 큰소리로 말하는 소리가 들렸다.

"하필이면 이런 때. 허참, 재수 없게도…… 정말이지 몹쓸 종자야!"

나는 처음에 묘한 느낌이 들었으나 이내 불안해지기 시작했다. 이 말은 나와 어떤 관계가 있는 것만 같았기 때문이다. 혹시나 하고 문 밖을 내다보았으나 거기엔 아무도 없었다. 저녁 무렵이 되어 그 집의 날품팔이 하인이 차를 따라 주러 왔을 때에야 나는 좀전에 무슨 일이 있었는지 그 궁금증을 풀 수 있었다.

"아까 사숙은 누구 때문에 역정을 내셨나?" 하고 나는 아무렇지도 않은 듯 물어보았다.

"그야 상림수 때문이죠." 하며 그는 딱 잘라 말했다.

"상림수 때문이라고? 아니, 무슨 일이 있었기에."

나는 또 급히 물었다.

"죽었어요."

"뭐? 죽어?"

순간 나는 가슴이 콱 막혀 하마터면 펄쩍 뛰어오를 뻔했다. 얼굴빛도 아마 변했을 것이나 다행히 하인이 머리를 들지 않았으므로 눈치는 못챘을 것이다. 나는 마음을 가라앉히고 계속해서 물었다.

"언제 죽었지?"

"언제요?…… 어젯밤이거나 어쩌면 오늘 아침이었겠죠……. 정확히는 모르겠습니다."

"그래, 어째서 죽었나?"

"어째서 죽었느냐구요?…… 그야…… 먹고 살기가 힘드니까 죽었겠죠."

그는 담담히 대답하더니 여전히 고개를 숙인 채 나를 보지도 않고 나가 버렸다.

그런데 놀라움은 잠시 뿐, 나에게는 그저 올 것이 왔다는 느낌뿐이었다. 내가 했던 '분명히 말할 수 없다.' 라는 말과 '궁해서 죽은 게죠.' 라던 그의 말에 위안을 얻을 것까지도 없이 마음은 점차 평온을 되찾았다. 그래도 이따금씩 다가오는 꺼림칙한 기분은 어쩔 수가 없었다.

저녁식사가 준비되었다. 사숙은 점잖게 자리에 앉았다. 나는 상림수에 관해 묻고 싶은 게 많았으나 비록 그가 '귀신은 이기(二氣)의 양능(良能)이니라.' 를 읽은 적이 있다고는 해도 몹시 꺼리는 게, 극히 축복에 임박한 때에 차마 죽음이니 질병 따위의 말을 꺼낼 수 있는 분위기는 없었다.

　부득이한 경우엔 일종의 은어를 쓰지 않으면 안 되는데, 유감스럽게도 나는 그런 것에 대해서는 전혀 몰랐기 때문에 여러 차례 물어볼 기회를 찾다가 결국 포기해 버리고 말았다. 나는 사숙의 찌푸린 얼굴을 보면서 혹시 나에게, '하필이면 이런 때에 찾아 와서 귀찮게 굴다니 이것도 참 몹쓸 종자로군.' 라고 생각하는 것은 아닐까 하는 의심이 불현듯 들기도 했다. 그래서 무슨 일이 있어도 내일은 노진을 떠나 성안으로 가겠다고 말함으로써 조금이라도 빨리 그를 편안하게 해주고자 했다. 그도 그다지 만류하지는 않았다. 이렇게 어색한 가운데 겨우 식사를 끝마쳤다.

　겨울은 해도 빨리 떨어지고 눈 오는 날도 많아 온 마을은 일찍부터 어둠에 잠긴다. 사람들은 모두 등불 아래서 열심히들 움직이고 있었다. 폭신하게 쌓이면서 내리는 눈 소리만 들릴 뿐 주위는 깊고 깊은 정적 속에 빠져 있었다. 나는 노란빛을 발하는 등잔불 밑에 앉아서 상림수의 일을 생각했다. 참으로 외롭고 의지할 데 없는 인생이었다. 세상 사람들로부터 버림을 받고 오갈 데 없이 되어 버린 상림수는, 아까까지만 해도 그 형해(形骸)를 먼지더미 속에 드러내고 있었던 것이다. 세상을 쉽게 살아가는 사람들은 분명 그녀는 도대체 무엇 때문에 사는지 의아해 했을지도 모른다. 그러나 지금 그녀는 아무런 흔적도 없이 깨끗이 사라진 것이다. 물론 나 역시 영혼이 존재하는가의 여부는 알지 못한다. 그러나 이 세상을 살면서 값어치 없이 살아가는 자는 죽어서 남의 눈에 띄지 않게 되는 것만으로도 참으로 다행스러운 일이다. 남을 위해서나 그 자신을 위해서나 말이다. 나는 창 밖에서 사락 사락 눈송이 쌓이는 소리를 조용히 들으면서 차차 마음이 가벼워지는 것을 느꼈다. 그러는 가운데 전부터 보고 들은 그녀의 반평생 사적(事跡)이 차례로 연결되어 정리되었다.

애초에 그녀는 노진 사람이 아니었다. 어느 해 초겨울인가, 사숙의 집에서 하녀를 새로 들이려 하고 있을 때, 중개인인 위(衛)씨 할머니가 그녀를 데리고 왔다. 그녀는 머리를 흰 끈으로 묶고 검은 치마에 남색 겹옷, 연노랑색 배자를 입고 있었다. 대략 스물 예닐곱쯤 되어 보이는 여자였는데 얼굴빛은 누르퉁퉁했으나 양쪽 볼은 그래도 발그레한 기가 흘렀다. 위씨 할머니는 그녀를 상림수라고 부르고 있었다. 위씨 할머니의 말로는 그녀가 자기가 사는 동네의 이웃 사람인데 남편과 사별한 뒤 일하러 나왔다는 것이다.

사숙은 이맛살을 찌푸렸다. 숙모는 그녀가 과부이기 때문에 남편의 마땅찮아 하는 것을 알아챘으나 보아하니 용모도 단정하고 몸도 실하겠다, 또 눈을 내리뜨고, 말이 없는 것이 무던하게 제 분수를 지키며 열심히 일할 사람 같이 보였으므로 남편의 눈치는 모른 척하고 그녀를 고용하기로 했다. 시험 삼아 있는 며칠간, 그녀는 한가한 걸 오히려 못 참겠다는 듯이 종일토록 일만 했다. 게다가 그녀는 힘도 셌다. 그러니 그녀가 숙모의 마음에 안 들 이유가 없었다. 그래서 사흘째 되는 날에는 사숙의 집에 머물기로 완전히 결정되었다. 그녀가 받게 될 월급은 다섯 냥이었다.

사람들은 모두 그녀를 상림수라고 불렀다. 그러나 그녀의 성이 무엇인지 그다지 궁금해하는 사람은 아무도 없었다. 그러나 그녀의 중개인이 위가산(衛家山)사람인데다 그녀는 그 이웃이라니 아마도 성은 위(衛)씨일 것이었다. 아니어도 별 수 없었다. 그녀는 거의 말이 없어서 남이 무언가를 물어야 겨우 대답할 정도였다. 이렇게 십여 일이 지나자 그녀에 대해 조금씩 알려지게 되었다. 그녀의 집에는 까탈스러운 시어머니와 열 몇 살쯤 된 시동생이 있으며, 그 시동생은 땔나무로 장사를 한다는 것이다. 지난봄에 그녀와 사별한 남편도 본래 나무하는 것을 생업으로 삼았는데, 그녀보다 자그마치 열 살이나 어렸다고 한다. 사람들이 아는 것은 이게 전부였다.

세월은 빨리 지나갔으나 그녀는 일하는 데에 조금도 게으름을 부리지 않았다. 흔한 음식 투정 하나 없이 힘을 아끼지 않고 일했다. 이를 두고 사람들은 모두 노사 영감님 댁의 하녀는 웬만한 남자보다 낫다고들 했다. 연말이 되면 먼지와 그을음 터는 일, 마루 청소, 닭과 거위를 잡는 일, 그리고 밤 새워하는 복례 차리기에 이르기까지 전부 혼자 도맡아 했으므로 임시로 사람을 따로 두지 않아도 될 정도였다. 그러나 그녀는 힘든 일에도 오히려 만족스러워하면서 입가에는 차차 흡족한 웃음까지 띄우게 되었으며 얼굴에도 뽀얗게 살이 올랐다.

정월이 막 지났을 무렵의 일이었다. 하루는 그녀가 개울가로 쌀을 일러 갔다가 별안간 안색이 창백해져서 돌아왔다. 방금 개울 건너편에서 어떤 남자가 서성이는 것을 보았는데 생김새가 꼭 남편의 큰아버지 같았으며, 틀림없이 자기를 찾으러 온 모양이라는 것이었다. 숙모가 깜짝 놀라며 그 사정을 물었으나 그녀는 더 이상 말하지 않았다. 사숙은 그 말을 듣자 얼굴을 찡그리며 말했다.

"별일이군, 아무래도 저 여자, 도망쳐 나온 게 틀림없어."

그리고 얼마 지나지 않아 이 추측은 사실로 판명되었다.

그리고, 약 십여 일 후 사람들이 그 일에 대해 거의 잊어갈 무렵이었다. 난데없이 위씨 할머니가 50살쯤 되어 보이는 여인을 데리고 와서 상림수의 시어머니라고 하였다. 그 여인은 비록 산골 사람이었지만 품행이 방정하며 말도 잘했다. 꾸벅 인사를 하더니, 사죄를 하며 말한 내용인즉, 봄이 되어 일손이 딸리는데 집에는 늙은이와 아이뿐이라 부득이 며느리를 데리고 돌아가야겠다는 것이다.

그러자 사숙은, "시어머니가 데리고 돌아가겠다는데 더 이상 무슨 할 말이 있겠는가?" 하고 말했다.

그녀를 돌려보내기 위해 월급을 계산해 보니 도합 1750푼이었다. 그녀는 월급 전부를 주인집에 맡겨 두고 아직 한번도 쓰지 않았기 때문이다. 사숙은 그 돈을 전부 그녀의 시어머니에게 내주었다. 시어머니는 돈을 받아들고는 깊이 사례하고서 돌아갔는데, 그 때는 벌써 정오가 지날 무렵이었다.

"어머나, 쌀은? 쌀은 상림수기 씻으러 가지 않았는가, 그런데 여태 뭘 하고 있는 거지?"

아마 시장해서 점심 생각이 났던 모양이다. 한참 지나고 난 후에야 숙모는 비로소 쌀과 조리를 찾기 시작했다. 사람들은 모두 흩어져 조리를 찾았다. 숙모는 우선 부엌으로 가 보고 다음에는 안채 앞으로 가 보았다. 심지어는 침실까지 가 봤지만 조리는 그림자도 보이지 않았다. 사숙이 문밖까지 나가보았으나 역시 눈에 뜨지 않아서 곧장 강가까지 와 보니 조리는 강가에 그대로 놓여 있고 옆에는 한 포기의 배추까지 그대로 놓여 있었다.

상림수를 본 사람의 말로는 아침부터 강가에 배 한 척이 떠 있었는데 배는 전부 가려져 있어서 안에 도대체 어떤 사람이 있는지도 알 수가 없었고 가까이 가 본 사람도 없었다는 것이다. 상림수가 쌀을 씻으러 나와 막 강가에 앉으려는 참에 그 배 안에서 별안간 산골 사람 차림의 남자 둘이 튀어나와, 한 사람은 그녀를 껴안고 나머지 한 사람은 거들어 배 안으로 끌고 들어갔다고 한다. 상림수는 몇 번을 울부짖으며 발버둥쳤으나 그 뒤로는 아무 소리도 들리지 않았는데 아마 무엇으로 입을 틀어막았나 보다고 했다. 그리고 한참 지나서야 두 여인이 달려왔는데 하나는 낯선 여자이고, 또 한 사람은 틀림없는 위씨 할머니였다는 것이다. 선창 안을 몰래 엿보았지만 잘 볼 수가 없었다는데, 아마도 그녀는 묶여서 배 바닥 위에 뉘여 있는 것 같았다고 했다.

"지독하다! 그렇지만……." 하고 사숙은 말했다.

그리하여 그날은 숙모 손수 점심을 지었고, 이들 아우(阿牛)가 불을 피워야만 했다.

점심 식사가 끝날 무렵 위씨 할머니가 또 찾아왔다.

"고약한 사람!" 하고 사숙은 말했다.

"자네 무슨 생각으로 이러는 겐가? 뻔뻔스럽게 또 찾아왔군 그래." 숙모는 대접을 씻으면서 잔뜩 화가 나 투덜거렸다.

"자네가 소개해 주고는 또 그들과 짜고 다시 끌어가다니 이게 대체 무슨 짓인가? 대관절 남들이 어떻게 생각하겠나? 자네 지금 우리 집을 놀리는 겐가?"

"아, 아니에요. 실은 저도 감빡 속았지 뭡니까? 그래서 이렇게 사실을 말씀드리러 오지 않았습니까? 그 여인이 애당초 어디에라도 소개해 달라고 왔을 때, 저는 설마 시어머니를 속이고 왔으리라곤 꿈에도 몰랐었죠. 나리, 마님! 죄송합니다. 모두 소인이 늘그막에 조심하지 않은 탓입니다. 주인어른들께 이런 폐를 끼치게 되다니 말입니다. 이번엔 꼭 좋은 일꾼을 구해드려 죄를 덜겠습니다요……."

"그렇지만……." 하고 사숙은 말했다.

이렇게 상림수 사건은 일단락 되었고, 머지않아 잊혀져 버렸다.

다만 숙모만은 그 뒤에 고용한 하녀가 대개 게으름뱅이가 아니면 말이 쌍스럽고, 혹은 말이 쌍스러우면서 게으름뱅이거나 하여 아무래도 마음에 들지 않을 때면 상림수의 이야기를 곧잘 입에 담았다. 그리고는 으레 혼잣말처럼 중얼거렸다.

"그 여자는 지금쯤 어찌 살고 있는지……."

마음은 그녀가 다시 와주기를 바라는 듯하였으나 그녀가 떠난 지 벌써 2년째의 정월이 되자 숙모는 마침내 단념해 버렸다.

위씨 할머니가 새해 인사를 온 것은 그 해 정월이 끝날 무렵이었다. 술이 얼근히 취한 그녀는 이번에 위가산의 친정에 가서 며칠 쉬다 왔기 때문에 인사하러 오는 것이 늦었노라고 말했다. 여자들끼리 이런저런 말을 주고받고 나누다 보니 자연스레 상림수의 이야기가 나오게 되었다.

"그 여자 말이에요," 하고 위씨 할머니는 신이 나서 말했다.

"지금 복이 터졌대요, 아주. 그 여자 시어머니가 강제로 끌고 갔을 때는 이미 하가오(賀家墺)의 하노륙(賀老六)에게 팔아버리기로 결정이 나 있었다죠. 그래서 집에 돌아가고 얼마 안 되어 꽃가마에 태워 보냈대요."

“세상에 시어머니되는 사람이 어떻게 그런 일을……” 숙모는 깜짝 놀라 말했다.

“마님두! 대가집 마님으로서는 상상도 못하실 일이겠지만요, 우리 같은 산골의 가난한 사람들에겐 그런 일쯤은 아무 것도 아니랍니다. 그 여자에게 시동생이 하나 있는데, 그가 아직 장가를 못 갔거든요. 그 여자를 팔아 버리지 않으면 어디서 돈이 나와 혼례를 치릅니까? 시어머니란 사람이 계산도 빠르고 수단 있는 여자라서 그 여자를 산골로 시집보내버렸답니다. 만약 같은 동네 사람에게 주었다면 혼례금도 많이 받지 못했을 텐데 말이지요. 그나마 여자가 귀한 깊은 산골로 시집보냈으니 일약 80푼이나 손에 넣게 됐지요. 지금은 둘째 며느리도 얻었지만 혼례의 비용을 제한다 해도 아직 10여 푼이나 남았다고 하거든요. 정말 보통 수완이 아니죠?”

“그래, 상림수는 고분고분 말을 들었다던가?”

“말을 듣고 안 듣고가 뭐 있나요? 어차피 한바탕 법썩은 치루어 주는 게 능사니까요. 결박해서 꽃가마 속에 밀어 넣고 신랑될 사람에게 메고 가 화관을 씌워 배례를 시키고 방문을 닫아 버리면 일은 끝나는 거죠, 뭐. 그렇지만 상림수는 정말 유별났다더군요. 들리는 말에 의하면 손도 댈 수 없을 정도로 소동이 심했다지요, 아마. 아무래도 선비 집에서 일했었기 때문에 좀 다른 것 같다고들 하더군요. 마님, 저도 지금까지 살면서 여러 경우를 보았답니다. 여자들이 개가 한 얘기를 들으면 울부짖는 것 뿐 아니라 죽네 사네 하는 여자도 있습니다. 남자 집에 끌려가서까지 야단을 떨어 혼례를 못 올린 여자도 있고, 심지어는 화촉까지 부수어 버린 여자도 있답니다. 그런데 아마 삼림수는 이

보다 더했다나 봐요. 그 사람들 말로는 가는 길에도 내내 울고불고 욕을 퍼부어 〈하가오〉에 메고 갔을 때는 벌써 목이 쉬었더랍니다. 가마에서 끌려나왔을 때는 남자 둘과 시동생에게 붙잡혀 있더니, 그들이 한눈 파는 틈을 타서, 세상에나, 세상에나, 그만 책상 모서리를 머리로 들이받아 머리에 커다란 구멍이 뚫렸다나요. 붉은 피가 줄줄 흘러내려, 향의 재를 두 움큼 뿌리고 헝겊으로 싸매도 피가 멎지 않았답니다. 그래서 모두들 달려들어서 간신히 상림수와 신랑을 신방에 처넣고 문을 닫아버렸으나 여전히 소리소리 지르며 욕지거리를 하더라는 군요. 정말이지, 이런 일은 처음 있는 일이래요……."

그녀는 고개를 가로저으며 눈을 내리뜬 채 더 이상 말을 잇지 못했다.

"그래, 어떻게 되었나?" 숙모는 궁금한 듯 계속 물었다.

"그 다음날도 안 일어났다더군요."

"그리고는?"

"그리고요?…… 일어났다죠. 그렇게 연말이 되자 사내아이를 하나 낳았구요. 새해 들어 두 살이라는데, 제가 며칠 고향에 있는 동안 하가오에 다녀온 사람의 말을 들으니 그들 모자는 모두 건강하게 지낸다더군요. 시어머니도 없고 남편은 힘이 장사라 일을 잘하며 집도 제 집이랍니다……. 아아, 그 여자는 정말 운이 트인 셈이에요."

어느 해 가을이다. 아마 상림수가 행복하다는 소식을 들은 뒤로 설을 두 번쯤 더 쇠었을 무렵일 것이다. 사숙 댁의 대청 앞에 서 있는 상림수의 모습이 눈에 띄었다. 그녀의 것으로 보이는 우엉 잎 같은 둥근 바구니와 이불보따리가 처마 밑에 함께 놓여 있었다. 머리에는 여전히흰 끈을 동여맨 채 검은 치마에다 남색 겹옷, 연노랑색 배자를 입고 있었다. 얼굴빛도 여전히 거무튀튀하고 누르퉁퉁했으나 양쪽 볼은 전과 달리 혈색이 없었다. 눈을 내리뜨니 눈 주위에 눈물의 흔적이 보였고, 눈동자 역시 이전처럼 생기있어 보이지 않았다. 이번에도 역시 위씨 할머니가 데리고 왔는데 정말 측은하다는 듯이 숙모에게 그 동안에 그동안 그녀에게 일어났던 일을 들려주었다.

"……정말이지, '한치 앞을 모른다' 는 옛말이 바로 이런 경우를 두고 하는 말인가 봅니다. 이 여자 남편, 그 젊고 건강한 사람이 글세, 장티푸스로 죽을 줄이야 누가 알았겠어요? 실은 거의 회복되었는데, 찬밥 한 술 잘못 뜬 것이 병을 재발시켰답니다. 그나마 아들이 있고 이 사람도 일할 수 있어 나무도 하고, 차(茶)도 따고, 양잠을 하는 등 뭐든 해서 수절하며 살아갈 참이었는데, 이번엔 또 아이가 이리한테 물려 가 죽었다지 뭡니까. 봄도 다 갔는데 이리가 마을에 내려오리라고 누가 생각이나 했겠어요. 그래, 외톨이가 되어 버렸는데, 설상가상으로 남편의 형이 와서 집을 차지하고 내쫓았으니 어디 갈 데가 있어야지요. 그래 하는 수 없이 옛주인을 찾아온 것입니다. 불행인지 다행인지 이 사람에게는 이제 아무 것도 걸리는 게 없고 마님 댁에서도 마침 사람을 구하시려던 참이라니 제가 이렇게 데리고 왔습니다……. 제 생각에도 낯익은 사람이 낯선 사람보다는 훨씬 나을 것 같아서, 이렇게……."

"저는 정말 어리석었어요. 정말……."

상림수는 넋이 나간 눈으로 말을 이었다.

"눈이 오면 산골에 먹이가 떨어져 짐승이 마을로 내려온다는 것쯤은 저도 알고 있었으나, 봄에도 내려오는 줄은 정말 몰랐습니다. 그날 저는 아침 일찍 일어났지요. 그리고 문을 열고 조그만 바구니에다 콩을 가득 담아 우리 아모(阿毛)를 불러 문턱에 앉아서 껍질을 벗기라고 일렀습니다. 그 애는 무척 영리한 아이라 제 말이면 뭐든지 잘 들었습지요. 그 애가 나가자 저는 뒤꼍에서 장작을 패고 쌀을 씻어 솥에 안친 다음 콩을 찌려고 아모를 불렀습니다. 그런데, 아무리 불러도 대답이 없더군요. 그래, 이상한 생각이 들어 나가 보았더니 콩만 그곳에 흩어져 있을 뿐 우리 아모는 보이지 않았습니다. 말도 없이 어디 다른 집에 집에 놀러 갈 아이도 아니었지만 그래도 혹시나 해서 여러 곳을 찾아보았으나, 결국 찾을 수가 없었습니다. 전 다급한 마음에 사람을 구해 찾기도 했습니다. 오후 내내 찾고 또 찾다가 산골까지 가 보았더니 가시나무 위에 그 애의 조그만 신발 한 짝이 걸려 있더군요. 모두들 아마 이리에게 잡아먹힌 것 같다고 말했습니다. 하지만 포기하지 않고, 더 깊은 산속으로 들어가 보니 과연 풀덤불 속에 그 애가 누워 있었는데…. 흑흑, 뱃속의 오장은 벌써 다 파먹혀 버린 상태로……. 흑흑, 그래도 손에는 여전히 그 조그만 바구니를 꼭 쥐고 있었지요……."

그 다음부터는 울음소리 때문에 무슨 말을 하는지 도저히 알아들을 수가 없었다.

처음에는 미심쩍어 하던 숙모는 그녀의 이야기가 다 끝나자 눈시울이 붉어져 있었다. 그리고 잠시 생각한 뒤에 그녀의 둥근 바구니와 이불 보따리를 하녀의 방에 갖다 두도록 명령했다. 일이 이렇게 되자 위씨 할머니는 마치 큰짐이라도 덜었다는 듯이 휴우하고 숨을 내쉬었다. 상림수는 이 집에 처음 발을 디뎠을 때보다는 좀 익숙해져서 안내도 기다리지 않고 낯익은 자신의 방에 이불을 가져다 놓았다. 그 모습이 참으로 허물없어 보였다. 그녀는 그 날부터 다시 노진에서 식모 살이를 하게 된 것이다. 그리고 사람들은 여전히 그녀를 상림수라고 불렀다.

그러나 이번에는 그녀의 처지가 상당히 달라져 있었다. 일을 시작한 지 며칠 지나지 않아 숙모는 그녀의 행동이 예전처럼 민첩하지도 않고 기억력도 나빠졌을 뿐만 아니라 종일 송장 같은 얼굴로 웃음 한 번 짓는 일이 없음을 눈치 챘다. 때문에 숙모의 말투에는 벌써 불만이 베어들기 시작했다. 그녀가 다시 찾아 왔을 때 사숙은 언제나처럼 눈살을 찌푸렸으나 워낙 사람 구하는 일이 어려우므로 그리 반대는 하지 않았다.

다만 숙모에게, '이런 사람은 퍽 불쌍하기는 해도 풍기를 어지럽힌 사람이니 일을 시키는 것은 괜찮지만 제사 음식에는 손대지 못하게 하라, 그것만은 직접 만들도록 하라, 그렇지 않으면 부정을 타서 조상님도 드시지 않을 것이다.' 라고 넌즈시 주의만 주었을 뿐이었다.

사숙 댁에서 가장 중대한 일은 제사였다. 상림수가 예전에 제일 바빴을 때도 바로 제사 때였다. 그러나, 이번에는 그녀가 할 일이라곤 하나도 없었다. 탁자를 대청 한가운데에 놓고 탁자에 휘장을 치자, 그녀는 예전에 하던 일을 기억하여 술잔과 젓가락을 놓으려 했다. 그러나, "상림수, 그냥 둬라. 내가 놓을 테니." 숙모는 당황하여 말했다.

그러자 그녀는 무안한 듯 손을 움츠렸다. 그리고는 다시 촛대를 잡으려 했다.

"상림수, 그냥 놔두라니까, 내가 할 테니." 숙모는 또 한 번 당황해서 말했다.

그녀는 몇 번쯤 빙빙 돌더니 마침내 자신이 할 일이 아무 것도 없다는 것을 알자 영문도 모른 채 물러섰다. 그녀가 이날 한 일이라곤 고작 부엌에 앉아서 불을 땐 것이 전부였다.

마을 사람들도 예전처럼 여전히 그녀를 상림수라고 불렀으나, 말투는 그전과 퍽 달랐고 그녀에게 말을 하긴 했지만 웃는 얼굴엔 어딘가 차가움이 엿보였다. 그녀는 그런 것에는 전혀 개의치 않고 다만 눈을 똑바로 뜨고는 여러 사람에게 자신이 잊지 못하고 있는 이야기를 반복해서 들려주는 것이었다.

"저는 정말 어리석었어요. 정말……." 하고 그녀가 입을 열면, "그래, 너는 눈이 오는 겨울에만 짐승이 마을로 나온다고 알고 있었지." 하며 그들은 즉각 그녀의 이야기를 가로막고는 가 버렸다. 그러면 그녀는 입을 벌리고 멍하니 선 채 그들을 바라보다가 자기도 멋적은 듯이 곧 총총히 사라졌다. 그러나 결코 그 일을 잊지 못해 조그만 바구니나 콩 혹은 남의 아이를 볼 때마다 아모 이야기를 끌어내려고 했다. 혹 두서너 살 된 아이라도 보게 되면 그녀는 어김없이 이렇게 말하는 것이었다.

"에그, 우리 아모가 아직 살아 있다면 이만큼은 컸을 텐데……."

그러면 아이는 으레 그녀의 퀭한 시선이 무서워서 어머니의 옷섶을 끌고 보채며 가버리기 일쑤였다. 그녀는 그 모습을 멍하니 바라보다가 힘없이 가 버린다. 이렇게 그녀의 버릇이 사람들에게 알려지자 사람들은 어린아이가 눈앞에 있기만 하면 나오려는 웃음을 참으며 그녀에게 선수를 치는 것이었다.

"상림수, 너의 아모가 아직 살아 있었다면 이만큼 자랐을 테지?"

그러나 그녀는 자신의 슬픔이 사람들에게 오랫동안 회자된 나머지 이제는 한 조각의 쓰레기 처럼 혐오와 경멸의 대상이 되고 있다는 것을 전혀 깨닫지 못했다. 다만 사람들의 웃음에서 냉담함을 느꼈을 따름이었다. 그녀는 이제 자신을 조롱하는 사람들을 한 번 흘끔 쳐다볼 뿐 한 마디 대답도 하려 들지 않았다.

노진에서는 설을 쇠는 12월 20일 이후면 언제나 눈코뜰 새 없이 바빠진다. 사숙 댁 역시 너무 바빠 이번에 남자 날품팔이를 썼지만 그래도 일손이 모자라 따로 유씨 아줌마를 불러 일을 거들게 했다. 닭을 잡고 거위를 삶는 일이었는데 유씨 아줌마는 신앙심이 돈독한 여자라 육식도 않고 살생도 하지 않으므로 단지 그릇만 씻으려고 들었다. 상림수는 불을 때는 것 외에는 특별히 할 일이 없어 한가하게 앉아서 유씨 아줌마가 그릇 씻는 것을 보고 있었다. 밖에는 눈이 펄펄 흩날리고 있었다.

"아아, 나는 정말 어리석었어." 상림수는 또 하늘을 바라보면서 탄식하며 혼잣말처럼 중얼거렸다.

"상림수, 또 시작이구나." 유씨 아줌마는 짜증스러운 듯 그녀의 얼굴을 보고 말했다.

"내, 자네에게 묻겠는데 네 이마의 흉터는 그 때 부딪쳐 생긴 거지?"

"으, 응……." 그녀는 애매하게 대답했다.

"그럼, 또 한 가지 묻겠는데, 그래 놓고 나중엔 왜 말을 들은 게지?"

"내가요……?"

"그래, 나는 아무리 생각해도 자네가 자진해서 말을 들었다고 밖에는 생각되지 않네. 그렇지 않다면……."

"아니야, 그게 아니야. 당신은 몰라요. 그 사람 힘이 얼마나 센지."

"그걸 어떻게 알아. 자네만큼 힘 센 여자가 남자 하나를 꺾지 못했다니, 난 이해할 수가 없어. 틀림없이 자네가 말을 순순히 들은 거야. 그래 놓고 이제와서 그 사람이 힘이 세니 어쩌니 하고 변명을 하는 거지."

"아이구, 세상에! 당신이 한번 직접 당해 봐요." 하고 그녀는 웃었다.

웃음 짓는 유씨 아줌마의 주름투성이 얼굴이 마치 호두처럼 쭈그러졌다. 그녀의 메마르고 조그만 눈이 상림수의 이마 구석과 눈을 번갈아 쏘아보았다. 상림수는 당황한 듯 걱정스런 눈으로 눈 내리는 바깥의 풍경을 바라보았다.

"상림수, 자네 정말 바보같지 뭐야." 유씨 아줌마는 넌지시 말했다.

"차라리 좀더 힘껏 부딪혀 죽어 버렸더라면 좋았을 것을. 사실 자넨 두 번째 남편과는 2년도 채 살지 못했으면서 나쁜 이름만 붙고 말았으니 말이야. 생각 좀 해봐. 자네가 장차 저승에 가면 두 남자의 귀신이 당신 때문에 싸울텐데, 그럼 자넨 누구에게 가야 하는데? 아마 염라대왕이 자네를 톱으로 썰어 두 남자에게 나누어주는 수밖에 없을 걸? 그렇게 되면 정말 아, 끔찍하기도 해라……."

그러자 상림수의 얼굴에는 공포의 빛이 스쳤다. 이것은 산촌에서도 들은 적이 없는 희한한 이야기였다.

"한시 바삐 액땜을 하는 게 좋을 것 같아. 사당에 가서 입구의 문지방을 하나 기증하고 그걸 자네 몸 대신으로 삼아 천 명의 사람에게 밟히고 만 명의 사람에게 타고 넘어 다니도록 하게. 그렇게 하면 이 세상의 죄도 사라지고 죽어서도 고통받는 것을 면할 수 있어."

그 때 그녀는 별다른 대답을 하지 않았으나 무척 괴로웠던 모양인지 이튿날 아침에는 두 눈 주위에 거무스름한 그림자가 깔려 있었다. 아침 식사를 마치자마자 그녀는 곧 마을 서쪽의 사당으로 가서 입구의 문지방을 기부하겠다고 말했다. 사당지기는 처음엔 고집을 부리고 허락하지 않았으나 그녀가 어쩔 줄을 모르고 눈물을 흘리자 할 수 없이 받아들였다. 자그만치 은화로 열두 냥에 달하는 돈이었다.

반복되는 아모의 이야기에 대해 여러 사람들이 노골적으로 싫증 낸 이후로 그녀는 오랫동안 사람들과 말을 하지 않았다. 그러나 유씨 아줌마와 이야기를 나눈 뒤로는 그에 대한 이야기가 온 마을에 퍼졌던지 많은 사람이 새로운 흥미를 가지고 그녀를 앉혀 놓고 이야기를 시키기 시작했다. 이번의 화제는 물론 상림수의 이마 위에 난 상처 자국이었다.

"상림수, 너 그 때 왜 결국 말을 들어 버렸던 거지?" 하고 한 사람이 말하면, "정말이지, 아까워. 이마 깨진 게 아무 소용도 없어졌지 뭐야." 이번엔 다른 사람이 그녀의 흉터를 바라보면서 맞장구 쳤다.

그러나 상림수는 그들의 웃음 띤 얼굴과 말투가 자신을 비웃고 있음을 알아차렸으므로 언제나 눈을 부릅뜰 뿐 한 마디도 대꾸하지 않았다. 그리고 시간이 더 지나가 그들에게는 얼굴도 돌리려 하지 않았다. 그녀는 종일 입을 꾹 다물고 사람들이 치욕의 낙인으로 여기고 있는 그 흉터를 이마에 간직한 채 묵묵히 심부름을 하고, 마당을 쓸고 채소를 씻고 쌀을 일었다.

그렇게 거의 1년이 지났을 무렵 그녀는 숙모에게서 지금까지 저축해 두었던 임금을 받아냈다. 그리고는 그것을 열두 냥의 은화로 바꾸어 마을 서쪽으로 갔다. 그 후 반나절도 채 지나지 않아 돌아왔는데 그녀의 얼굴은 몹시 만족스러운 듯 보였고 눈빛에도 유달리 생기가 있었다. 그리고 숙모에게 자기는 벌써 사당에 문지방을 기증하고 왔노라고 자랑스럽게 말했다.

동지(冬至)의 제사 때가 되자 상림수는 더욱 힘을 내어 일했다. 숙모가 제물을 담고 유씨 아줌마가 탁자를 대청 한가운데로 나르는 것을 본 그녀는 무심코 술잔과 젓가락을 가지러 갔다.

"가만 놓아둬, 상림수!"

당황한 숙모가 큰소리로 말하자 그녀는 마치 뜨거운 젓가락이라도 만진 것처럼 손을 움츠렸다. 얼굴도 순식간에 잿빛으로 변했다. 그리고, 다시는 촛대를 잡으려 하지도 않았을 뿐 아니라 넋 나간 사람처럼 우두커니 서 있었다. 사숙이 분향할 때가 되어서야 그녀는 밀려나왔다. 이번 일은 그녀에게 커다란 충격이 아닐 수 없었다. 이튿날 날이 밝아 밖으로 나온 그녀의 눈은 움푹 패였을 뿐 아니라 의식마저 없어 보였다. 게다가 몹시 겁이 많아져 캄캄한 밤이나 검은 그림자를 두려워했고 사람을 보기만 하면, 자기 주인일 경우에도 무서워하는 것이 마치 대낮에 돌아 다니는 생쥐 같았다. 혹 그렇지 않을 때라도 나무로 만든 인형처럼 우두커니 한 곳에 앉아 있었다. 반 년이 채 못 되어 머리털은 반백이 되고 기억력은 훨씬 나빠져 심지어는 쌀 일러 가는 것조차 자주 잊어버렸다.

"상림수가 어쩌다 저 지경이 됐을까? 차라리 그 때 들이지 않는 편이 더 좋았을 걸 그랬지." 숙모는 때로 그녀의 면전에 대고 이렇게 말했다.

그러나 그녀는 그 말뜻을 이해하지 못했다. 이제 그녀가 제정신으로 돌아올 가망은 거의 없어 보였다. 그래서 사숙은 위씨 할머니가 있는 곳으로 그녀를 보내야겠다고 마음 먹었다. 그것도 내가 노진에 있을 때는 단지 생각에 그쳤을 뿐이었는데, 이번에 직접 와보고서야 그것이 결국 실행에 옮겨진 것을 알았다. 다만, 그녀가 사숙 댁을 나와 금방 거지가 되었는지, 그렇지 않으면 먼저 위씨 할머니 집에 돌아간 연후에야 그렇게 되었는지, 그것은 나로서는 알 도리가 없다.

나는 바로 가까이에서 울리는 요란한 폭죽 소리 때문에 눈을 떴다. 나의 몽롱한 의식 속에 콩알 크기의 노란 등잔불이 눈앞에 보였다. 쾅쾅 하고 터지는 폭죽 소리가 잇따라 들려왔다. 사숙 댁에서 축복의 제사가 한창 진행중인 것이다. 벌써 새벽이 가까워지고 있었다. 몽롱한 의식 가운데, 아련한 폭죽 소리가 희미하게 끊임없이 들려왔다. 그것들은 마치 한 데 뒤섞여 하늘 가득히 울려 퍼져 마침내 구름이 되어 펄펄 내리는 눈과 함께 노진 전체를 감싸 안은 듯하였다. 나는 이 어수선한 분위기 속에서도 한없이 나른하면서도 편안한 기분이 되었다. 점심 때부터 초저녁까지의 근심은 축복의 찬란한 공기에 자취도 없이 사라졌다. 다만 천지의 신들이 제물과 향연을 마음껏 즐기고 모두 유쾌하게 취하여 노진 사람들에게 무한한 행복을 주려는 것같이 느껴졌다.

1924년 2월 7일

고독자(孤獨者)

1

돌이켜 보았을 때 나와 위연수(魏連收)와의 교제는 꽤나 색다른 것임에 분명했다. 우리의 교제는 결국 장례식으로 시작하여 장례식으로 끝난 셈이 되었으니 말이다.

당시 나는 S성(城)에 살고 있었다. 그리고 그의 이름은 바로 그 무렵부터 사람들의 입에 종종 오르내리기 시작했던 것 같다. 사람들의 말을 듣자면 예를 들어, 전공은 동물학이면서도 중학교에서 역사를 가르치고 있다느니, 사람들에게 호감을 주기는커녕 필요 이상으로 남의 일에 간섭하기를 좋아한다느니, 입으로는 가정 같은 것은 없애야 한다고 주장하면서도 월급만 타면 한 번도 잊지 않고 할머니께 돈을 부쳐 드리는데, 지금껏 단 하루도 어긴 일이 없다느니 하는 말 등이 그것이다. 이 외에도 그에 대한 재미있는 이야기는 무수했다. 그러니까 그는 적어도 S시에서만큼은 틀림없이 화제의 중심 인물 가운데 사람임에 틀림없었다.

그러던 어느 해인가 나는 한석산(寒石山)에 있는 친척집에서 가을을 보낸 적이 있다. 이 집의 성씨는 위(魏)였고, 연수와는 친척간이었다. 하지만 그들은 연수에 대해서는 통 아는 바가 없었다.

"그 위연수라는 사람은 우리와는 전혀 다른 사람이거든."

하고 대답할 뿐이었다. 아무래도 그들은 연수를 이방인처럼 생각하는 것 같았다.

그들이 이렇게 생각하는 것도 이상한 일은 아니다. 새 교육이 일어난 지 벌써 20년이나 지났는데도 한석산에는 아직 소학교조차 없었다. 게다가 이런 산골마을 출신 가운데 도시에서 유학까지 한 사람은 오직 연수뿐이었기 때문에 마을 사람들의 눈에도 그는 분명히 다른 사람으로 보였던 것이다. 한편 연수가 돈을 많이 벌었다는 소문이 퍼진 적도 있었다. 이건 아마도 그를 질투해서 번진 소문인 듯 했다.

가을이 저물 무렵, 이 산골 마을에는 이질이 돌았다. 나는 만일을 염려하여 성안으로 들어가야겠다고 마음먹었다. 마침 그 때, 연수의 할머니가 이질에 감염되었다는 소문이 들려왔다. 연로하신 분이라 몹시 중태라는 것이었다. 더구나 이 산골 마을에 의사라고는 한 사람도 있을 턱이 없었다. 연수에게 가족이라곤 식모 아이 하나만을 데리고 지극히 조촐한 살림을 꾸려 나가고 있는 이 할머니 한 분이 전부였다. 어려서 부모를 잃은 연수는 이 늙은 할머니의 손에서 컸다. 이 할머니도 이전에는 별별 고생을 다 겪었다고 하는데, 지금은 그래도 편안한 생활을 하고 있었다. 다만 연수에게는 처자가 없었던 탓에 집안은 아무래도 늘 쓸쓸함과 허전함에 싸여있었다.

한석산은 성안에서 육로로 백 리, 뱃길로 칠십 리나 떨어져 있었기 때문에 사람을 보내어 연수를 불러오는 데만도 최소한 왕복 나흘은 족히 걸렸다. 도시에서 멀리 떨어진 이 산골 마을에서는 오직 이런 일만이 사람들의 호기심을 자극해 무료함을 달래주는 커다란 뉴스거리였다.

다음날, 온 마을은 환자가 중태에 빠져서, 급히 사람을 성안으로 보냈다는 소문으로 술렁거렸다. 그러나 할머니는 새벽 두 시쯤 숨을 거두었다.

"왜 연수를 한 번 만나게 해주지 않느냐……."

이것이 그녀가 남긴 마지막 말이었다.

족장(族長)을 비롯해서, 가까운 친척, 할머니의 친정 일가, 그리고 마을의 한가한 사람들이 한 방에 모여 앉아, 연수가 과연 언제쯤 이곳에 도착할 것인지에 대해 이야기들을 나누었다. 그리고 대체로 입관식이 시작될 무렵이 되지 않겠느냐는 의견이 힘을 얻었다. 할머니 생전에 관과 수의 같은 것은 미리 만들어 두어서 별로 걱정 없었지만, 어떻게 이 '승중손'을 대해야 옳겠느냐 하는 것이 그들의 가장 큰 문제거리였다. 그들은 모두 그가 장례 의식(儀式)을 신식으로 고칠 것으로 예상했기 때문이었다.

마침내 그들은 대체로 세 개의 커다란 조건을 마련하여 그것만은 그에게 꼭 실행시키는 것으로 결론을 내었다.

첫째는 상복을 입을 것, 둘째는 무릎을 꿇고 배례를 드릴 것, 셋째는 중이나 도사를 불러 불공을 올릴 것 등으로 한 마디로 요약하자면 결국 모든 것을 옛 관례대로 한다는 것이었다. 그들 사이에 이렇게 합의를 보았기 때문에 연수가 오는 대로 모두들 대청앞에 모여 진용을 갖추고 예정된 절차대로 장례를 치르되, 여의치 못할 경우에는 강제로라도 엄숙하게 장례를 지내도록 하자고 약속했다.

마을 사람들은 숨을 죽여 과연 이번 장례가 어떻게 될 것인가 하고 은근히 기대하고 있었다. 그들 생각으로는 연수가 서양식 교육을 받은 소위 '신식놈(新黨)'이니까 원채 장례의 절차나 도리를 모를 것이므로 쌍방의 충돌은 불가피할 것이고, 그러므로 어쩌면 생각지도 못한 진귀한 구경거리를 보게 될지도 모른다는 것이었다.

연수가 마침내 집에 도착한 것은 그날 오후였다. 예상했던 대로 그는 방에 들어서자 할머니 영전(靈前)에 그저 허리를 약간 굽혔을 뿐이었다. 그래서 족장들은 곧 그들의 계획대로 일을 진행시켰다.

우선 그를 대청으로 불러내어 한참 서두를 늘어놓은 다음 본론으로 들어갔다. 그러자 모두들 맞장구를 치며 너도나도 보충설명을 덧붙이는 통에, 연수에게는 변명의 기회조차 주어지지 않았다.

계획했던 말들을 할만큼 해버리고 나서야 대청 안은 침묵으로 가득 찼다. 사람들은 이제 조심조심 연수의 입만을 바라볼 뿐이었다. 그런데 연수의 얼굴에서는 동요의 기색이라고는 조금도 찾을 수 없었다.

"다 좋습니다. 그렇게 하시죠."

연수의 대답은 이게 전부였다. 이것이 또 마을 사람들에겐 천만 뜻밖의 반응이었다. 모든 이들의 마음속에 있던 부담감과 기대는 이것으로서 다소 가벼워진 것 같았다. 그러나 왠지 모르게 도리어 마음의 부담을 더 느끼는 것 같기도 했다. 자신들과는 다른 사람이라는 느낌 때문인지 역시 안심이 안 되는 모양이었다.

그리하여 이 말을 전해들은 마을 사람들 역시 적잖이 실망하지 않을 수 없었다.

"참 이상한 일도 다 있지. '다 좋습니다!' 라고 대답했다면서. 어디 구경이나 한 번 가보세."

다 좋다면 옛 관례대로 하자는 것이므로 별 구경할만한 것도 없을 텐데, 그래도 그들은 가서 확인하기를 원했다.

드이어 해질녘이 되자 마을 사람들은 희색이 만면하여 연수의 집 앞으로 꾸역꾸역 몰려들었다. 나도 그 중의 한 사람이었는데, 벌써부터 연수의 집에 선향(線香)과 양초를 한갑씩 보내 두었다.

그의 집에 도착했을 때는 벌써 연수가 할머니에게 수의를 입히고 있었다. 그는 키가 작달막하고 야윈 사람으로, 길죽하고 모난 얼굴을 하고 있었다. 자랄 대로 자란 기다란 머리와 새까만 눈썹과 수염이 얼굴의 거의 절반을 덮고 있었지만 두 눈만은 음침한 얼굴 속에서 빛나고 있었다.

그는 관례를 따라 순서대로 수의를 입히고 있었다. 그런데 그의 솜씨란 것이 마치 입관 전문가처럼 능란하여, 옆에서 보는 사람이라면 누구나 탄복하지 않을 수 없었다.

한석산의 관례대로 이런 경우엔 보통 할머니의 친정 일가들이 귀찮은 주문을 해대고 군소리를 늘어놓게 되어 있었다. 그런데도 그는 누가 무슨 소릴 해도 그저 묵묵히 그대로 고칠 뿐 조금도 불쾌한 내색을 보이지는 않았다.

내 앞에 서 있던 머리가 희끗희끗한 할머니는 어찌나 감동의 되었는지 감탄의 탄성(歎聲)을 쉴 새 없이 흘렸다. 곧 이어 배례가 시작되었다. 그 뒤로 곡을 하고 아낙네들은 모두 염불을 외웠다. 그 다음에는 입관이다. 입관이 끝나고 다시 배례를 하고 또 곡을 했다. 곡소리는 관 뚜껑에 못을 박고 나서야 겨우 그쳤다.

잠시 주위가 조용해졌다. 이 때 별안간 웅성거리는 소리가 사람들 사이에서 일어났다. 그 웅성거림 속에는 대단한 경이(驚異)와 더불어 불만의 기색이 뒤섞여 있었는데, 나는 반사적으로 눈치를 챌 수 있었다. 연수가 두 눈을 반짝이며 거적자리 위에 앉아있을 뿐 시종 한 방울의 눈물도 흘리지 않았던 것이다.

이렇게 입관 절차는 경이와 불만의 웅성거림 속에서 끝나갔다. 사람들은 모두 불만에 찬 얼굴을 하고 당장이라도 뿔뿔이 흩어지고 싶은 눈치였다. 그런데 연수는 아직도 거적자리 위에 앉은 채 생각에 잠겨 있었다. 그 순간이었다. 별안간 그의 눈에서 눈물이 흘러 내렸다. 이어 곧 울음 소리가 들리고 그것은 점차 커다란 통곡으로 변해 갔다. 그것은 마치 상처를 입은 이리(狼)가 깊은 밤중에 황야(荒野)에서 종잡을 수 없이 울부짖는 소리 같았는데, 그 울음소리는 한탄과 번민, 노여움과 슬픔이 뒤얽힌 듯이 들렸다. 사람들은 어찌할 바를 몰랐다. 이러한 일은 적어도 이 마을에서는 처음 있는 일이어서 어떻게 해야할지 손을 쓸 수조차 없었던 것이다. 사람들은 한동안 망설이더니 그중 몇 사람도 앞으로 나서서 그를 말렸다.

울부짖는 그의 곁으로 다가가는 사람들이 점점 늘어서 나중에는 연수를 중심으로 움직일 수도 없을 만큼 커다란 사람의 무더기가 되어 버렸다. 주위에서 말렸지만 그는 그대로 앉아서 통곡만 할 뿐, 마치 철탑(鐵塔)처럼 꿈쩍도 하지 않았다. 마을 사람들은 모두 진력이 나 제각기 흩어져 버릴 수밖에 없었다. 그는 울고 또 울었다. 이렇게 30분쯤 지나자 그는 별안간 울음을 뚝 그쳤는데, 조객에게는 한 마디 인사도 없이 그대로 방안으로 들어가 버렸다. 나중에 그 모습을 보고 온 사람들의 말에 따르면, 그는 할머니의 방에 들어가자마자 침대에 드러누워 그대로 잠들어 버린 듯하다는 것이었다.

그 뒤 이틀이 지나서, 마침 내가 성안으로 돌아가려던 그 전날, 마을 사람들이 마치 귀신한테 홀리기라도 한 것처럼 떠들어대는 말을 들을 수가 있었다.

그것은 연수가 가재 도구의 대부분을 불살라서 할머니 영전에 바치고, 나머지는 생전에 할머니의 시중을 들다가 죽을 때 그 임종까지 지킨 식모 아이에게 주었으며, 또 살던 집조차 무기한으로 살도록 빌려 주었기 때문이었다. 친척들이 아무리 설득해도 결국 그의 결심을 돌릴수는 없었다는 것이었다.

아마 호기심에서였겠지만, 돌아오는 길에 연수의 집 앞을 지나다가 나는 거듭 인사말이라도 전하려고 들렀다.

연수는 여전히 상복을 입은 채로 나와서 나를 맞았는데, 전과 다름없이 차가운 표정이었다. 나로서는 여러 가지 위로의 말을 전했지만 그는 그저 네, 네 하는 이외에 단 한 마디,

"형의 후의(厚意)는 대단히 감사합니다!"

라고 대답했을 뿐이었다. 이것이 그와의 두 번째 만남이었다.

2

그해 초겨울, 우리는 세 번째로 만나게 되었다.

S성(城)의 어느 책방에서 마주친 우리 둘은 동시에 고개를 끄덕이며 인사를 건넸다. 서로 얼굴을 알아보는 사이가 된 것은 아마도 이 때가 처음이었던 셈이다. 하지만 우리가 가까워진 것은 그 해가 저물어 갈 무렵, 좀더 자세히 말하자면 내가 실직한 이후였다.

실직한 후로 나는 곧잘 연수를 방문했다. 내가 무료했던 탓이기도 했지만, 사람들이 말하기를, 그가 차가운 성격과는 달리 실의에 빠진 사람과 가까이 하기를 즐긴다고 했기 때문이었다.

그러나 인간 세상의 흥망 성쇠는 평생 정해진 것이 아니고, 낙심한 사람이라고 해서 반드시 계속 그 상태에 머물란 법도 없었다. 그래서인지 연수에게는 오래 사귄 친구가 극히 적다는 것이었다. 과연 이 소문은 사실이었다. 내가 명함을 들여보내자 그는 곧 만나 주었다. 방 두 칸이 이어진 응접실에는 별다른 장식이 없고, 테이블과 의자 이외에 서가(書架)에 약간의 책이 꽂혀 있을 뿐이었다.

세상 사람들로부터는 무서운 '신식놈' 이라는 말까지 듣는 그이지만 서가에는 별로 새롭다고 할만한 책이 눈에 뜨이지 않았다. 그는 이미 내가 실직했다는 사실을 알고 있었다.

몇 마디 판에 박은 듯한 인사가 끝나자 그와 나는 더 이상 할 말이 없어졌다. 그리하여 분위기는 몹시 어색해졌다. 그는 줄담배를 피우고 있었는데, 손가락을 데일 지경으로 꽁초가 되어서야 재떨이에 부벼서 끄곤 했다.

"한 대 태우시죠."

두 개피 째 담배를 집으면서 그는 갑자기 이렇게 말했다. 그래서 나도 한 개피를 집어 피워 물고는 교육에 관한 이야기, 책에 관한 이야기를 했다. 그럼에도 불구하고 분위기는 여전히 어색했다.

내가 그만 돌아갈 생각을 하고 있는데, 문밖에서 발소리와 함께 떠들썩한 소리가 들려 왔다. 그리고 조금 지나자 사내아이들과 계집아이들 네 명이 떼지어 들어왔다. 큰놈은 여덟 아홉 살, 작은놈은 네다섯 살쯤 되어 보였다. 손과 얼굴, 옷까지도 몹시 지저분하고, 또 귀여움성이라고는 조금도 없는 아이들이었다. 그러나 아이들을 보자 연수의 눈에는 별안간 기쁨의 빛이 넘쳤다. 그는 벌떡 일어나더니 응접실 건넌방으로 걸어가면서,

"대량(大良), 이량(二良), 자, 이리들 와라. 너희가 어제 조르던 하모니카를 사다 놨단다." 하고 말했다. 아이들은 와와 소리를 지르며 연수의 뒤를 따라 방안으로 들어갔다. 잠시 후 아이들은 저마다 하모니카를 하나씩 입에 대고 불면서 왁자지껄하게 쏟아져 나왔다. 응접실 밖으로 나오자 어찌 된 셈이지 싸움이 벌어졌고 한 아이가 큰 소리로 울음을 터뜨렸다.

"한 사람 앞에 하나씩 모두 갖는 거야, 싸우면 안 돼."

그는 아이들을 따라 나가더니 이렇게 말했다.

"대체 뉘 집 애들인가요?"

"집주인의 아이들이지요. 이 애들에겐 어머니는 없고 할머니가 한 분 계실 뿐이에요."

"집주인은 혼자 삽니까?"

“그렇소, 그의 부인은 이미 여러 해 전에 세상을 떠났고, 재혼도 하지 않았죠. 그러니까 나 같은 홀아비에게도 방을 빌려주는 것이지요.”

이렇기 말하면서 그는 싸늘한 미소를 지었다.

나는 연수가 왜 지금껏 독신으로 지내는가 물어보고 싶었지만 아직 그다지 친한 사이는 아니었기 때문에 결국 말도 꺼내지 못하고 말았다.

그는 타인과 의논하기를 매우 좋아하고 또 훌륭한 의견도 많이 가지고 있었다. 다만 내가 참을 수 없는 것은 그를 찾아 놀러 오는 사람들이었다. 아마 「침륜(沈淪)」을 읽는 탓이겠지만, 항상 스스로를 ‘불행한 청년’ 이니 ‘쓸모 없는 인간’ 이니 자책하면서, 나태하면서도 또 거만스럽게 큰 의자에 모여 앉아 탄식을 하며 양미간을 잔뜩 찌푸리고 담배를 피우고 있는 손님들이란 정말이지 나의 성미에는 맞지 않았다.

그들뿐만이 아니다. 집주인의 아이들은 서로 마주치기만 하면 싸워대고 찻잔이나 접시를 함부로 깨고, 과자를 사 달라고 졸라대는데, 그 야단법석에는 정신이 쏙 빠질 지경이었다. 하지만 연수는 아이들을 대할 때면 평소의 차가운 성격이 간데 없이 사라지고, 그 아이들을 자기 생명보다도 귀중하게 여겼다.

언젠가 삼량(三良)이 마마를 앓았을 때 일이다. 연수가 지나치게 걱정을 하여 그렇지 않아도 음침한 얼굴이 더욱더 어두워졌었다는 것이다. 그런데 사실은 그 아이의 병이 대단한 정도가 아니었기 때문에 그 아이들의 할머니가 조롱삼아 이웃에 퍼뜨리고 다닌 적이 있다는 것이다.

"아이들은 역시 귀여워요. 아주 천진난만하거든요……."

내가 아이들을 몹시 귀찮아하는 것을 알자 그는 어느 날 일부러 틈을 내어 내게 이렇게 말하기도 하였지만, 내 생각은 그와 정반대였다.

"반드시 그렇지만도 않겠지요."

나는 그저 아무렇게나 대답했다.

"아녜요. 어른들의 나쁜 버릇이 아이들에겐 없어요. 아이들이 나쁜 것은 말이지요. 가령, 형이 언제나 공격한다던가 하는 것 말인데요. 이건 모두 후천적인 것이며 또한 환경에서 오는 것이죠. 사실은 조금도 나쁘지 않아요, 아주 천진스러울 뿐이랍니다……. 만약 중국에 희망이 있다면, 오직 아이들뿐이라고 나는 생각하고 있어요."

그러나 나는 연수에게 이렇게 말해주었다.

"하지만 만약 아이들 속에 악의 뿌리도 악의 씨도 없다면 자라서 악의 꽃이 피고 악의 열매가 맺힐 리가 없겠네요. 한 알의 씨를 보아도, 그 씨 안에 가지와 잎과 열매가 될 배자(胚子)가 포함되어 있어서 제각기 그렇게 성장하는 것이지요. 이유 없는 일이 일어난다는 것은 있을 수 없어요……."

그 무렵 나는 하는 일이 없어서, 하야(下野)하면 곧 채식(菜食)을 하고 선(禪)을 이야기하는 훌륭한 사람들처럼, 불전(佛典)을 읽고 있었다. 물론 불교 이론을 깊이 있게 터득하고 있던 것은 아니지만, 그다지 깊이 생각하지도 않고 감정에 맡긴 채 이렇게 단정적으로 내뱉어 버렸다.

그런데 이 말이 연수를 노하게 만든 것 같았다. 나를 잠시 노려보더니 다시는 더 말을 하려 들지 않았다. 그에게는 이제 더 이상 할 말이 없는지, 아니면 상대하는 게 어리석다고 생각했는지 나로선 전혀 알수가 없었다. 그는 한동안 보이지 않았던 그 차가운 태도를 보이며 말없이 담배를 연거푸 두 대나 피웠다. 그가 담배를 세 대째 집었을 때, 나는 내가 선택할 수 있는 것은 단지 서둘러 나가는 것 외에는 없다는 것을 알아차렸다.

두 사람 사이를 가로막았던 이 개운찮은 감정의 매듭은 그로부터 석 달이 지나서야 겨우 풀렸다. 물론 망각(忘却)이 그 원인의 절반이기도 했겠지만, 결국 그 스스로가 '천진스런' 아이들로부터 미움을 받는 입장에 서 보고, 또 반대로 내가 아이들에 대해 이야기한 모욕적인 언사도 다소 참고할 만한 점이 있다고 느낀 것이 아마 다른 절반의 원인이 되었을 것임에 틀림없다. 그러나 이것은 어디까지나 나의 추측일 뿐이었다.

"생각해 보면 참 기이한 일이오. 내가 여기 오는 도중 길에서 만난 어린애가 내게 갈대 잎사귀를 들이대면서 '움직이면 죽는다!' 고 하지 않겠어요? 아직 걸음도 제대로 걷지 못하는 어린애가 말이예요……."

내 방에서 술을 마실 때였는데, 그는 다소 슬픈 얼굴을 하면서 천장을 올려다보며 이렇게 말했다.

"환경이 그렇게 만든 거요."

나는 이렇게 내뱉었으나 이내 후회했다. 하지만 내 말은 조금도 마음에 두지 않는 듯, 그저 술만 마실 뿐이었다. 그리고는 계속해서 담배를 피워 댔다. 그래서 나는 화제를 돌리기 위해 이렇게 말을 꺼냈다.

"아, 내가 형에게 묻고 싶은 일이 하나 있는데……, 형은 그다지 사람을 방문하는 성격이 아니었는데, 오늘은 웬일로 이렇게 나를 찾아 왔소? 우리가 서로 알게된 지가 1년이 넘었지만 형이 여기를 찾아온 것은 이번이 처음이잖소?" 하고 물었다.

"아니, 사실은 형에게 해 둘 이야기가 있어서……. 당분간은 우리 집에 오지 마시오. 지금 우리 집엔 꼴도 보기도 싫은 놈들이 와 있소. 어른 한 사람하고 어린 아이 하난데, 둘 다 사람이라고 할 수도 없을 정도요."

"어른과 어린 아이 하나라니요? 도대체 누굴 말씀하시는 겁니까?"

나는 무슨 소린지 통 알 수가 없었다.

"나의 종형과 그의 아들인데, 하하…… 아이라 해도 꼭 제 애비 같은 놈이오……."

"그래서 형을 만나러 온 김에 놀다 가기라도 하겠다는 건가요?"

"아니오, 그 아이를 내 양자로 삼으라고 상의하러 온 거라오."

"아니, 형의 양자를 삼으라고요?"

나는 나도 모르게 깜짝 놀라서 소리쳤다.

"형은 아직 미혼이잖소?"

"그들은 내가 결혼할 생각이 없다는 걸 알고 있소. 하지만 그런 건 아무래도 상관없습니다. 그들은 다만 한석산에 있는 나의 쓰러져 가는 집이 탐나서 온 게요. 형도 알다시피 내게는 그 집 말고는 아무 것도 가진 게 없잖소. 나는 돈이 들어오는 대로 다 써 버려서 이제 가진 것이라곤 정말 그 집 하나뿐이라오. 그래서, 그 집에 살고 있는 나이 많은 식모를 쫓아내고 그 집을 차지하는 것이 그들 부자(父子)의 평생 사업이 된 셈이오."

그의 차갑고 쓸쓸한 어투에 나는 그만 가슴이 섬했다. 하지만 나는 그를 위로해 주었다. "내가 보기엔 형의 종형이 그렇게까지 할 생각은 아니지 않나 싶은데……. 다만 생각이 좀 구식이긴 하지요. 언젠가 형의 집에서 장례식을 치를 때에도 그들은 모두 형을 둘러싸고 열심히 위로해 주었고……."

"그들은 내 아버지의 장례식 때에도 똑같이 내 주위에 몰려들어 열심히 나를 위로해 주었소. 하지만 그건 아버지가 돌아가신 뒤에 내 집을 빼앗으려면 내 도장이 필요했기 때문이오."

그의 두 눈은 마치 허공 속에서 당시의 기억을 되살려내기라도 하려는 듯이 천장 쪽을 뚫어지게 응시하고 있었다.

"그렇다면 문제는 오로지 아직 형에게 아들이 없기 때문인 셈인데, 형은 대체 왜 결혼을 하지 않으려는 거요?"

나는 문득 이 분위기를 전환시킬 화제에 생각이 미쳤다. 그리고 그것은 이전부터 물어보고 싶었던 일이기도 하여 마침 좋은 기회라 여기고 이렇게 말을 꺼냈던 것이다. 그러나 그는 이상스럽다는 듯한 눈초리로 나를 힐끔 쳐다보더니, 이윽고 그 눈을 무릎 위로 떨어뜨리고 한 마디 대답도 없이 그저 담배만 피워 댈 뿐이었다.

3

하지만 이렇게 실의(失意)에 빠져 있는 연수에게 마음을 가라앉힐 기회는 좀처럼 오지 않았다. 상태는 악화되어 갔다. 조그만 신문에 익명(匿名)으로 그를 공격하는 자들이 하나 둘씩 나타나기 시작했다. 학계(學界)에서도 그를 둘러싼 유언비어가 번져나가고 있었다. 그 유언비어는 예전처럼 단순한 풍문에만 머무는 것이 아니라, 대부분이 그를 중상하려는 것들뿐이었다. 그러나 이것 역시 요즘 들어 그가 자진해서 의견을 발표한 결과라는 것을 알고 있었기 때문에 나는 그다지 이상하게 여기지 않았다.

왜냐하면 S시(市) 사람들에게 있어 가장 싫어하는 것 중의 하나가 사심 없이 비판하는 인물의 출현이어서, 그런 인물이 나타나기만 하면 반드시 암암리에 중상하는 버릇이 있었기 때문이다. 이것은 뭐 새삼스러울 것도 없는 일이었기에 연수 자신도 뻔히 알고 있는 일이었다.

그런데 봄이 되면서 별안간 교장이 그를 해고시켜 버렸다는 소문이 나돌았다. 연수를 둘러 싼 유언비어에 그다지 유념하지 않았던 나에게 아무래도 이 일만큼은 너무나 뜻밖이었다. 그러나 생각해 보면, 이것 역시 새삼스러울 것이 없었다. 다만 나로서는 나의 친한 친구가 이런 일을 당하지 않기를 은근히 바라고 있던 참이었기 때문에 그저 뜻밖이라는 느낌이 들었을 뿐이다. S시 사람들이 이번 경우에만 특별히 잘못을 저지른 것도 아니었다.

당시 나는 나 자신의 생활 문제만으로도 정신적으로 힘든 상황이었고, 또 그 해 가을, 산양(山陽)에 교사로 부임하기 위해 한창 교섭을 벌이던 중이었기에 끝내 그를 방문할 기회를 놓치고 말았다. 그리고 얼마쯤 여유가 생겼을 무렵은 이미 그가 면직된 지 서너 달이 지난 후였고, 그럼에도 나는 왠지 연수를 찾아가 볼 생각은 전혀 하지 않았다.

어느 날, 큰길을 지나다가 우연히 옛날 서적을 파는 노점(露店) 앞에 서게되었을 때 나는 깜짝 놀라지 않을 수 없었다. 그 노점에 꽂혀 있는 급고각(汲古閣)의 초판본(初版本)「사기 색은(史記索隱)」은 바로 연수가 가장 아끼던 소장품이었기 때문이다.

그는 책을 좋아하긴 했지만 장서가(藏書家)는 아니었다. 그렇다고 하더라도 이런 종류의 책은 그에게 귀중한 책이기 때문에 여간해서는 쉽게 내놓을 리가 없었다. 그는 예전부터 돈이 들어오는 대로 다 써 버리고 저축 따위는 한 적도 없었지만, 실직한 지 불과 두서너 달만에 이렇게까지 책을 내다 팔 정도로 궁핍해졌으리라고는 도무지 생각할 수 없다. 그래서 나는 연수를 찾아가 봐야겠다는 생각을 굳히게 되었다. 그리고 그에게 가기 위해 나는 도중에 거리에서 소주 한 병과 땅콩 두 봉지, 그리고 불에 익힌 생선 두 마리를 샀다.

연수의 방문은 굳게 잠겨 있었다. 문을 두드리며 두서너 번 불러 보았으나 대답이 없었다. 나는 혹시 그가 잠을 자고 있는가 싶어 큰소리로 부르면서 손으로 계속 방문을 두드렸다.

"잠깐 어디라도 나갔나 봐요."

건너편 창에서 누군가 반백의 머리를 불쑥 내밀며 큰소리로 말했다. 그녀의 말투에는 귀찮은 기운이 역력히 스며 있었다. 세모꼴의 눈과 커다란 몸집을 보아하니, 그것은 대량(大良)의 할머니인 것 같았다.

"혹시 어디로 갔는지 아십니까?" 하고 묻자, "어딜 갔는지 누가 알겠습니까? 그 사람이 가 봤자 어딜 갔겠어요. 틀림없이 돌아올 게요.

그러니 안에 들어가서 기다려 보시구라." 라고 말했다.

그래서 나는 문을 열고 방안으로 들어갔다. '하루라도 못 보면 삼추(三秋)를 떠나 있는 것과 같다.' 라는 말과 같이 방안은 낡고 우울해 보였다. 가구도 몽땅 팔아 치우고, 서적도 이 S시에서는 누구도 탐하지 않을 양장본(洋裝本)이 겨우 몇 권 남아 있을 뿐이다.

방 한가운데 놓여 있던 둥근 테이블만이 여전히 그대로 자리를 지키고 있을 뿐이었다. 예전에는 비분 강개(悲憤慷慨)한 청년들이나 재능을 지니고도 묻혀 있는 기사(奇士)들, 그리고 더럽고 소란스런 아이들이 항시 그 둘레에 모여 있었는데 지금은 단지 쓸쓸히 먼지만을 뒤집어쓰고 있을 뿐이었다. 나는 그 위에 술병과 안주 꾸러미를 놓고 의자 하나를 테이블 옆으로 잡아당겨 입구 쪽으로 앉았다.

정말 잠시 동안의 시간이 흘렀다. 방문이 슬그머니 열리고, 어떤 사나이가 그림자처럼 초췌한 행색으로 들어왔다. 연수였다. 황혼 녘이라 그랬겠지만 이전보다도 어딘지 음산해 보였다. 그러나 기분은 역시 이전과 다름없어 보였다.

"아, 형! 오래 기다렸소?"

그는 반가운 듯 말했다.

"아니오, 별로. 어딜 갔었소?"

"어디랄 것도 없소. 잠시 그저 이곳 저곳 돌아다니다 왔소."

그도 의자를 테이블 옆으로 들고 와서 앉았다. 그리고 우리는 소주를 마시기 시작했다. 술을 마시면서 나는 그가 실직한 이야기를 꺼냈는데, 그는 그 점에 대해서는 말하기를 꺼려하는 듯 했다. 그로서는 실직을 예전부터 각오하고 있던 일이었고 또 여러 번 경험하기도 했던 일이라 별로 새로울 것도 없는 일이라 여겼던 것이다. 그래서인지 그는 여전히 술만 마시면서, 사회나 역사에 대해 이야기했다.

이 때 웬일인지 텅 빈 서가가 눈에 아른거렸고, 급고각의 초판본 「사기색은」이 기억나, 별안간 나에게는 고독감 내지는 비애가 몰려왔다.

"형 방이 많이 쓸쓸해졌군요. 요즘은 손님들이 별로 안 오나 보죠?"

"아무도 오지 않지요, 이제 내 기분이 썩 좋지 않으니까 와도 재미가 없지요. 내 기분이 좋지 않을 때는 다른 사람들의 기분마저 가라앉히니까 말입니다. 겨울 공원에 가는 사람은 없거든요……."

연수는 술을 연거푸 두서너 잔 마시고는 말없이 생각에 잠겨있는 듯했다. 그러다 별안간 얼굴을 들고 나를 바라보면서, "형이 운동하던 일자리도 여전히 가망이 없소?" 하고 물었다. 나는 화가 불끈 화가 치밀어 올라 뭐라고 한 마디 해줄까 하였지만 그가 상당히 취한 것 같아 참기로 했다. 그 때 밖에서 무슨 소리가 나는 듯 하자, 그는 가만히 귀를 기울이더니 곧 땅콩을 한 줌 움켜쥐고는 방을 나갔다. 밖에서 아이들의 웃음소리가 들려 왔다. 그가 나가자, 별안간 아이들의 웃음 소리가 뚝 그쳤다. 뿔뿔이 흩어져 달아나 버린 모양이다. 아이들의 뒤를 쫓아가면서 무어라고 지껄여 대는 그의 음성이 아련하게 들려 왔다. 하지만 아이들의 대답은 들려오지 않았다.

그는 풀이 죽어 되돌아왔다. 그 모습이 정말 어두운 그림자 같았다. 한 움큼의 땅콩을 다시 종이봉지에 넣으며 그는, "내 건 먹는 것조차도 받으려 하지 않아요." 하고 그는 힘없이 자기 자신을 비웃는 듯이 말했다.

"연수 형!"

나는 몹시 안타까운 기분이 들었다. 하지만 억지로 미소로 지으며, "내 생각으로는 형이 스스로에게 너무 큰 괴로움을 주고 있는 것 같소. 형은 이 세상을 너무 어둡게만 보고 있어요……."

그는 싸늘하게 웃었다.

"내 이야기는 아직 끝나지 않았소, 형은 우리를, 그러니까 이따금 형을 찾아오는 우리를 할 일이 없어 찾아오는, 소일거리나 없을까 해서 찾아오는 인간들로만 아시겠지요?"

"그렇진 않아요. 하지만 때로 이런 생각이 들 때는 있고. 뭔가 주우러 온 것은 아닌가……."

"그건 형의 잘못이오. 세상 사람들이란 사실은 그런 게 아니오. 형은 스스로 하나의 누에 집을 만들어 놓고 그 속에 자기 자신을 틀어박고 있는 거요. 세상을 좀더 밝게 보아야 합니다."

나는 그를 아끼는 마음에서 이렇게 말했다.

"어쩌면 그럴지도 모르지요. 하지만 그렇다면 그 누에 집에 있는 실은 어디서 나오는 겁니까? 말할 것도 없이 세상에 이런 사람은 얼마든지 있소. 우리 할머니가 그래요. 나는 그 할머니의 핏줄을 이어받지 않았소. 하지만 우습게도 할머니의 그 운명을 내가 이어받을지도 모릅니다. 그렇다고 해서 그건 뭐 대단한 일이 아니에요. 나는 예전에 그 운명마저 할머니와 함께 매장시켜 버렸으니까……."

이 때 나에게는 그의 할머니 장례식 때의 정경이 또렷하게 머리에 떠올랐다.

"그 때 형이 왜 그렇게 울었는지, 지금도 나는 이해할 수가 없소."

나는 별안간 이렇게 물었다. "내 할머니의 입관 때 말이지요? 그렇
군요, 형이 잘 모르는 것도 당연하지요."

그는 등잔에 불을 켜면서 조용히 말했다.

"형과 나와의 교제도 그 때 내가 운 일에서 시작되었다고 생각하는
데…… 형은 모를 테지만 실은 그 할머니는 내 친할머니가 아니오. 돌
아가신 그 할머니는 내 아버지의 계모였지요. 아버지의 생모(生母)는
아버지가 세 살 적에 세상을 떠나셨다오."

이렇게 말하고 나서 그는 깊은 생각에 잠긴 채 묵묵히 술을 마시고
불에 익힌 생선을 먹었다.

"이런 지나간 일들에 대해서는 사실 나도 몰랐었소. 그저 어릴 적부
터 조금 이상하다는 느낌만을 받긴 했지만 말이요. 당시엔 아버지도
아직 살아 계셨고, 집안 형편도 넉넉했기 때문에, 정월에는 선조(先
祖)의 화상(畵像)을 모셔 놓고 성대히 제사를 지내곤 했었는데, 성장
(盛裝)을 한 많은 화상들을 구경하는 것은 당시의 나로선 더 없는 즐
거움이었소. 하지만 그때 항상 식모가 나를 안고, 한 폭의 화상을 가
리키며 '이분이 도련님의 할머니이십니다. 자, 절을 해요. 도련님이
무럭무럭 자라서 하루 빨리 훌륭히 되시도록 지켜 주시는 분이에요.'
라고 뜻 모를 말을 들려주는 것이었소. 나는 도무지 알 수가 없었어
요. 버젓이 할머니가 있는데, 어째서 또 '나의 할머니' 가 있는 것일
까? 하지만 어쨌든 나는 이 '나의 할머니' 가 좋았어요. 이 할머니는
집에 있는 할머니처럼 늙지도 않았거든요. 그림 속의 할머니는 젊고
예쁘고, 금실의 올을 뽑아서 만든 붉은 옷을 입고, 구슬로 장식한 관
(冠)을 쓰고 있었소. 그건 내 어머니의 화상과 거의 비슷했던 것 같소.

내가 그 화상을 보고 있으면 그 화상의 눈도 똑바로 나를 쳐다보면서 어느 틈에 입가에 인자한 미소를 띠고 있었지요. 그래서 나는 그 화상의 할머니가 더할 수 없이 나를 귀여워해 주시는 거라고 생각했습니다.

그렇다고 내가 집에 계시던 할머니를 미워했던 것은 절대 아닙니다. 하루 종일 들창 앞에 앉아 바느질을 하고 계시던 집의 할머니도 좋았지요. 그러나 그 할머니 앞에서 내가 아무리 재롱을 떨고 신이 나서 노래를 불러 드려도 그 할머니를 웃음 짓게 할 수는 없었어요. 그래서 나는 무척 실망하면서, 우리집 할머니가 다른 집 할머니들과는 아주 다르다는 것을 느꼈지요. 그래도 나는 이 할머니를 좋아했지요. 그러나 시간이 지날수록 나는 점점 할머니와 멀어졌는데, 그것은 내가 나이가 들고, 그분이 나의 아버지의 진짜 어머니가 아니라는 것을 알게 되어서 라기 보다는, 하루 온종일, 일년 내내 기계처럼 바느질만 하는 할머니의 모습이 나를 싫증나게 했기 때문이었소. 그래도 할머니는 여전히 바느질을 하면서 나를 돌봐 주고, 또 귀여워해 주셨지요. 별로 웃는 얼굴은 보이지 않았지만, 크게 혼내는 일도 없었으니까요. 할아버지가 세상을 떠나실 때까지 계속 그렇게 지냈지요. 그 뒤 우리의 생계를 대부분 할머니의 바느질 하나에 의존하게 된 뒤로는 할머니는 더욱더 그렇게 사셨소. 내가 학교에 들어갈 때까지……."

등잔불이 조금씩 작아지고 있었다. 아마 석유가 다 된 모양이었다. 그는 서가 밑에서 조그만 양철통을 찾아내어 석유를 부었다.

"한 달만에 석유 값이 두 번이나 올라서……."

그는 램프의 심지를 올리고 조용히 말했다.

"생활이 나날이 어려워만 가는군요. 할머니는 그 뒤에도 줄곧 그렇게 사셨지요. 내가 학교를 졸업하고 일자리를 얻어 생활이 이전보다 훨씬 안정되었을 때까지도……. 아마 할머니는 병이 든 뒤에도, 그 이상 참을 수가 없어 자리에 눕게 될 때까지도 그런 모습을 고수하셨을 겁니다.

할머니의 만년(晩年)은 그다지 고생스럽지 않았어요. 또 사실만큼 사셨으니 내가 그렇게까지 눈물을 흘려야 할 것까지도 없었단 말이오. 더구나 우는 사람은 굳이 내가 아니어도 얼마든지 있었으니까. 언젠가 할머니를 못살게 굴던 사람들까지도 울었으니 말이오. 최소한 얼굴빛만은 슬퍼 보이더군, 하하… 그런데 나는 문득, 무슨 까닭에서였던지 할머니의 일생을 떠올려봤소. 스스로 고독을 만들어 내고 그것을 입에 넣어 씹어 온 한 인간의 고독한 일생을 말이오. 그리고 그런 사람은 단지 나의 할머니 뿐 아니라 아직 얼마든지 더 있다는 기분도 들었소. 내가 그처럼 격렬하게 울지 않을 수 없었던 것은, 그런 사람들이 떠올랐기 때문이었소. 물론 그 때의 내 마음이 너무 감상적으로 치우쳤던 점이 주된 원인이었겠지만……. 지금 형이 나에 대해서 품고 있는 느낌은 이전에 내가 할머니에게 대해서 품고 있던 느낌과 조금도 다르지 않을 것이오. 하지만 그 때의 내 생각은 역시 정당한 것은 못 되었지요. 내가 세상이라는 것을 조금씩 알아 가면서 점점 할머니와 멀어져 갔으니까……."

그리고 나서 그는 오랫동안 침묵을 지켰다. 담배를 손가락 사이에 끼운 채 그는 머리를 수그리고 깊은 생각에 잠겼다.

아주 잠깐 등잔불이 희미하게 흔들렸다.

"아마, 인간이 죽은 뒤에 아무도 울어 주는 사람이 없다는 것은 참으로 슬픈 일이겠지요……."

그는 혼잣말처럼 중얼거리더니, 잠깐 말을 멈추고 얼굴을 돌려 나를 빤히 바라보며 말을 이었다.

"아마 형도 무슨 방법이 없겠지요, 나도 어떻게든 빨리 일을 찾아야 할 텐데……. 형은 달리 부탁해 볼 만한 사람이 없소?"

나는 이 때 정말 어찌 할 도리가 없었다. 나 자신의 일조차도…….

"그야 몇 사람이 있기야 하겠지만, 그들의 처지도 모두 나와 다를 게 없소……."

내가 인사를 하고 연수의 집을 나섰을 때, 중천(中天)에는 둥근 달이 휘영청 밝아 있었다. 몹시 고요한 밤이었다.

4

산양(山陽)의 교육 사업 상황은 그다지 신통한 것이 되지 못했다. 내가 부임한 후로 두 달 간은 한푼의 돈도 손에 들어오지 않았던 것이다. 나는 어쩔 수 없이 담배마저 절약해야 했다. 그러나 이처럼 열악한 상황에도 불구하고 학교 사람들은 심지어 월급 15, 6원을 받는 낮은 지위의 직원들조차도 자기의 일에 최선을 다하고 있는 듯했다. 그들은 오랜 세월 인내로 단련된, 강철같은 튼튼한 정신으로 지탱하면서, 초췌한 육체를 불태우며 새벽부터 밤늦도록 공무(公務)에 임하고 있었다. 그 사이에 지위나 명예가 높은 인물이 나타나면 공손히 일어나 예의를 갖추는 일 잊지 않았다. 그야말로 모두 '의식(衣食)이 족하지 않아도 예절을 아는' 백성들이었다. 나는 이러한 광경을 볼 때마다 웬일인지 나와 헤어질 때 연수가 하던 말이 생각났다.

그 무렵, 그의 생활은 갈수록 어려워졌다. 그의 외양에도 언제나 그가 얼마나 궁핍한지가 여실히 드러났고, 예전의 침착성도 잃어버린 지 오래되었다.

이곳에 오기 전 그는 내가 곧 출발하리라는 것을 알고, 한밤중에 나를 찾아왔다. 그는 한참 망설이더니 겨우 더듬거리며 이렇게 말했다.

"어떨까요? 그쪽에 가면 무슨 뾰족한 방법이락도 있을까요? 글을 쓰는 일이든 뭐든 한 달에 2, 30원만 되더라도 나는……."

연수의 이러한 행동을 나는 무척 의아할 따름이었다. 그가 일자리를 얻기 위해 이렇게까지 고개를 숙이고 나오리라고는 생각지 못했기 때문에 나는 선뜻 무슨 말을 어떻게 해야할지 몰랐다.

"나는…… 나는 아직 좀더 살아 있어야 하니까……."

"저쪽으로 가서 형편을 봅시다. 일이 잘 되도록 꼭 힘써 보겠소……."

이것이, 그날 내가 책임지고 그에게 대답한 약속이었다. 그리고 이 마지막 말은 이후에도 줄곧 나의 귓전을 떠나지 않았다. 동시에 연수의 모습 역시 눈앞에서 쉽게 사라지지 않았다.

'나는 아직은 좀더 살아 있어야 하니까…….' 라고 더듬거리며 말하던 소리가 끊임없이 들려왔다. 이런 생각이 날 때마다 나는 여러 가지 방법으로 그를 여기저기 추천해 보았지만 번번이 실망스런 대답뿐이었다. 일은 적고 일자리를 원하는 사람은 많다. 결국 사람들로부터는 이런 식의 변명을 듣고, 나는 미안하다는 사연을 적어 보낼 수밖에 달리 할 수 있는 일이란 없었다.

1학기가 거의 다 끝나갈 무렵 상황은 한층 더 악화됐다. 이 지방의 신사(神士) 몇 사람에 의해 경영되고 있는 「학리 주보(學理週報)」지상에, 나에 대한 공격이 마침내 시작된 것이다. 물론 섣불리 나를 지목하는 짓은 절대로 하지 않았다. 하지만 읽다 보면 누구든지 학교 내의 움직임을 뒤에서 조종하고 있는 자가 바로 나임을 알아챌 수 있을 만큼, 아주 교묘한 투로 쓰여져 있었다. 물론 이건 사실이 아니었다. 그들은 연수를 추천한 일조차 나와 같은 조직의 일원을 끌어들이는 행위로 보고 있었다.

나로서는 부득이 말없이 수업에 나가는 것 이외에는 문을 닫고 일절 접촉을 피하고 있을 수밖에는 별 도리가 없었다. 나는 피해망상과 비슷한 질환에 시달려서 때로는 담배 연기가 창 틈으로 새어 나가는 것조차 학교 내의 움직임을 조종한다는 혐의를 받을 원인이 되지나 않을까 걱정할 정도였다. 이러다 보니 연수에 대해서는 더 이상 말조차 꺼낼 수가 없었다. 이렇게 가을을 보내고 한겨울이 들이닥쳤다.

아침부터 내리기 시작한 눈은 밤이 되어도 좀 채 그칠 줄을 몰랐다.

바깥은 바람 소리 하나 들리지 않았고 정적마저 어둠이 삼켜버린 듯한 가운데 시간이 흘렀다.

희미한 등잔불 밑에서 눈을 감고 꼼짝없이 있으려니까 온통 시야(視野) 가득 눈이 덮인 그 위로, 펄펄 눈이 휘날려 떨어지는 것이 보이는 듯했다. 고향에서도 이제 설을 쇨 준비로 모두들 한창 분주하겠지.

나는 어렸을 때 뒤뜰 평탄한 곳에서 친구들과 함께 눈사람을 만들던 추억을 눈앞에 떠올려보았다. 두 개의 조그만 숯 조각으로 눈사람의 눈을 만든다. 새까만 눈동자. 그 때 별안간 그 눈이 연수의 눈으로 변했다.

'나는 아직 좀더 살아 있어야 하니까……'

이전에 들었던 그 음성이었다.

"왜?"

나도 모르게 이렇게 묻고는 곧 스스로도 웃지 않을 수 없었다. 우습다는 생각이 들자 나는 곧 나 자신으로 돌아갔다. 나는 상체를 똑바로 고쳐 앉아 담배에 불을 붙였다. 창문을 열고 밖을 내다보니 눈은 아까보다 더 심하게 펑펑 쏟아지고 있었다.

그 때였다. 누군가 문을 두드리는 소리가 나더니 이윽고 한 사람이 들어왔다. 귀에 익은 하숙집 사환의 발소리였다. 그는 방문을 열고 내게 한 통이 여섯 치(寸) 이상이나 되는 길죽한 편지를 건네주었다. 몹시 거친 필적이었는데, 힐끔 쳐다보니 '위함(魏緘)'이라는 두 자가 눈에 띄었다. 연수가 보낸 편지였다. 이는 내가 S시를 떠나온 이래 연수에게서 받은 최초의 편지였다. 난 그가 워낙 게으른 성격임을 잘 알고 있었기 때문에 그에게서 편지가 오지 않는 것을 별로 이상스럽게는 여기지는 않았지만 그러면서도 때론 전혀 소식조차 전하지 않는 그를 못마땅하게 생각하기도 했다. 하지만 정작 편지를 받고 보니 또 어쩐지 이상스런 생각이 들어 급히 그 편지를 뜯었다. 편지지에도 똑같이 거친 글씨체로 이런 내용이 쓰여 있었다.

신비(申飛).

나는 형을 어떻게 불러야 할지 모르겠소. 그러니 그저 신비(申飛)라고만 써 두겠소. 뭐든 형이 좋을 대로 써넣어 주시오. 나는 아무래도 상관없으니.

헤어진 후로 세 번이나 편지를 받고도 답장을 하지 않았소. 원인은 하나였소. 내게는 우표 살 돈조차 없었기 때문이오.

형은 혹 내 소식을 알고 싶어했는지도 모르오. 이제부터 사실대로 모든 것을 다 이야기하겠소. 나는 실패하고 말았소. 예전에 나는 나 자신을 실패자로 생각한 적이 있었지만 지금에 와서 그것이 잘못이었다는 걸 깨달았소. 이제는 진짜 실패자가 되어 버리고 말았다는 말이오. 전에는 그래도 아직 내가 좀더 살아 있기를 바라던 사람들이 있었소. 나 자신 역시 진심으로 더 살아보려고 했소. 그러나 그러한 때에는 살아가지를 못하고 이미 살아갈 필요조차 거의 없어진 지금에 와서야 살아가지 않으면 안 되다니……

내가 좀더 살기를 바랬던 사람 자신이 살아남질 못했소. 그는 이미 적에게 모살(謀殺)당하고 말았소. 누가 죽였는지는 아무도 모르오.

인생이란 정말 속절없는 것이지. 이 반 년 동안 나는 거의 거지나 다름없이 살았소. 아니, 사실 이미 구걸을 하고 있었다고 말해도 좋을 거요. 하지만 내게는 아직 할 일이 남아 있었소. 그 일을 위해서는 구걸도 사양하지 않았소. 또한 굶주림도, 추위도, 외로움도, 쓰라림도 기꺼이 감수했소. 다만 모든 고생을 감수하고서라도 멸망하는 것만은 피하고 싶었소. 내가 좀더 살아 있기를 바랬던 한 사람의 힘이 이렇게도 컸던 것이오. 그런데 지금은 죽고 없소. 그 한 사람조차 없어져 버렸소. 동시에 또 나 자신 역시 살아갈 자격이 없는 인간이라고 생각될 뿐이오.

다른 인간은? 역시 자격이 없기는 마찬가지요.

하지만 동시에 또 나 자신 이렇게도 느끼는 것이오. 내가 살아가기를 원치 않았던 인간들을 위하여 오기로라도 살아가야겠다고. 다행히도 내가 올바르게 살아가기를 바랐던 사람은 이미 이 세상에 없소. 이제 아무도 마음 아파할 이는 없는 것이오. 나는 그런 사람에게 슬픔을 맛보게 해주고 싶지는 않소. 하지만 지금은 그 한 사람마저도 없소. 그러니 나는 무척 유쾌하고 무척 상쾌하오. 나는 이미 나 자신이 이전에 증오했던 것, 반대했던 것 전부를 몸소 실행했소. 그리고 내가 이전에 존경하고 주장했던 모든 것은 멀리 던져 버렸소. 나는 이제 완전히 실패한 것이오. 그렇지만 이것은 곧 나의 승리라고 믿고 있소.

형은 혹시 내 머리에 이상이라도 생겼다고 보시오? 혹 형은 내가 영웅이나 위인이라도 된 것으로 생각하시오? 아니오, 절대로 그런 것은 아니오.

신비(申飛)……

형이 나를 아무리 보잘 것 없는 인간으로 생각하더라도 나는 괜찮소. 그저 형이 좋을 대로 생각하면 되오.

형은 아마 나의 옛 응접실을 아직도 기억하고 있을지 모르겠소. 우리가 성안에서 처음 만났을 때, 그리고 마지막으로 만났을 때의 그 응접실 말이오. 나는 지금도 그 응접실을 사용하고 있소. 이제 거기에는 새로운 손님, 새로운 선물, 새로운·찬사, 새로운 정치꾼 운동, 새로운 인사, 새로운 마작판과 주먹, 새로운 눈과 구역질, 새로운 불면(不眠)과 객혈(喀血)만이 존재하오……. 형의 지난번 편지를 보면, 교원 생활도 여의치 않은 모양이던데, 형도 고문(顧問) 노릇을 해볼 생각은 없소? 알려 주면 내가 어떻게든 힘써 보겠소. 사실 문지기 노릇을 해도 좋은 것이오. 새로운 손님, 새로운 선물, 새로운 칭찬에는 변함이 없으니까 말이오.

여기에는 큰 눈이 내렸는데 그곳은 어떻소? 한밤중인데 두서너 번 객혈을 했더니 정신이 말똥말똥해졌소. 나는 형이 가을부터 세 번이나 계속 편지를 보내 준 일을 생각했소. 정말 놀라운 일이오. 나는 아무래도 형에게 조금이나마 소식을 전하지 않으면 안 되겠다고 생각했소. 하지만 형은 놀라지 않겠지요?

아마 다시는 편지 같은 것을 쓰는 일은 하지 않을 것이오. 나의 이 버릇은 형도 이전부터 알고 있는 바와 같소. 언제 돌아오겠소? 빠르면 당연히 만날 수도 있으련만, 하지만 나는 이렇게 생각하오. 우리는 결국 서로 같은 길을 걸을 수는 없을 것이라고. 그렇다면 제발 나를 잊어 주시오. 형이 지금까지 나의 생계에 대해서 걱정해 준 것을 나는 깊이 감사하고 있소. 하지만 이제 나의 일은 잊어 주시오. 걱정할 필요가 없어졌으니 말이오.

12월 14일 연수.

 이 편지가 나를 특별히 놀라게 한 것은 없었다. 하지만 쭉 훑어보고 다시 한 번 주의해서 읽어보니 역시 뭔가 불안스러운 점이 있었다. 그러나 그 불안 속에도 약간의 유쾌함과 기쁨은 느껴졌다. 그럭저럭 그의 생계도 걱정할 필요가 없어졌다. 나 자신의 생계는 끝내 별 신통한 수가 없지만, 내 책임 역시 이것으로 덜었다고 생각했다. 그리고 나는 곧 그에게 회답을 할까도 생각했다. 그러나 또 그다지 쓸 내용도 없을 것이라는 생각이 들자 그 생각도 이내 사라져 버렸다. 나는 실제로 점점 그를 잊어가고 있었다. 그의 모습도 좀처럼 나의 뇌리에 떠오르지 않게 되었다.

하지만 편지를 받아 본 지 열흘도 지나지 않아서 S시의 「학리칠일 보사(學理七日報社)」에서 별안간 연달아 그들의 '학리 칠일보'를 보내 왔다. 나는 이런 것을 별로 보지 않지만, 보내 온 것이기도 해서 무심코 책을 들추어 보았다. 이것이 내게 다시 연수에 대한 생각을 불러 일으켰다. 즉, 그 속에는 항상 연수에 관한 시문(詩文), 예컨대 '설야 알연수선생(雪夜謁連收先生)'이라든가, '연수 고문고재 아집(連收顧問高齋 雅集)' 따위가 실려 있었기 때문이다.

또 언젠가는 그가 이전에 남의 웃음거리가 되었던 일들을 흥미 있게 써 놓고는 그것을 '일화(逸話)'라고 일컫는 적도 있었다. '비범한 사람은 반드시 비범한 일을 하는 법'이라는 의미를 적잖이 담고 있는 글이었다.

이러한 일로 그를 기억해 내긴 했지만 웬일인지 그의 모습은 갈수록 희미해졌다. 하지만 다른 한편으로는 그와의 관계가 날이 갈수록 깊어지는 것 같아 때로는 어쩐지 스스로도 까닭을 알 수 없는 일종의 불안과 극히 경미한 두려움마저 느끼게 되었다. 다행히 가을이 되자 '학리 칠일보'는 더 이상 날아오지 않았다.

그러나 산양(山陽)의 「학리 주간(學理周刊)」에서 다시금 한 편의 긴 논문 '유언즉사실론(流言則事實論)'을 매호에 게재하기 시작하고, 그 논문은 '모군(某君)들에 관한 유언은 이미 공정한 관리(官吏) 신사들 사이에 활발히 선전되고 있다.'고까지 말하고 있었다. 그것은 물론 특정의 몇 사람을 가리키고 있었는데 나 역시 그 중의 한 사람이었다. 나는 되도록 경계를 하고, 이전처럼 담배 연기가 새어 나가는 것조차 주의하지 않으면 안 되었다. 조심한다는 것은 좀더 솔직히 말하자면 마음이 조금도 마음을 놓을 수 없는 고통이며, 그것 때문에 모든 것을 내던져야 했고 따라서 연수를 생각할 여유는 물론 없었다. 요컨대 나는 그의 일을 말끔히 잊게 되었던 것이다.

하지만 그와 같은 나의 임시 변통적 방법도 끝내 여름 방학까지 지속되지는 못하였고, 5월말에 드디어 나는 산양을 떠나게 되었다.

5

산양에서 역성(歷城)으로, 다시 또 태곡(太谷)으로 1년 가까운 세월을 전전(轉轉)했지만 결국 아무런 일자리도 구하지 못했다. 그래서 나는 다시금 S시에 돌아가기로 결심했다.

S시에 도착한 것은 이른 봄날 오후였다. 모든 것이 희뿌연 공기로 둘러 싸여있어서 금방이라도 비가 쏟아질 듯했다. 이전에 들었던 하숙집에 마침 빈방이 있어서 그대로 거기 머물기로 했다. 나는 오는 도중 내내 연수를 생각하고 있었기 때문에 도착하자마자 저녁 식사를 하고 그를 방문하기로 했다. 그리고 문희(聞喜)지방의 명산인 지지미떡(煮餅)을 손에 두 봉지 들고 질퍽거리는 길을 몇 군데나 지나서, 길을 막고 드러누워 있는 수많은 개들을 피해 가며 연수네 집 앞에 도착했다. 집 안은 유난히 밝아 보였는데, 그래서 인지 나는 속으로 고분이 되면 집 안까지 이렇게 밝아지는 건가 하고 나도 모르게 쓴웃음을 지었다.

흘끗 얼굴을 쳐들어 보니 대문 옆에 비스듬히 붙여진 하얀 종이가
눈에 들어왔다. 나는 대량(大良)들의 할머니라도 돌아가셨나 보다고
생각하면서 대문 안으로 들어갔다. 안마당에는 흐릿한 불빛이 비치
고, 그 가운데 관이 하나 놓여 있었다. 옆에 한 사람의 병정인지 마부
인지 알 수 없는 군복을 입은 사람이 서 있고, 그와 이야기하고 있는
또 한 사람이 보였다. 자세히 보니 그 사람은 바로 대량의 할머니였
다. 그밖에도 짧은 옷을 입은 몇 명의 인부들이 멀거니 서 있었다. 나
는 별안간 가슴이 뛰기 시작했다.

대량의 할머니는 고개를 돌리고 안으로 들어선 나를 뒤늦게 알아보
고는 빤히 쳐다보더니,

"아, 돌아오셨어요? 2, 3일만 일찍 오셨더라면 좋았을 텐데……."

그녀는 큰 소리로 말했다.

"누, 누가 돌아가셨습니까?"

나는 실은 대강 짐작은 했지만 그래도 이렇게 물어 보지 않을 수가
없었다.

"위대인(魏大人)이오! 엊그제 돌아가셨어요."

나는 주위를 둘러보았다. 응접실은 어둠침침했다. 등잔불이 단 하
나만 켜져 있는 모양이었다. 큰방에는 하얀 장례식 휘장이 드리워져
있고, 방 밖에는 아이들이 두서넛 모여 있었다. 대량과 이량들이었다.

"그쪽입니다, 유해는." 하고 대량 할머니가 다가서서 손가락으로
가리켰다.

"위대인이 일을 시작하신 뒤로는 큰방마저 빌려 드렸기 때문에, 유
해도 거기에 그대로 모셨습니다."

휘장 위에 만장(輓章) 따위는 걸려 있지 않았다. 앞에는 길다란 테이블과 사각 테이블이 하나씩 놓여 있고, 사각 테이블에도 밥과 반찬을 담은 그릇이 열 개쯤 놓여 있었다. 방안에 들어서자 갑자기 흰 상복을 입은 두 사나이가 나타나서 나를 가로막았다. 썩은 생선처럼 커다란 눈동자가 당혹스런 빛을 띠며 내게 쏠렸다. 나는 당황하여 나와 연수와의 관계를 설명했다.

대량 할머니도 옆에 다가와서 사실이라고 거들어 주었기 때문에 그들의 긴장된 손이나 눈빛은 간신히 잦아들어 아무 말 없이, 내가 앞으로 나서서 배례할 수 있도록 했다.

내가 머리를 깊이 숙여 절을 하고 있는데, 별안간 발치에서 엉엉 우는소리가 들렸다. 마음을 가라앉히고 살펴보니 열 살쯤 되어 보이는 어린아이 하나가 흰 상복을 입고 멍석 위에 엎드려 있었다. 짧게 깎은 머리에는 한 묶음의 삼줄이 감겨 있었다.

그들과 인사를 나누고서야, 그 중의 한 사람이 연수의 종형이며 그와는 가장 가까운 사이임을 알았다. 또 한 사람은 촌수가 먼 조카였다. 내가 고인의 얼굴을 꼭 한 번 보았으면 좋겠다고 했더니 그들은,

"그렇게까지 하실 것까지야 뭐……." 하며 극구 말리려 했다.

그러나 결국 내 부탁을 받아들여 휘장을 올려 주었다. 나는 이번에는 이미 이 세상 사람이 아닌 연수와 마주한 것이다.

이상하게도 그는 주름 투성이 웃옷과 바지를 입고 있었는데 앞자락에는 아직 핏자국이 그대로 남아 있었다. 형편없이 수척해 있었지만 표정만은 옛날이나 다름없었다. 편안히 입을 다물고 눈을 감고 있는 모양은 마치 잠을 자고 있는 듯했다. 그 모습이 너무나 평소와 똑같아

서 나는 하마터면 그의 코에 손을 대어 아직 숨쉬고 있는 게 아닌가 확인해 보고 싶을 지경이었다. 모든 것이 죽음 같은 적막에 쌓여 있었다. 죽은 사람도, 살아 있는 사람도.

내가 물러 나오자 그의 종형이 내게 다시 인사를 했다.

"사제(舍弟)는 나이도 젊고 역량 있는, 전도가 양양한 몸인데도 뜻밖에 작고하고 말았습니다. 이는 우리 집안의 불행일 뿐만 아니라 친구 되시는 여러분에게도 걱정을 끼쳐 드리게 되었습니다."

이 말에는 연수를 대신해서 사과를 드린다는 듯한 의미가 다분히 풍겼다. 산골에서 사는 사람치고는 보기 드물게 말을 잘 하는 사람이었다. 그러나 그가 말을 끝내고 나자 다시 침묵만이 흘렀다.

나는 그 어떤 비애의 감정도 느낄 수가 없었다. 그래서 나는 안마당으로 내려가 대량 할머니와 잡담을 시작했다. 그녀는 나에게 입관할 시각이 다가오는데도 아직 수의가 도착하지 않았다느니, 관에 못을 칠 때에는 '자오묘유(子午卯酉)' 년생 사람은 그 자리에 있어서는 안된다느니 하는 등의 말을 지껄였다. 할머니는 샘이 솟듯 신이 나서 떠들어댔고, 끝에 가서는 그의 병상(病狀)과 생전의 형편까지 약간 불평비슷한 투로 이야기했다.

"아시는지 모르겠습니다만, 위대인은 운이 트이고 나서부터는 사람이 아주 옛날과 딴판으로 변해 버렸답니다. 얼굴을 똑바로 쳐들고 기백이 늠름했죠. 남에게도 예전 같은 어중간한 태도는 보이지 않았어요. 아시죠? 예전에는 나를 보면 '마님' 이라고 부르지 않았어요? 그런데 나중에는 '할멈' 이라고 불렀지요. 그건 정말 우스운 일이 아닐 수 없었지요.

누구에게선가 값비싼 과자를 선물 받으면 그것을 먹으려 하지 않고 안마당에 내던지며, 바로 여기였어요, '할멈 먹게!' 하고 소리를 치지 않겠어요. 그 분의 운이 트인 뒤로는 사람들이 자주 찾아와 큰방까지 비워 드리고 나는 이 옆방으로 옮겼지요. 출세를 하고 나서부터 그 분은 아주 파격적으로 우리에게 농담을 걸며 노상 웃곤 했답니다. 한 달만 빨리 오셨더라면 그 상황을 구경하실 수 있었을 텐데 말이죠…… 사흘 중 이틀은 연회가 벌어졌지요. 제멋대로 떠들고, 웃고, 시가(詩歌)를 짓고, 마작을 하고…… 그분은 예전에는 아이들을 두려워했어요. 아이들이 제 아버지를 무서워하는 것보다 더 무서워하고 항상 몸을 움츠렸는데, 근래에는 아주 딴판으로 말도 잘하고 잘 떠들어서 나중엔 우리 아이들도 그분과 노는 데 재미를 붙여 틈만 나면 방으로 놀러가곤 했죠. 그분도 여러 가지로 수법을 바꿔 가며 아이들을 놀리곤 했어요. 아이들이 조르면 개 짖는 흉내를 내라고 한다든지, 머리를 방바닥에 부딪혀서 소리가 나도록 절을 시킨다든지…… 하여간에 참 굉장한 소동이었답니다. 두서너 달 전에 이량이란 놈이 신발을 사달라고 졸랐을 때는 세 번이나 방바닥에 머리를 부딪히도록 절을 시켰어요. 그 애는 그 신발을 아직도 신고 있지요. 아직까지 조금도 해지지 않았어요."

흰 상복을 입은 사람이 하나 나왔다. 그러자 그녀는 갑자기 입을 다물어 버렸다. 나는 연수의 병상(病狀)에 대해서 물어 보았지만 그녀는 별로 자세히 알지 못했다. 단지 다음과 같은 말을 했을 뿐이었다.

"오래 전부터 쇠약해져 있었겠지만 언제나 유쾌해 보였기 때문에 아무도 눈치채지 못했던 것입니다. 한 달쯤 전에야 비로소 그분이 객

혈했다는 말을 들었는데 의사에게 보이지는 않은 모양이었어요. 결국 자리에 눕게 되었고, 세상을 떠나기 2, 3일 전부터는 목이 완전히 잠겨 한마디도 말을 하지 못했답니다. 십삼대인(十三大人)이란 분이 멀리 한석산에서 찾아와서 저금을 좀 해둔 게 있는지 물었지만 그분 입에서는 단 한 마디의 대답도 듣지 못했습니다. 그래서 십삼 대인은 그가 일부러 벙어리 흉내를 내는 게 아닌가 하고 의심했습니다. 하지만 폐병으로 죽을 사람 중에는 말을 못하는 사람도 있다고 누군가 그러던데, 정말 그런지……. 그런데, 위대인의 성격 또한 몹시 변해 있었어요."

그녀는 별안간 소리를 죽여,

"그분은 돈을 물쓰듯하고, 조금도 저축을 하려 하지 않았습니다. 그 때문에 우리까지 무슨 수가 있는 게 아닌가 하고 십삼대인으로부터 의심을 받았지요. 하지만 수는 무슨 수가 있었겠어요? 그 분은 함부로 아무렇게나 돈을 썼어요. 물건을 하나 사고 나서도 오늘 산 것을 다음 날에는 팔아버리거나 부수어 버리거나 하다니 대체 무슨 속셈인지 알 수가 있어야지요. 돌아가시고 나니 그야말로 빈털터리이고 쓸 만한 건 아무 것도 없더군요. 그렇지 않았다면 오늘 이처럼 쓸쓸한 장례식은 올리지 않을 수 있었을 것을…….

게다가 그분은 착실한 일은 하나도 하려 들지 않고 그저 제멋대로였습니다. 나도 이렇게 되지 않을까 하여 충고한 적이 있어요. '나이도 제법 잡수셨으니 이제는 가정을 가지셔야 합니다. 지금 형편으로는 부인을 맞이하시는 일은 쉬운 일이고, 또 어울리는 집안이 없으시다면 소실을 몇 둬도 좋구요. 아무튼 세상 격식에 맞도록 살아가셔야 합니다.' 이렇게 말했더니 그분은 웃으면서 '할멈, 할멈은 왜 또 그렇게 쓸데없는 걱정을 하지?' 이러지 않겠어요? 남의 진지한 말을 진지하게 받아들이는 법도 없고 도무지 성실한 데가 전혀 없었어요. 만약 이전부터 내 말대로 했다면 지금쯤 외롭게 저승을 방황하지 않아도 되었을 겁니다. 최소한 친밀한 사람의 울음소리를 조금이라도 들을 수 있었을 텐데……."

이 때 가게의 심부름꾼이 옷가지들을 짊어지고 들어왔다. 세 유족들이 속옷을 꺼내어 휘장 뒤로 들어갔다. 잠시 후 휘장이 걷혀졌다. 속옷은 이미 갈아 입혔고 겉옷을 입히는 참이었다.

먼저 굵게 붉은 줄이 있는 카키색 바지를 입혔다. 다음엔 웃옷을 입혔다. 거기에는 금빛이 번쩍거리는 견장(肩章)이 달려 있었다. 무슨 계급인지, 또 어디서 정해진 계급인지는 알 수 없었다. 이건 나로서는 전혀 상상도 못했던 일이었다. 관에 들어 있는 것을 보니 연수는 몹시 어울리지 않게 눕혀져 있었다. 발치에는 한 켤레의 붉은 신발이 놓이고, 허리께에는 종이로 만든 지휘도(指揮刀)가 놓이고, 거무죽죽하고 수척한 얼굴 옆에는 금으로 테를 두른 군모(軍帽)가 놓였다.

세 사람의 유족은 관 가장자리에 몸을 의지하고 곡을 했고, 곡이 끝나자 곧 눈물을 닦았다. 다음에는 머리에 삼줄을 동인 아이가 밖으로 나가고, 삼량도 그 자리를 피해 나갔다. 아마 둘 다 '자·오·묘·유' 시 중의 어느 하나에 해당되는 듯싶었다.

인부가 관 뚜껑을 메고 왔으므로 나는 관 옆으로 다가가서, 이것으로 영원히 작별이 되는 연수의 마지막 얼굴을 보았다. 그는 어색한 의관에 싸인 채로 눈을 감고, 입을 꼭 다물고 편안히 누워 있었다. 입가에는 차가운 미소를 띠고, 마치 이 우스꽝스런 시체를 비웃고 있는 것 같았다.

관에 못을 치는 소리가 들리자 동시에 울음소리가 일어났다. 나는 이 울음 소리를 끝까지 들을 수가 없었다. 부득이 안마당으로 내려왔는데, 발은 또 어느 틈엔지 대문 밖으로 나와 있었다. 질퍽질퍽한 길이 또렷이 눈에 비쳤다. 고개를 들고 하늘을 쳐다보니 짙은 구름은 어느 틈엔지 흩어져 버리고 쟁반 같이 둥근 달만이 차가운 빛을 던지고 있었다.

마치 무겁게 억눌린 괴로움 속에서 뛰쳐나오려는 것처럼 나는 급히 걸어갔다. 하지만 그것은 불가능했다. 뭔지 내 귓속에서 몸부림치는 것이 있었다. 오랜 시간, 정말 오랜 시간이 걸려서 그것은 겨우 귓속에서 몸부림치며 뛰쳐나왔다. 그것은 희미하면서도 길다란 울음소리였다.

한밤중에 상처받은 이리가 황야에서 울부짖는 것처럼 그 소리는 한탄과 번민 속에 노여움과 슬픔이 뒤섞인 듯 들렸다.

나는 어느새 기분이 좀 가벼워졌고, 마치 아무 일도 없었던 것처럼 달빛을 받으며 질퍽질퍽한 돌 깔린 길을 걸어갔다.

1925년 10월 17일

작가와 작품 해설

노신의 생애와 작품 세계

중국 근대 문학의 아버지인 노신(魯迅)은 우리 나라에 널리 알려져 있으며, 그의 작품은 우리 나라에 가장 많이 번역되어 소개되었다. 노신의 본명은 주수인(周樹人)이며, 자는 예재(豫才)로서, 1881년 절강성 소흥부 성안의 동창방구에서 지주이며 당당한 선비인 아버지 주봉의와 어머니 노씨의 장남으로 태어났다. 노신의 집안은 원래 많은 전답을 가져서 노신은 넉넉한 생활 덕분에 즐거운 어린 시절을 보낼 수 있었다. 하지만 부유한 생활도 잠시, 노신이 열두 살이 되던 해 그의 집안에 갑자기 불행이 닥쳐 왔다. 그해 2월에 증조부가 사망하자, 3월에 조부가 북경에서 돌아왔다. 그리고 이해 가을, 조부는 과거 시험의 부정 사건에 관련되었다는 혐의로 감옥에 들어가게 된다. 이어서 노신의 아버지는 알 수 없는 중병에 걸려 8년 정도 고생한 끝에 서른 일곱의 젊은 나이로 생을 마감한다. 이렇게 불행이 겹치는 동안에 노신의 집안은 재산을 완전히 탕진하고 만다. 그리하여 노신은 얼마간 동생과 함께 친척집에 맡겨지기도 했으며, 거지라는 말을 듣기도 했다고 한다. 이때부터 노신은 세상의 안과 겉을 모두 보았는지도 모른다.

열일곱 살이 되던 해 그는 8원을 가지고 고향을 뛰쳐나와 남경으로 가서, 학비가 전혀 안 드는 수사 학당이라는 해군 사관 양성 학교의 기관에 들어갔다. 이 기간에 노신은 헉슬리의 「진화론」을 읽고 큰 충격을 받았는데 이때의 감동은 이후의 문학관에 결정적인 영향을 끼치게 된다. 이렇게 시간을 보내고 3년 후에 노신은 졸업하지만 취직할 길이 없어 일본 유학생 시험에 응시하여 스물한 살이 되던 해에 동경으로 간다. 거기에서 그는 2년 동안 일본어를 배우고, 의학을 공부할 결심을 한다. 그리하여 스물세 살 때, 일본의 선대(仙臺) 의학 전문 학교에 입학하여 2년 동안 공부에 열중한다. 당시는 러·일 전쟁이 한창이었던 때였다. 노신은 이때 학교에서 한 중국인이 러시아 군의 밀정이 되어 총살당하는 장면을 보았고, 노신은 거기에서 깊은 깨달음을 얻었다고 한다. 중국에서 가장 필요한 것은 의학보다도 정신 개조였음을, 그리고 정신 개조의 가장 강력한 무기는 문학뿐임을, 그리하여 노신은 의학 공부를 접고 동경으로 돌아온다.

노신은 동경에서 3년쯤 지내면서 동생 작인(作人)과 함께 문학 연구에 열중하게 된다. 이때 독일어를 배우면서 근대문학을 섭렵하고, 니체에도 심취했었다고 한다. 그는 이러한 문학에 대한 열망을 안고 독일로 향하려 했으나, 생활이 어려워 어머니가 노신에게 경제적 원조를 희망해 와서 중국으로 돌아간다. 이때가 스물여덟 살이었다.

그는 귀국하자마자 절강성 항주의 사범 학교에서 화학과 생리학을 가르친다. 그 후 남경에 혁명 정부가 들어서자, 동향 선배의 초청을 받아 그 부원이 된다. 그러나 1917년에 자훈 장군의 복벽 운동이 일어나 청조 황제의 복위를 꾀했다. 노신은 이에 분개하여 일시 사직을 하기도 한다. 진독수, 호적 등이 『신청년』 지상에 문학 혁명의 봉화를 올린 것이 이해의 일이기도 하다.

그 이듬해인 1918년에 처녀작 「광인 일기」를 써서, 노신이라는 필명으로 『신청년』에 발표한다. 이 작품은 노신에게 뿐만 아니라 중국 근대 문학의 처녀작으로서 확고한 위치를 차지하게 된다. 이때부터 그는 작품 활동을 끊임없이 계속하게 되고 그러한 그의 작품들은 그를 유명하게 만든다.

「광인 일기」는 중국 최초의 근대소설이라는 점에서 중국 문학사에서 획기적인 작품으로 간주된다. 노신은 과거의 고대 소설 형식의 고정관념을 깨뜨리고 새롭고 대담한 형식을 취했다. 이러한 노신의 계몽적인 행동은 그의 작품에서 형식에서 뿐만 아니라 내용에까지도 반영된다. 즉, 그때까지 상상할 수 없었던 '예(禮) 타파'를 주장하는 제재로 봉건 사회의 기본 사상을 흔들어 놓았던 것이다. 그는 한 광인의 입을 통해 '예교는 사람을 잡아먹는 것이다'라고 주장하였으니, 그 동안 예교에 속박되어 있었던 독자들은 경악을 금치 못했던 것이다. 이러한 「광인 일기」는 서양 소설에서 영향을 받은 것으로 알려져 있으며, 반봉건 사상의 대표적인 작품으로 손꼽힌다.

그는 이러한 문학에 대한 열정을 지속시켜 1921년 말부터 이듬해에 걸쳐 「아Q정전」을 『신보』에 연재한다. 이 작품은 그의 작품들 가운데

유일한 중편 소설이며, 노신의 대표작임과 동시에 중국 근대문학을 대
표하는 작품이 되었고, 오늘날에는 세계적인 고전으로 평가된다. 이
작품은 영어, 불어, 독어 등으로 번역되었으며, 로맹 롤랑은 이 작품을
읽고 '애처로운 아Q를 위해 눈물을 흘렸다' 고 술회하기도 하였다.

그는 일생 동안 3권의 소설집을 냈는데, 그 첫 소설집이 1923년에
출간한 「눌함」이다. 이 소설집은 봉건 사회에서 압박받고 있는 농민
들이 그들의 무지와 몽매로 인하여 자신들이 압박받고 있다는 사실조
차 자각하지 못하고 있는 비참한 현실을 보고 그들을 일깨워 스스로
봉건 사회의 굴레에서 벗어나도록 '고함을 치는 것' 이고, 또 문학 혁
명의 선구자들의 외롭고 적막한 운동을 돕기 위하여 가세의 '고함을
치는 것' 으로서 그것이 제목에 그대로 반영되어 있다.

1924년에는 동생 작인과 문예 주간지 『어사(語絲)』를 창간하고, 그
이듬해에는 문예 잡지 『망원』 편집, 발행하는 등 젊은 외국 문학 연구
가들의 지도에 힘쓰기도 했다. 1926년에는 그의 두 번째 소설집인
『방황』이 출간된다. 그가 진리를 찾아 지적 방황을 하던 시기였으므
로 이 소설집의 제목을 이렇게 명명했던 것 같다. 이 소설집에서 노신
의 창작 기법이 매우 원숙해졌음을 알 수 있다.

노신은 그 후 상해의 조계에 정착하여 오직 문필가로서의 생을 살아
간다. 그는 만년에 자주 병상에 누웠지만, 독서와 글쓰기는 쉬지 않았
다고 한다. 그가 생을 마감한 1936년에는 세 번째 소설집인 『고사신
편』이 출간된다. 이 소설집에서는 고대의 신화와 전설 및 고대사를 소
재로한 작품 8편이 수록되어 있다. 이렇게 평생 글쓰기만을 전념한 그
는 이해에 55세의 나이로 생을 마감한다.

작품 줄거리 및 작품 해설

「아Q정전」은 노신의 유일한 중편소설이며 그의 대표작으로 손꼽히는 작품이다. 이 작품은 전편이 9장으로 구성되어 있다. 중국 농촌에서 가장 하층의 인물에 속하는 날품팔이꾼 '아Q'라는 주인공을 등장시켜 신해혁명이라는 거대한 사회의 변혁기를 거쳐 가는 우매한 중국인의 실상을 토로하고 있다. 마을에서 가장 무력하고 비겁하면서도 남에게 모욕을 당하면 자기보다 약한 자를 찾아 분풀이 하고, 그것도 안 되면 자기 기만으로 자존을 찾아 정신 승리법이라는 자기 도취에 빠지는 주인공 '아Q'는 바로 중국인의 모습을 그린 것이다. 이렇게 노신은 아Q라는 무지한 날품팔이꾼의 운명을 비극적으로 묘사하면서 중국 민족이 지니고 있는 나쁜 근성을 지적하여 그들을 각성시키려 하고 있다. 아Q의 성격은 다양하며 다혈질이다. 또한 자존심이 매우 강할 뿐만 아니라 보수적이기도 하다. 그러면서도 그는 정신 승리법이라는 특수한 것을 지니고 있다. 노신은 바로 아Q의 이 정신 승리법을 통해 우매한 중국 민중을 치료했던 것이다.

노신의 생애에 있어 계몽적이고 사실적인 경향이 그대로 나타나 있는 작품이 바로 「아Q정전」이다. 노신이 그의 생애 내내 지향했던 계몽적인 성향을 집약해 놓은 것이 이 작품인데, 그런 만큼 이 작품은 당시의 사람들에게 큰 깨달음을 주게 된다. 그리하여 노신의 작가로서의 명성은 대단했다. 만년의 노신을 중국의 고리끼라고 일컬을 만큼 그 시대의 사람들은 노신의 정신을 높이 샀던 것이다. 노신의 정열은 그의 작품 속에 그대로 녹아 있는데, 특히 그의 문체가 그렇다. 그는 쓸데없는 말을 한 마디도 하지 않은 채 직접적으로 심장부를 도려낸다. 그 수법은 표면적으로 냉혹해 보이지만, 한 겹 벗기면 그 아래 숨어 있는 끓어 오르는 열정이 있게 마련이다. 그의 글에는 중국 민족에 대한 변치 않는 애정이 숨어 있었던 것이다. 즉 그의 작품들은 중국에 대한 그의 사랑이라는 또 다른 표현이었던 것이다.

작가 연보

1881년 9월 25일, 절강성 소흥 성안의 동창방구에서 아버지 주봉의와
어머니 노씨의 장남으로 태어남. 아명은 예산, 후에 장수라 고침.
1898년 남경으로 갈 때 이름을 수인(樹人)이라 붙임.

1885년 (4세) 둘째 동생 주작인이 1월에 태어남.

1893년 (12세) 2월, 증조모 사망. 3월, 조부가 어떤 사건에 연루되어 감옥에
들어감. 아버지마저 중병에 걸려 집안이 별안간 몰락하여
소흥성 밖의 어머니 친척집에 맡겨짐. 넷째 동생 춘수 출생.

1898년 (17세) 5월, 남경으로 가서 강남 수사 학당의 기관과에 들어감.
12월, 현시를 치름. 넷째 동생이 급성 폐렴으로 사망함.

1899년 (18세) 1월, 강남 육사 학당 부설 광무철로학당으로 옮김.
이 무렵부터 엄복이 번역한 진화론 책과 양계초 주간의 잡지와
소설 등을 즐겨 읽음.

1902년 (21세) 1월, 광로학당을 졸업. 3월, 강남 독련 공소에 파견되어 일본에
유학. 4월, 동경 홍문 학원 속성과에 입학.

1903년 (22세) 베르니의 〈월세계 여행〉 번역 출간. 동향의 유학생 잡지에
〈스파르타 정신〉 〈라디움론〉 등의 글을 기고함.
이 무렵 변발을 자름.

1904년 (23세) 4월, 홍문학원 속성과 졸업. 6월, 조부 사망.
9월, 선대 의학 전문 학교에 입학.

1906년 (25세) 선대 의전을 중퇴하고 동경으로 돌아옴.

4월, 베르니의 〈지저 여행〉을 번역 출간. 7월, 귀국하여
어머니의 명으로 주(朱) 씨와 결혼했으나 며칠 후 동생 작인을
데리고 다시 도일, 동경에서 문학 연구에 종사함.

1908년 (27세) 독일어 협회 학교에 적을 두고 독일어를 배움.

1909년 (28세) 8월, 어머니의 요청으로 귀국, 항주의 절강 야급 사법 학당의
교원이 되어 생리학과 화학을 가르침.

1910년 (29세) 9월, 소흥 중학당 교원 겸 교감이 되어 식물학 등을 연구함.

1911년 (30세) 여름에 소흥 중학당 사직.

11월, 소흥도 해방되어 사범 학교 교장이 됨.

1912년 (31세) 1월, 남경에 임시 정부 수립, 교육 총장이 된 채원배의 초청을
받아 남경으로 가서 교육부 부원이 됨.

1918년 (37세) 4월, 「광인 일기」를 집필. 5월, 처음으로 노신이라는 필명으로
잡지 『신청년』에 발표. 이후 쉴새없이 문필 생활을 계속함.

1919년 (38세) 4월, 「공을기」 발표.

1920년 (39세) 연말 무렵부터 북경 대학 및 북경 고등 사범 학교 강사를 겸임.
중국 소설사를 강의함.

1921년 (40세) 1월, 「고향」 집필. 12월, 「아Q정전」을 『신보』에 파인이라는
필명으로 매주 연재.

1923년 (42세) 8월, 제1소설집 『눌함』 간행.

12월, 『중국소설사략』 상권 출판.

1924년 (43세) 6월, 『중국소설사략』 하권 출판.

11월, 주간 문예지 『어사』를 발간.

1925년 (44세) 4월, 문예잡지 『망원』을 편집 발간함.

이 해, 소설 「고독자」, 「상서」, 「열풍」을 출판.

1926년 (45세) 8월, 북경을 떠나 하문에 가서 하문 대학 문과 국학계 교수가

되고, 12월에 사직. 「화개집」 「방황」을 출판. 자서전

「조화석습」을 쓰기 시작하고 역사소설 「미간척」 등을 썼음.

1927년 (46세) 2월, 중산대학 문학계 주임 겸 교무주임이 되었으나 6월 사직.

10월, 상해로 가서 북경 여자 고등 사범 학교 강사 때의 제자인

허광평과 동거를 시작함. 이후 죽을 때까지 상해에 머물러

오직 문필로 생활함. 산문 시집 『야초』 출판.

1933년 (52세) 서간집 『양지서』, 평론집 『위자유서』 등을 출판.

자주 목판화전을 열었음.

1934년 (53세) 목판화집 『목각기정』을 출판.

1935년 (54세) 중국 어문 개혁에 관한 논문집 『문외문담』을 출판.

1936년 (55세) 단편집 『화변문학』, 역사소설집 『고사신편』 등을 출판.

이 해 초부터 병으로 시달리다 10월 18일 미명에 지병이

재발하여 19일 오전에 생을 마감함.

1938년   『노신 전집』 20권 출판.